BEST
CHINESE
FICTION

中　国
好小说

张炜，1956年11月出生于山东省龙口市。1975年发表作品。山东省作家协会主席、专业作家。

主要作品有长篇小说《古船》《九月寓言》《外省书》《柏慧》及《你在高原》、散文《融入野地》《夜思》、文论《精神的背景》《当代文学的精神走向》等。

作品被译成英、日、法、韩、德、瑞典等多种文字。曾获全国优秀短篇小说奖、全国优秀长篇小说奖、中国最美的书奖、全国畅销书奖等；《你在高原》获茅盾文学奖、香港《亚洲周刊》世界华语十大小说之首、鄂尔多斯文学大奖、华语传媒年度杰出作家奖、中国作家出版集团特等奖。

中国好小说
张炜

Best Chinese Fiction

Zhang Wei

中国青年出版社

目录

海边的风

一

　　对于这个海滨村庄来讲，第二年是个可怕的年头。可是第一年不知道第二年的事情，村庄的人全都兴高采烈的，突然像着了魔一般忙碌，极度兴奋，一个个变得有点莫名其妙。

　　虽然居住的地方离大海不算远，可是在整整一年多的时间里人们把大海忘记了。于是锅里没有鱼，碗里没有虾，小猫馋坏了。

　　只有一个老头子远离村庄，一个人住在海边。他的窝棚离开涨大潮留下的水印只有几米远。大海滩上，一个尖顶儿小窝棚显得多么孤寂。离开窝棚一点，有一条小破船，船根老有一摊杂物。

老头子弓着腰才能从窝棚里钻出来，直起腰，就显出瘦干干的高个子。他恼怒地向一边吆喝什么，没有回应，也就坐下来。好像他在吆喝自己的老伴或者孩子。其实他什么也没有，是真正的光棍一条。

村庄里最热闹的时候，有人来劝他说："回村吧，回村吧。"他脱下裤子小便，不搭理对方。后来又不断有人来，他还是那样，村里人后来叹息道："一辈子就那样了，谁能给他改过来？"

也许过去老头子并不寂寞。海边上从来就是热闹地方，那些赶海的、拔草药的，都要在他的小窝棚里落落脚。人们老远就喊："老筋头！老筋头！你这个老混账……"所有人都骂他，并且从他的小锅里抢东西吃。他的小锅子总煮着美妙的海鲜：蟹、鱼、蚬子。他从不放盐，只取海水煮，结果别有一种鲜味诱惑村里人。

除了深冬之外，几乎没有人见过老筋头穿鞋子。他赤脚，短裤，露出一个黑红干硬的身体。这身体大概没有一丝平常人所说的那种肌肉，而是由一股股筋交织而成的。筋是牛筋。

那时候总有人在海边上伴他过夜，点一堆火，喝几盅酒，半夜半夜地拉鬼怪故事。那可真是个有意思的年头。有一回四方来了——她是个高高大大、四四方方的鱼贩子。她来了，赤身裸体地跳进海里洗澡，最后还在岸上滚动着沾一身沙子，拉长声音喊叫："老筋头啊，给我搓搓背！"

如今谁都不来了。老头子知道这会儿村里的事情做大了。他听说从前常常厮守在海边的几个老朋友全给派了新用场：

虎背熊腰的于志广赶一辆木轮子车；懒得动都不愿动一下的老伙计千年龟被安排拉一个大风箱；连那些平时像苍蝇一样围在鱼锅旁、赶都赶不开的毛孩子，也都要忙着搬运什么东西。

船被风吹干了。它小得远看像一个瓢壳，腥气却能飞出几里远。一群群苍蝇围上它哼着歌，有时又拢成一个松松的球在上面滚动。盐末干结在船舷上，十分好看。它没有桅。它算个船，也算个不错的玩物，伴一个浑身生满了筋疙瘩的老头子玩了很多个年头。它在海上晃啊晃，其实是老年人的摇篮。大海无边无际，有时老筋头待在船上，一个瞌睡打过去，就任它漂走了。它在这蓝蓝的大海上自由自在地来往，没有怕过什么。大风恶浪也遭遇过，不过总算没有拆散它。太阳从海里生，又从海里落，海大得了不起。循着无比辽阔的大海展开想象，直想到世界的另一头。人如果老想什么也许总有一天会做什么，老筋头说不定会驾船一直漂流下去。

从海上驾船而去，走到哪里的可能性都有。因为海上没有路，是一片真正的广场。

老筋头终究没有抛弃这道海岸，大概是留恋着熟土与旧友。

他特别想念那个小东西——"细长物"——一个奇奇怪怪的有意思的孩子。他常常站在窝棚口恼怒地呼喊，有一多半是喊这个孩子的。

孩子的体形真像老筋头，又细又长。不同的是他小小年纪体滑肤细，抱在怀里温热柔软。小家伙有个特点让海边上所有人都惊讶得很：平展在沙土上，身体可以比站立着多出小半尺。他躺在那儿，整个身体像条软软的鳗鱼。老筋头每见他倒下了就坐到近前去，伸开粗壮的巨掌按在孩子的后背上，说一声"长啊——"，顺势往下一理，细长物的身体也就伸长了一截，两脚在沙土上划出几寸深深的印痕。老筋头说："你是个蹊跷玩艺儿。"细长物听了，将脖子拧过来，眯着眼看看老人，说："哼。"

细长物给老筋头带来无限欢乐。老头子将一些没头没尾的故事讲给他听，双方都幸福愉快。有时细长物领来了一帮莫名其妙的朋友，那是一群男男女女、破破烂烂的孩子，浑身肮脏，口齿也不清，一律用衣袖揩鼻涕。有一次这帮孩子中还夹杂了一个矮小的老婆婆。不管是什么朋友，老筋头都一样喜爱。吃饭的时候，大家分着鱼汤，一会儿喝得浑身冒汗。

在可怕的冬天里，村里人全躲进他们的小窝。这时的海边是冷清的。于志广不来了，四方也不着面，就连千年龟也多日不见踪影。可是细长物仍旧来陪伴他，并且夜间睡觉时用一双小小的脚去蹭老人的脸颊。他们合盖一床又破又厚的大棉被子，身上的热力一齐散发出来，抵挡着寒气。

这是个美丽的夏天，大海的面容以及气味都好得很。老筋头本来可以随心所欲地驾船出海，毫不费力地搞来几条好鱼。可他懒得动。海上干净得很，没有一点帆影。好像所有渔人都忌讳着什么。老筋头光着身子往海里走，跟谁赌气似的，一步一步地往里走。他跟海混得熟透了，怎样做都行，差不多敢在里面睡一觉。他站着游、坐着游，还能顽皮地一头一头往前扎。他曾对细长物说过一句话："我是淹不死的一条老鱼。"

他在海里顺便捉了几条鱼，用来下饭。

这个夏天他常常蹲在小船旁边想心事。他有时觉得奇怪的是，他根本不需要这条船，因为他要维持日子，凭自己水上生活的本事，稍稍活动一下手脚也就绰绰有余了。可他又是那么依赖这条船。他绝不仅仅是喜欢它，而是有一半的性命分在它身上。有时他甚至愉快地想：小船被海浪打碎了的那一天，我肯定会一起死的。

也许是出于对死的恐惧，他细心地照料了小船多年。他给它堵漏、上油，换掉不中用的木板。白天伺候小船，晚上就做它的梦。有一回他梦见小船生出了轮子，变成了一辆车，载上他顺着一条坚硬的道路往前跑去。这车子跑着，跑着，但只能在路上跑，一不小心离开了路面，轮子立刻陷于泥土。他是活泼惯了的人，受不得这拘束，于是就敲掉了轮子，使它又变成了地地道道的一只船。小船重新漂在了无比辽阔的海上……那个夜晚的梦中，他乘小船到了最遥远最美丽的一个地方。

他看到了什么？梦中又到了哪里？他守口如瓶。

他渐渐明白了，对于小船的依恋，是渴望着有一天能到远远的那个地方去。噢哟，他吸了一口冷气。明白了这一切之后，他直瞪瞪地盯住了其貌不扬的小船。原来这是骨子里的一股劲儿。就是这股劲儿使他恋着一条船。

他记得第二天千年龟来了。这个老头儿个子不高，沉默寡言，走起路来双手倒剪，一年到头戴一顶黑色的小帽。小帽是四方的,一看就知道不是汉人传统。他喜欢吃鱼喝酒,三杯下肚话就多起来,并且都是知心话。老筋头故意问他:"千年龟,你说说看,船和车有什么不同?"千年龟灰尘满面,遮去了酒后的红润,微微仰脸看了看他说:"车有轮子,船没有轮子;再说,车是地上的东西,船在水上……"

他听完千年龟的话,拍了一下大腿。他想你个千年龟一下子就答准了。不过他可不想把什么都清清楚楚地讲出来,转弯抹角地说:"车有轮子,可它只能顺着一道专门的线儿往前跑,能去的地方你想想吧,也就有限了。嘿呀,船就不是这样喽,船漂在大海上,横竖左右都能走,这就是船,嗯!"

千年龟当时诧异地望着他。他喝了一口酒,摇摇头:"不过要紧处还不在这里——"千年龟赶紧问在哪里?老筋头一下接一下摇头。他已经有些后悔了。他不想告诉千年龟。

第三天细长物来了,老筋头忍不住兴奋又与他讲起了小船,讲了它与车的区别。他后来将前一天对千年龟隐去的话告诉了这个可爱的孩子:"船在海里漂,你想想,'三山六水一分田',水比土地要宽大出多少!船是在最大的一片水里面闯荡,又没有轮子,爱怎么走怎么走!明白了吗?"

他记得那时细长物似懂非懂地望着他的脸。接下去,孩子问了海的那一边、海的最深处都有些什么,他回答不出。他曾经驾着自己的小船远航过,那时候像跟谁比赛似的让小船尽情奔跑,亲眼见过一些岛屿、各种颜色的海水。但大海永远是茫茫一片,他永远是待在大海的边缘上。所以他回答不出大海的最深处到底是怎样的。细长物又问:"你琢磨琢磨它是什么样的不行吗？就是说，你想出一个样子来不行吗？"

他试着闭上了眼睛。黑暗里他望到的还是一辆车子；敲掉车的四轮，变为一条船。小船在大海上任意游荡，穿过了一片蓝的水、绿的水、粉色的水、橘红的水，来到了一个冰晶般闪亮透明的瑰丽世界。这里到处是一片迷人的芬芳，是花瓣的颜色，是春天的气息……他大口地呼吸，一脸深皱快乐地活动不停，直停了很长时间才睁开眼睛。

他告诉了大海深处是什么样子，细长物欢跳起来。孩子把一件紫色破衫的下襟儿拧紧了，在沙土上翻起了跟头。玩累了的时候他就大睁着眼睛仰望蓝蓝的天空，说大海和天空可能是一个东西。老筋头十分赞赏孩子的比喻，不过还是要给他做一个更正："我跟你说过嘛。天底下的地方是这样划分的：大约分成十份，那么三份是山、六份是水、一份才是田……"细长物鬼头鬼脑地一笑，回应道："'三山六水一分田'！"

那天老筋头与细长物烧了一条大鱼，并且喝了很少一点酒。细长物吃饭不用筷子，伸手去捏洁白的鱼肉。老筋头瞅瞅孩子乌黑的手指，说："孩子的手，有什么干净呀不干净的。"他给细长物灌了一口酒，眼瞅着这张脸红了。他端量着孩子，觉得这一对细细的长长的眉毛借着酒力又长出了一段，美妙无比。他说："你如果是我的儿子就好了。我该当有你这么一个儿子，细溜溜的，像条长虫。"细长物只顾用手捏鱼，嘴里咕哝一句："吓人！"

关于船和车的愉快对话，至今他还记在心里。

在这个滚热的夏天里，老筋头再没有心思去整治那条船。他除了躺在阴湿的小窝棚里，就是扎到海水里玩一会儿。他有一副缺子儿的象棋，从海里出来后就自己跟自己下一盘。他想象的对手就是千年龟，伸手替他搬弄子儿。结果每次都是他自己输。"你这个千年龟，那么多高招，鬼气啊。"下完棋就一阵惆怅，不知干点什么才好。他想自己是真正变老了，因为老人有时像小孩子一样耐不住孤单。他早年强健的时候可不是这样，那时胆子特别大，什么都不怕，还怕孤单吗？他回忆这一生里度过的一些孤寂日子，发现都是些黄金一般闪亮的时光。这些时光，他将留给自己最兴奋最愉快的时刻里再去诉说。

让人烦恼的还是这个夏天。这个夏天的奇怪之处，就是人们突然都忘记了大海。他们在村庄里奔忙，把事情做大了，结果连一群孩子都派上了用场。不过老筋头料定他的这些朋友过得不会愉快，早晚他们一个一个还要回来。

二

夏天过去了，接上是凉爽的秋天，身材高大的于志广驾着木轮车来到了海边。他刚喝住牲口，老筋头就认出了来人，高兴地奔到跟前。老筋头说："嘿，怎么样！到底还是得到我这儿来吧！"于志广把鞭子插在车杆上的什么缝隙里，迎上一步问："有什么好吃的东西？"老筋头不吭声，领他到小窝棚里去了。

于志广是有名的壮汉，力大无比，传说盛食物的胃比一般人要大出两倍。他从原野上走一趟，四周可吃的东西都要损失一些。这会儿他坐在窝棚里，两手抓紧了一条鲅鱼。这条鲅鱼是很大的，老筋头逮它的时候，让它把腰拍疼了。它刚刚出水时浑身闪亮，很像一把钢刀，老筋头的手指抠进它的腮中，它就狠狠击了一下老头子的腰。于志广一会儿就吃完了鱼，拍拍手掌说："真好。"老筋头问："你们那里有鱼吗？"于志广瞪起眼睛："还有鱼？！""那就是有肉了。""还有肉？！"……老筋头笑了。于志广说："你也不用笑，老家伙！你笑什么？这是在做大事情！"

"大事情"听来倒是蛮有趣的，不过因此失去了吃大鱼的口福，无论如何不能说是件便宜事。老筋头很想了解一下村里的情形，就向他打听起了几个人，问他们如今都忙了些什么。于志广皱起眉头，摸了摸领口，又看了看不远处停着的木轮子车，说：

"千年龟还不是拉拉风箱！他又能做什么？这个人懒出了花样，成天就是躺着，躺着拉风箱，踹上一脚也不起来……"

"千年龟嘛，年纪大了。他跟我下棋时也躺着，不过他老要赢我。"

"这个人不行。精神不行。再老风箱也是拉得动的，也许本来就不老——不过没人知道他的年龄罢了！他几年不洗澡，全身是灰，你见他进海洗澡啦？你肯定没见……"

"一个人一路脾气。千年龟说万物土里生，人也是一样，太干净了就活不久。"

"哼，他这个脏气样儿就只能拉风箱了。他沾手的东西没人敢吃。愁人的还有四方，她这会儿还穿一条破裙子，在大屋子里转来转去。好人哪有穿裙子的？夏天怨热，秋天呢？千年龟躺着拉风箱，四方走过来，他就往上看，她也不在乎，说：'看就看去！'"

老筋头大笑起来，痛快地鼓了鼓手掌。

"有一回四方坐在千年龟身上，裙子一搭盖住了他多半个身子，差点把老头子闷死……细长物一群小东西在大屋子里忙来忙去，满身满脸都是黑灰，像些小黑鬼。他们跟千年龟学坏了，也不洗澡，只说随便哪一天往海里一跳就全干净了。"

于志广说得很有兴味，老筋头也一阵神往。停了一会儿老头子问：

"你叫他们来海上，来我这里！"

于志广摇摇头："那不行。每人手里都有活计，像一部大机器上的轮子，一个停了全都不转了，停不得。"

"端人碗，受人管！"老筋头狠狠一跺脚。

于志广又瞅瞅不远处的木轮车，说："最重要的营生还是我这个——"

"你赶的是一辆车吧？"

于志广点点头，略有惊异。

老筋头利落地一摆手掌："那还不行。"

"怎么了？"

"车有轮子——或者两个，或者四个、三个——不管是几个，都得在硬硬的路上跑。路也就是那么长。你的车还能跑到哪里去？"

于志广大惊失色地望着老筋头。他觉得离开老人这一段时间，老人已经变得不可琢磨了。他试着干咳了一声，往后退了一步。

老筋头盯着于志广宽厚异常的胸部，又转脸望望那车，尴尬地一笑。他叹息道："不管怎么，你还知道抽空儿来看看我呀！……"

于志广摇摇头："我哪有这样的闲心。我是来海边上拉海蛎子皮。"他说着用手指了指被潮水冲积成一堆一堆的蛎皮。

老人没想到还有人要这种东西。

于志广告诉老人，海蛎子皮是拉回去造酱油的——起码要做一个试验。老筋头真正给吓了一跳。他吼道："这些东西像石头一样，也能做酱油？"于志广回应道：

"在我们那间大屋子里，想做成什么就做成什么。"

木轮子车吱扭扭地离开了海边。老筋头觉得刚刚做过了一场梦。一切都像是梦境中的事情，在脑海里摇摇荡荡。他抬头看看小船，小船好像更加沉默了。大海比以往任何时候都显得平稳、湛蓝——这平展展浩淼一片竟强烈地诱惑了他，他一刻不停地收拾了一下东西，跑到小船跟前，把它推下海，然后一桨一桨地摇起来。

海鸥围拢过来，像是要在老人身边做个巢。老筋头眯着眼睛看着四周：水波、漂浮的绿草、一片片阳光。他歪着身子试了试水温，觉得海水比想象的还要凉。他低头的那一刻，正好看到一条身上布满黑斑的鱼在船边上窥视他。更深一些的水底隐隐约约有什么黑影在活动，他知道那是鱼、蟹子，还有各种叫不上名字的东西。船往深处去了，不知是向北还是向东，他故意这样糊涂一会儿。他把这叫做"浑驾"。不知驶上多长时间，想回去的时候他才抬头看岸、看日头或者月亮、星辰。只要一眼他就清楚了。他觉得这辈子最不够劲的地方，就是没有迷航。

天色快要暗了，海风加大了。老筋头仰躺在船上，一个一个想着老朋友们的面孔，十分舒畅。海风的气味这会儿真有点像酱油，他于是突然觉得用蛎子皮做酱油的试验也许不算荒唐。他躺着，侧脸看西方那火红的一片海水。水浪微微跳动，很像在愉快地燃烧。这片富丽的红缎子铺展着，炫耀着，抖动不停。火热烫人的颜色越远越浓，渐渐跟一个巨大的球体联结到一块儿。大海化成了一片血，它简直是那个巨大的球体流淌出来的。红色慢慢暗下来，血汁越淌越多，蒙过了球体，蒙过了一切，天也就全黑了。

满天的星星，满海的星星。小船在星星之间，到了一天里最动人的时刻。老筋头每逢这时候，呼吸都放得轻轻的。他知道这时候海中所有的精灵都复活了，并且开始了大胆的游动。他无数次胆怯地企盼着，等待某一种精灵把湿漉漉的爪子搭上船舷，再搭上他的肩膀。他想他们之间不会互相伤害，他会小心翼翼地将精灵载回去，让它看看人间的窝棚……

这会儿又到了这样的时刻了，他不出一声，头颅也不动一下。海水哗哗地响，漆黑的海水看不到一点边际。有什么尖尖的声音小心地响一下，又被水浪吞没了。只有星星在水中一荡一荡的。突然有一条鱼嘭一声跳进船里，又在他的肚子上滚动一下。他的肚子响起来。他这才抬头去望海岸——

海岸上有一团火焰在跳动，老筋头惊喜地捶了一下腿。他知道是村庄里来人了，如果没有猜错的话，是细长物来了。

小船欢欢跳跳地往岸上奔去，飞快飞快。那团火越来越红，火边上有个又细又长的黑影在活动。老筋头踏在船板上喊："细长物！"

岸上没人应声。停了一瞬，火边上飞出了"瞿瞿"的哨子声。

老筋头骂着，鼻子里蓬蓬地喷气，往上推船。"你这个没良心的小妖怪，你这个鬼东西！等会儿我过去揪下你耳朵扔进海里！"

火堆跟前再没有一点声音。老筋头不骂了，擦着湿漉漉的两只手走过去。火边上，果真是细长物躺在那里，他拉长了身子，一动不动，嘴里紧紧咬住一枚铁哨子。老筋头蹲下来，一声不吭地看他。细长物本来就瘦削得很，这会儿已经皮包骨头了。他的颧骨凸出来，眼窝老深。那一团头发乱得不能再乱，上面满是灰土和草屑。这会儿他的眼睛睁开了，又大又亮，一眨不眨地看着老筋头。老头子把又粗又大的手掌放在他的肚子上。肚子很凉，像海水。细长物轻轻地吹起了铁哨子……

这个夜晚，他们两人睡在了窝棚里。睡觉以前，细长物吃饱了鱼，又像以前那样活蹦乱跳了。老筋头揪紧了挂在他脖子上的铁哨子问："你戴这么个东西干什么？"细长物一拧脖子："我是一大帮小孩的头儿。我一吹哨子，他们就围过来干活儿。"老筋头不吱声。停了一会儿他说："怪不得你不来我这儿了，你做官了。"细长物急得嗓子尖尖地喊："我是不得空闲！一人顶一个位子，一离开他们就喊我。今晚上我饿坏了，偷着跑出来……"老筋头把孩子的身体理得很长很长，然后又把他弯一弯抱到了怀里。

细长物伸出手指在老筋头硬硬的胸脯上划着印痕，一下一下划着。老人舒服地笑着，又问："你是在我身上写字吧？你欺负我是个不识字的人。"细长物不吱声，一会儿才说："我是画了一条鱼，大加吉鱼，红鳞的，嘿，硬是给你逮住了！"

老筋头知道孩子饿坏了，心里想的也就是鱼了。他决定明天进海去捉大鱼，要让这孩子的肚子溜圆起来。想着想着他闭上了眼睛。

不知睡了多会儿，他觉得细长物要挣脱他，于是就醒来了。细长物搓弄着眼睛说："我也睡着了。不过我睡不沉。我老听见有人喊我回大屋子里去。"老筋头用手试了试细长物有没有鼻涕，顺手抹了一下他的鼻子说："我也睡不沉。你胸口那个铁哨子老要硌我的肉——听我的话把它扔到海滩上吧，什么毛病都是它生出来的。扔了吧。"细长物在黑影里做了个鬼脸，没有吱声。他小心地将铁哨子从胸前拉到后背上。停了一会儿，他想起个什么，问："村东有个瞎子会算命，偷偷摸摸地算，给他一把玉米粒儿就算一回。你知道吗？"

老人没应声，他又问："我偷了一把玉米粒……他给算了，说我日后是个'五斗米的官儿'——'五斗米官'是什么？"

老筋头把细长物从怀里拉出来，嫌热似的推到一边，瓮声瓮气地说一句："是猪粪。"

细长物伏在被子上，又把脸蒙在手心里。今夜的海浪声又响亮、又细碎，活像大水一丝丝地涨满了压过来。他这样听了一会儿爬起来坐了，把身子贴紧老人赤裸的胸膛。他嗅着，觉得老人的皮肤像干鱼的气味一样。他想起村里人说过的话——大家认为老筋头说不准就是一个海怪。真的，所有人都有家族分支，唯独这个海边老人没亲没故，也没有姓名。细长物恨不得他真是一个海怪呢，这会儿用手捏了捏热乎乎的老皮。

老筋头快活了一些，就抽起烟来。烟头儿一明一灭，映出半张脸颊。他朝细长物吐着烟雾。叹息说："小东西，我是想你啊。你倒是奔着鱼来了。"

细长物"哼哼"笑着："你就是鱼。"

说完这句话，他马上侧起了耳朵倾听。那是一阵尖溜溜的声音，它夹杂在海浪声里，从空中飘过，像是愈来愈近——以前细长物无数次听到过这种奇异的声音，它多像女人的歌唱。

"你愣怔什么？"老筋头用烟锅碰了碰他。

细长物细细地呼吸，往窝棚的角落里缩了缩。他记起了有人对他描绘过的海中女妖的形象：细长细长，浑身软得像麻线，用手摸一把，冰凉冰凉。她的脸庞也是细长的，一双眼美丽得没法说，双眼皮，细长细长的眼角直伸到额角里去。这样的眼神看谁一下，谁都要记上一辈子，迷得要死要死。她还打着红脑门儿，小下巴儿又光又亮。衣衫像蝉羽一样薄，缠在身上，被风吹得一甩一甩……他盯住老筋头一明一灭的烟火，问：

"听到了吧？"

"听到什么？"

"海里的女妖……"

老筋头手里的烟锅没有捏牢，掉在了地上。

细长物笑吟吟地替他摸到了，塞进他嘴里。细长物的嘴巴笑得很大，但没有发出声音。他笑老筋头藏起了一个秘密，藏得严严实实：老头子一年一年蹲在海边上，那是因为要会一个女人，这个女妖半夜里湿漉漉地从海底爬上来，摸进小窝棚里。村里人说：老筋头的热血全让女妖吸走了，瞧老家伙剩下了一把筋。细长物想到这儿凑近一些，又一次用鼻子嗅老人淡淡的腥味儿。他想这气味是从女妖身上染来的也说不定。女妖是天长日久、一丝一丝地把一个人毁掉，所以细长物有时也真想亲近一回女妖——只是一回呀。他小心地仰起脸来："你真见过她吗？"

老筋头的嘴巴收成了一束，又放开，停顿了一下才说："见过，见过，经常的事……"

细长物从地上跳起来，头撞到了窝棚顶。

"那是个女鬼啊，天黑下来常冒出水面唱歌。下雨天，大雪天，她都唱。她心里有事，长年住在海边上的人古怪事见多了，女鬼只算一桩。她在海边游晃着，一般不到窝棚里来……"

"还真的来过？"

"来过。那是她实在孤单了，想找个人聊一聊。我坐在窝棚里，听见棚子门缝嚓嚓响，心里就说：'来了！'我们就这么一动不动地坐着。我看不见什么，可她坐在哪儿我清清楚楚。一会儿她走了，你伸手摸摸她坐过的那块地方，刺骨的凉。"

细长物紧紧咬着牙齿："你不是看见过吗？"

"嗯。心里边知道。她白脸皮，有些黄，又瘦又小，披头散发坐在那儿，有时你觉得是只小猫。"

老筋头低下头，下巴紧紧地贴压在胸骨上。他伸手去摸烟锅，燃上烟，默默地吸着。"什么东西都一样会孤单，就看你怕不怕它。孤单一阵，熬过去了，你再往前走；有时是孤单缠着你，你拖着它往前走，像水里的网。我年轻时候不怕孤单，一个人也过得挺好——等我以后讲讲那一截日月。现在老了，现在得伴着海，伴着船，伴着细长物。还有四方、千年龟，有时一股劲地想他们。"老头子用力地搓一下鼻子，嘴唇贪婪地包裹了一下烟杆，说下去。"海边的日子你是混熟了。你这个小东西有一半儿是鱼肉生成的。一条鲜鱼放到小锅里，扔进点葱花姜末，就是一阵煮。那会儿你像个猫一样蹲在一边闻味儿。千年龟躺着，一躺半天，喝鱼汤了还是躺着。我这些古怪朋友！咱们是一块儿快活，你这细溜溜的身子，至少有一半儿是我晚上用巴掌理出来的哩！……"

细长物不安地叫了一声："老筋头！……"

"没有我这巴掌，你就长不大。"

细长物两手抱住了老人的腰，用力地往怀中勒。他的鼻梁贴紧在老人身上，摩擦着，费力地喷气，发出了含混的无比亲昵的声音。

天渐渐明亮了一些。东方发红了，细长物打个滚儿爬起来，摸一摸怀中的铁哨子，咕哝一句什么，跑出了小窝棚。

老筋头冲出窝棚，赤裸着身子站在沙土上，愤恨地望着一扭一弯跑远的细长物。老人的眼窝又黑又深，脸上的肌肉抖了抖，大喊道："昂——！"

远处的细长物身体一硬，站住了，他转脸望着浑身被阳光染成金色的瘦长老人，眯上了惊讶的眼睛。

老人金色的手臂扬起来，用力一挥说："滚吧。"

三

老筋头觉得如果能把事情分开来看，那么这个秋天本身是不错的：没有多少风，天空瓦蓝，海水的颜色和气味都好。半上午时分到处都是阳光，他穿个短裤蹲在沙滩上看光景儿，看那个瓢壳似的小船。正看着，感到身后有什么懒懒地在动，一转身，见到了千年龟抄着衣袖走过来。

千年龟走到近前，伴他蹲了一会儿，就在一层干沙土上躺下来。老筋头坐到他身边端详着，心中有些愉快。他看到了一个更加消瘦的老家伙。千年龟身子松松地躺着，与过去没有什么两样。他脸上脖颈上的灰尘很多，因而也无法辨别气色如何。老筋头凭经验知道，千年龟极度饥饿的时候耳垂下边有个坑洼。他低头看了看，发现那个坑洼已经很深很深了，就痛惜地拍了拍膝盖。

躺着的千年龟紧闭双目，哼一声说："莫吵莫吵。"

"噢。你夜夜拉风箱。睡吧睡吧。"老筋头轻轻走开，到小窝棚旁边的露天小灶上忙活起来。他想现在最要紧的事情就是让老伙计先喝几大碗鱼汤。躺着拉风箱，那可真是个消耗体力的营生。

鱼汤的气味使千年龟醒来了。他没等鱼汤盛到碗里，就要伏上去喝个饱。老筋头用勺子敲了敲他的头壳。千年龟一口气喝了四大碗鱼汤，连白净的鱼骨也舍不得吐。老筋头在一旁看着，哈哈大笑。千年龟舒服地重新躺下来，两眼闪闪发亮。他的一溜儿眼睫毛全是白色的，十分整齐。老筋头的目光一落到这白色的睫毛上，就有了兴趣去猜测他的年龄。

人们普遍认为千年龟至少有八十岁，可千年龟总说自己六十岁。而老筋头琢磨，这个老家伙少说也有九十多岁。他与千年龟长年厮守在一块儿，看惯了他举手抬腿、拿东西，知道那手脚活动的方式该是多大年纪的人。更要紧的是与他下棋、谈天地之间的事情，那时千年龟表现出的丰富深奥的智慧简直使人暗暗惊讶。老筋头认定他是个暮年之人，但又是个活力长在的人。他估计这个人大约要活一百二十岁左右，并且在死前不久还能够同人下棋。

千年龟眯着眼睛，转着脸四下里看看，辨辨风向，两手按地欠起半个身子。他说："像个阳春天儿。"

老筋头明白他没说出的那句话是：这不是打鱼的好光景吗？老筋头笑笑："如今喜欢吃鱼的人也少了。"他想千年龟也该听出藏下的那句话：你们做起大事情也就忘了打鱼的老头儿了。

千年龟下唇往上包了包，吹了吹自己的两个鼻孔。

老筋头用手狠力弹去沾在肚子上的几颗砂粒。

谁也不说话。这样足有半个钟头，千年龟首先笑了，他伸展了一下手脚，说："下棋下棋。"

两个人移动到窝棚里，一个仍旧躺着，一个蹲着。他们使用的就是那副缺子的象棋，缺少的恰恰是一个大子儿：车。千年龟说："我不用这个车。"即便这样，一盘棋下完，老筋头也要浑身冒汗。千年龟说："这比打鱼还累？""斗心智啊。"老筋头懊丧地回应一声。

下过棋老筋头就抽烟。他端量着眼前这个老伙计，心里想，自己到了眼睫毛发白的时候也不见得会有这么高的心智。他想象着躺下拉风箱的架势就忍不住要笑，不过怎么也闹不明白：凭着这样的智慧还要一天到晚拉风箱？他咳着，一下一下磕着烟灰。

接下去老筋头问了用海蛎子皮做酱油的结局如何——他一直挂念着这件奇异的大事。千年龟说他一概不知。老筋头又把话题转向四方，于是千年龟立刻来了精神，竟然几次两手按地欠起半个身子。他说："胖了，她胖了。别人都瘦下去。

她一开始就从大屋子里偷东西吃，口渴了就使劲喝水。""这个四方！"老筋头喊一声。千年龟说下去："你爱信不信，前几天她还穿裙子哩，不怕冻腿。""像鱼一样耐寒。"老筋头又插一句。"她这个人的情谊都是假的，偷了吃的东西从来不给我。我给饿跑了，跑到你这里来了……"

老筋头只在心中冷笑，心想你个千年龟倒是说了句真话。他伸手在千年龟的脚上按了一下，见按下的一个坑凹很快就消失了。千年龟两脚贴到一块儿摩擦着："谁也别想把我饿死，我就像条鱼，一边游一边找食吃。"

"海里的东西没听说能饿死！"老筋头兴奋地说了一句。

千年龟屈了屈身子，扶正头上的四方黑帽，看了对方一眼："那是因为海太大。海里面什么都有……"

说到海里的事情，老筋头就忍不住要笑，真想伸手捏住千年龟的嘴巴。他故意问："海里的东西跟田里的东西一样多吗？"

千年龟闭上眼睛："一样多。"

老筋头吐一口："呸。比田里多。"

"海里有马吗？"

"有'海马'。"

"海里有狼吗？"

"狼算个什么。'海豹'都有。"老筋头抓起烟锅，仔细地揉着烟末。他说："你干脆点问吧，就问海里有没有人？你敢吗？你这会儿要问，我这会儿就告诉你：有。"

千年龟恼怒地双手按地欠起半个身子，看了看他，又重重地躺下了。他把棋子拢到一边去。

老筋头长长地吐着烟，从铺子的窗洞上望着蓝蓝的天。他的目光收在棋子上，说："这副棋子可不一般，它有腥气。就算你个千年龟有心智，也闹不明白有只什么手捏弄过它们……"

千年龟拨棋子的手停住了。

"那会儿我刚学会走棋子，闷了就胡拨弄。马踏日字，车走直线——车是有轮子的东西，不这样走又怎么走。象飞田字，老将围城转。我在棋盘上两手直倒换，抽烟、喝酒，半夜里还是睡不着。"

"毛病！"千年龟大喊一声。

"睡不着，盯着棋盘想心事，觉得全盘子儿都是活物了……一天半夜里有人敲门，我心里一愣。开了门，进来一个跟我差不多年纪的老人，穿着黑衣服。今天想想也不怪，当时觉得那衣料儿真怪：黑亮黑亮。老头子长了一对鱼眼，有点鼓，盯着我直笑，骗着腿儿一坐说：'下盘棋吧？'我老瞅着他的眼，心里想这是谁？我可没见过。这样想着，黑衣老头儿伸手摆棋了——天哪，手指又黑又长，指甲锃亮，右手中指那儿有一块干疤。这只手捏棋子儿怪好玩的，滑溜溜地摸起来，'啪'地放下，五根手指同时一缩。"

"这个人是谁？"

"不知道。当初只想他是海边上哪个渔铺里的，像我一样的孤老头子……我们下棋，玩得痛快。老头儿走子儿飞快，差不多不动脑筋，那个带疤的手指一闪一闪。我哪里是对手。

我没记得赢过一盘……"

千年龟翻了一下身，拧过头来看老筋头。他愉快地喘息，有些急促，停了会儿问："他先进哪个子儿？"

老筋头没来得及回答，千年龟就闭上眼睛说：

"肯定是先走马了——高手都是这样。"

"他先走卒！"老筋头伸手一指下边。

千年龟两手按地欠起了身子，接上又"噗"地卧下了，万念俱灰。

老筋头喷着烟，咳着说下去："你想想看吧，一分脑筋都不动的人，谁是他的对手？不过我也多少学了两招。俺俩又下棋又喝酒。说起海里的事情，我敢说今生今世再也遇不上比他懂得更多的人了。他也是个大酒量的人，贪酒。我们俩在一块儿，我老觉得这个小窝棚腥气太重。有一回我实在耐不住了，就蹦到外面去——这一天是大雾天。以后我留心了，只要是大雾天他来了窝棚，窝棚里肯定是腥气熏人。两人熟了，一天不来都想得慌。后来他不光半夜里来，高兴了大白天也来。我给他烟锅，他小心地用牙咬住，吱吱地吸。吸完就咳，咳半天。有一回我的手沾了一下那黑衣服，觉得凉丝丝的蛮好。他还带给我一些古怪石头，白的，紫的，蓝的，都是大海最深处才有的。那时候我的脑筋就慢慢活动开了，寻思：这不是个凡人。"

千年龟不高兴地插话："一开始你就该弄个明白。哼。"

老筋头斜他一眼。"我出了窝棚送他，送着送着就不见了影儿。海浪又大，海滩上影影绰绰的，他走得比谁都快。

我越来越认定他不是个凡人。后来我在心里给他起了个名字：老黑。我一辈子忘不了老黑。千年龟你记住吧，我下边就要讲出个揪心事了，千年龟你记住有个叫'老黑'的朋友……那年秋天，大约就是眼下这个时节。老黑一连多少天没来了，我像丢了宝贝，天天在海边上窜。我寻思转回窝棚里，一推门，老黑坐在里边该多好。想是这样想，他再也没来。我怕是老朋友病了，又怕他搬到远处去了。那几天我正难过得胡乱琢磨事儿，邻近的一家鱼铺——离我这儿三五里路——传说他们打鱼网住了一个鱼人！不知多少人跑去看，回来嘴巴都张老大。我听了也赶紧跑了去，可人太多了，费了好大劲儿才钻进人空里。伸长脖子瞅了一眼。真是一个鱼人，卧在那儿，早就死了。它像小牛犊那么大，浑身是闪亮的黑皮，有尾巴，有鳍，闭着眼。鱼头多少有点像人，脑壳真大。我特意看了看右边的鳍，一眼就看到了上面有一块干疤！那时候我的心慌慌地跳，蹲在了地上。四周的人在吵，吵些什么我都听不清了……"

千年龟欠起了身子。

"我什么都明白了。老友再也不会来了，这一辈子里再没有他了。老黑原来是一条大鱼闪化的，是个鱼人。海里的人比地上的人要好，地上的人要想再聪明些，就得一心一意跟鱼人学学本事。这个老黑年纪大了，在水里走路不灵便了，不知怎么就碰到了打鱼人的网扣上。他就这么死了。也许他急匆匆赶来下棋，那就等于是我害了他。你看看，鱼人也像人一样，害怕孤单，喜欢跟别人一块儿度日月。他要是一个人待在深海里呢？我不是一个人待在大海滩上吗？一个人成天孤零零的，多了些什么，又少了些什么，谁能算得清！一个人对付日子是个难事，人一辈子也学不会它。像我这会儿，就活像那个鱼人，老要盼我的一些朋友。我一天也没安分过，不一定什么时候就驾船出海了，再也不回来。我还想去老黑伙计过日子的地方看一看。"

老筋头嘴里的烟熄了，索性收了烟锅。他的嘴唇紧紧绷着，生气似的看着千年龟。千年龟在老筋头连声感叹的时候就倦倦地伏在地上，眯起了双目。他嘲讽地问："你是说海里有人了？……"老筋头只是看着他，不屑于回答。千年龟又说："我躺在小窝棚里也觉得腥气。我这会儿明白了，你就是个鱼人。不过你的眼不鼓。"老筋头不说话。后来，他站了起来。

他走出窝棚。太阳偏在西边，海滩上暖洋洋的。那个瓢壳似的小船披着阳光，活像一个古旧的玩具。老筋头伸展了一下手脚，然后一动不动地看海。千年龟缓缓地来到他跟前，弯腰抚摸着洁净而温热的沙土，又躺了下来。

大海在阳光下闪动不停。海水由近及远呈现出一层层颜色。绿色、浅黄色、深蓝色、黑色……最远最远的那一边有一条模模糊糊的线——那线像悬在空中，又像紧贴在碧水之上。它诱惑了多少驾船人往前划，不停地划，结果它永远只是那一条线。水汽迷漫在海面上，流动在浪涛的低谷里。这个秋天的大海上没有船帆，只有大海自己。

老筋头低下头去，像是说给脚底的沙土听："天下最大的就是海了。海的最里边、最深最深的那一片里面又有什么？

没人知道。只有鱼人知道。他跟我下棋，他告诉过我了……"

千年龟嬉笑着："你再转告我便是。"

老筋头久久沉默着，摇摇头。

四

到底是深秋了，每到半夜，小窝棚里就一阵阵寒冷。老筋头不得不生起炉火。他白天沿着浪印儿走，将海水推拥上来的煤块儿和木片收集起来。这都是出海的人丢失的，海浪又把它们送还了老人，作为抵挡严寒的礼物。半夜里，老筋头蹲在炉灶旁边倾听火苗的声音，噜噜响的火炉不知怎么让他想起了细长物的身体，心中又温暖又惆怅。接下去的这段时间里再也睡不着，就用来想这一辈子。他爱回想过去那金子一般闪亮的时光，那时候自己健壮，浑身都是力量。他曾经像现在一样孤寂，可是他没有恐惧过什么。那样的日子他宁可再回头过一千遍。夜里的时间就在想象中一丝丝划过，肚子饿了，就取一条干鱼烤熟，费力地咀嚼着。嘴里的牙齿已经脱落了很多，可是剩下的几个还十分顽强。他常常想起一片像大海一样浩瀚的森林，他在那儿度过了怎样的日月啊。他咀嚼着，又缓慢又有力，一条干鱼就这样吃光了。

他愿意在天蒙蒙亮的时刻站到大海的对面。如果大海像黎明一样安静，他就认为它还在安睡。海风又湿又凉，是从那一边吹过来的，走过了数不清的遥遥路程。天色模糊，水雾迷蒙，老筋头默默无语地蹲下来。直到太阳一丝丝冒出水面，大海变得色彩斑斓，他才长长地喘一口气，往小船那儿走去。这之前他一动不动，像一尊化石。有时他眯起眼睛，打打瞌睡。他常常想到那个叫老黑的鱼人，鼻子里满是浓烈的腥气。鱼人真的来了。他掏出烟锅，一人一口轮换着吸。鱼人跟他讲海底世界，带他一遍又一遍地遨游，他全身都沉浸在里面了，如痴如醉。鱼人划着鳍走在前边，海水像布帘一样向两旁卷去，闪出一条笔直的大路。大路不知有多么遥远，一直指引着他们。有时他又觉得不是在走路，而是坐了一条大如瓢壳的小船，任意荡游。眼前的世界越来越绿，气味异常清鲜，他有些惊讶地望着这一切。

这里到处都是纯粹的绿色，青翠欲滴。葱茏茂盛的各种植物生长在晶莹透明的土壤上，盛开着碧绿的鲜花。花瓣上露水不停地颤抖，滚落在空中，芬芳的气味立刻弥漫开来。没有喧哗，没有尘土，只有宁静和美丽。在花朵中来来往往的是船，它们身上撒满了花瓣。这儿看不到一辆车子，也绝没有车轮子吱吱扭扭的声音。船的灵巧使人瞠目结舌：它们可以在一簇簇的花丛中穿过，不碰掉一滴水珠，不惊动一只蜜蜂。船到哪里都可以，四面八方都是它的方向。花瓣一层层覆盖了船舷，乘船人掏起鲜花瓣儿撒向空中和土地。土地闪亮滑润，映照着花朵和小船，使人看上去一切都是成双成对。行人微笑着走在花丛中，安然从容。无论是小鸟、蜜蜂和各种花木，都试着挨近他们。这个世界里好像一切都可以互相交谈、互相问候和致意。不止一个人停下步子，弯下腰去亲吻一下刚刚结出的果子，果子下的绿叶就像小巴掌一样伸开来，抚摸着人的脸颊。蜜蜂要到远方去，可以飞去，也可以落到人的肩膀上，让人带它去。人到远方去可以坐船，也可以在晶亮的土壤上飞速滑行。船是真正自在的，没有什么地方不可以去；它如果游在空中，也就等于飞翔了。它们永远不会相撞，不会有运行方面的事故。它们的速度没有极限，一切全按人的意志随时变更。这里的白天和夜晚、早晨和傍晚、上午和下午，不仅有着颜色亮度等等区别，而且还有气味上的差异。任何人闭着眼睛也会感觉到他处在了什么时刻。比如早晨是茉莉的香味，而中午却是茶花的香味。夜晚来临了，各种花朵都合拢起来，叶子也贴到了一起。夜里没有任何人会失眠，因为这儿的万物做出了睡眠的姿态，教导了和引诱了人们如何去获得安宁。这个世界上没有太阳，也没有月亮和星星。因为花瓣和晶莹的土壤都会发光，光明无所不在。这里绝对没有阴影。看不到一个悲痛欲绝的人，有时晶亮的泪滴挂在脸庞上，就像花瓣上的露珠。人们不是没有忧虑和痛苦，只是它们比较起巨大的幸福已经显得微不足道了。往往为了寻找幸福才去接触痛苦，比如人们的懊恼就主要来自爱情。在绿色的花朵下面，在船上，在泥土中，人们都喃喃地叙说着爱。无论对男人或女人，大家鉴定他或她是否贞洁的唯一尺度是其懂不懂得爱，懂得爱的人也就是最贞洁的。这里没有死亡，当然也没有坟墓。因为人类、蜜蜂、花朵和小鸟，一切一切有生命的东西都可以互相转化，谁面临着这种转化，都是欣慰而愉快的。获得了转化就像获得了爱，大家兴奋地歌唱起来，歌声使万物沉醉。一切都按照一个生命的意愿去安排，一切都要和颜悦色地商量。大家不知道什么叫发号施令，也不知道什么叫恐惧。这里的天地是彩色的，人们的生活也是彩色的。到处都是纯洁的、闪亮的、透明的，包括了人的眼睛和心灵。无数的船在滑动飞翔，伴随它的永远是一簇簇活鲜的花瓣。人们上了船，去远方，去一切可以去的地方，心到意到，意到船到。鲜花瓣儿飞舞起来，一片一片落在人的头上脸上，落在人的嘴唇上。一阵冰凉的、清香的气息像电一样传遍全身，船上的人立刻激动地伸手去捧那些纷纷下落的花瓣。有的花瓣落在地上，像人一样微笑，接着就化为透明的泥土。这时候就有微风送来一阵丝琴的声音，若有若无，时断时续，渐渐消失在船的后方。一群无比秀丽的、闪闪发亮的姑娘在翠绿的林间仰卧着，她们不说话，只伸出长长的手臂相互交谈。有时候一株结着果子的树木会伏身吻她们之中的一个，她也就晃动着肩膀笑起来，露出衣衫下面细细的肌肤。一只只船从旁边飞速滑过，船上的人注视着姑娘们。有的船上载满了男子，他们就让船速慢下来，轻轻地弯过姑娘们身侧，同时大家一齐呼喊着："遇见你们真幸福啊！我们必须告诉你们，我们爱你们啊！"姑娘们停止了交谈，两眼闪射着夺人的光亮，望着裹满了鲜花瓣的船，一齐喘息着、叫着："啊啊，啊！我们也是一样啊，一样！"船滑走了，姑娘们眼中饱含着泪水。船上船下，花下林中，到处可见这样的分别。在一片片的绿色之中，茉莉的清香会使一切生灵欢呼雀跃，因为这是早晨的气息。在早晨开始的时刻里，大家贪婪地呼吸，接着去享受劳动和创造的幸福。这个世界是无边无际的，劳动和创造的幸福也是无边无际的。人们把劳动与船和爱情联结在了一起。绿色越来越浓，越来越浓，所有的透明的绿色都在溶解，慢慢化为一望无际的波涛。风来了，波涛推涌着，绽开一层层白色的花簇。透明的柔软的山峰向前移动，一座又一座压向陆地。陆地上，先是一片开阔的沙滩，接上是一处小小的窝棚，是一个踞着的老人。

老筋头费力地将头颅从两腿之间抬起来。金色的阳光立刻照亮了他坚硬的额头。他用瘦瘦的大手抚摸着胸口，惊讶地张开了嘴巴。一双深陷在眼窝里的眼睛闪着光彩，向极其遥远的方向探望着。他不安地站起来，活动了几下，大口地吐气，仿佛要吹开他面前环绕着的晨雾。他的目光由远及近，渐渐落在水浪和沙滩交接的一道线上。

那儿有一个活物在蠕动。老筋头瞪大眼睛看着它，又走近一步。他看清了它的脑壳、胡须，还有杏核大的眼睛。它往沙滩上继续移动，一会儿就将头颅抬高一次，露出光滑的、水淋淋的胸脯。老筋头脸上的肌肉活动着，小步往前跑起来，嘴里叫着什么，声音无比亲昵。那个东西见有人迎着它冲来，开始并不躲闪，甚至还拍了拍巴掌，闭上了左边的一只眼睛。老筋头展开硬棍似的双臂，直奔过去——它立起来，双目闭起，身子一翻倒在了水里，接着箭一般射进大海。

老筋头搓搓手，大骂了几声。

他认为这是个品行不怎么端正的鱼人。"呸，鱼人里面也有逗弄老人的人！"他骂着，往回走去。

他刚要进窝棚，突然听到后面有"噗噗"的声音，回头一看，又见到了那个东西——它又立起身子，向这边张望。

老筋头兴奋地拍拍手，转身大步走去，嘴里呼喊着："你躲闪什么！只管放心地来家里吧，你还年轻，不醒事，你怕个什么！……"他到后来终于小步奔跑起来。

那个东西见老筋头走近了，像上次一样愉快地立着，似乎在期待着什么。后来它拍拍手掌，闭上了左眼，实实在在地做一个鬼脸，倒入水中不见了影子。

这一次老筋头没有骂。他认定了这不是一个好鱼人。他倒真希望逮住它揍几巴掌。海中原来像土地上生长的东西一样，花花色色，什么品性都有。他感到悲哀的是现在似乎一切都在抛弃一个老人。

为了早饭，老筋头沿着浪印往前走，捡了几条半大的鱼，一个大海贝，三两个蚬子。他把这些东西统统装进小铁锅里，又倒进半锅海水，煮了起来。小铁锅冒白汽了，熟悉的海鲜味儿喷向四方。老筋头像个孩子一样，一遍又一遍地揭开铁锅的木盖子。他有一次刚刚伸出手去，窝棚外面就响起了"曜曜"的哨子声。他嫌烫似的将手飞快缩了。

细长物穿着一件又破又大的夹袄，站在门口。老筋头掀开门上的草帘，一下子愣住了。

细长物浑身蒙着一层灰气，像是一个陈旧了的器物。他眼神僵僵的，看着老筋头，鼻子莫名其妙地还要用力喷气。他的裤脚短了半截，露出奇细奇脏的一段小腿，不停地颤抖。铁哨子就咬在嘴巴上，鼻子用力喷气时，它就跟上发出微弱的声音。

"是你！"老筋头喝一声。

"嘘——"细长物嘴里的哨子无力地应一声。

"你他妈的多少天没来了！"

"嘘——"哨子越来越无力了。

老筋头搓着手掌，咕哝着："鬼东西……"

老头子一句话未了，突然细长物的嘴巴一张，哨子跌在了胸脯上。接着细长物的双眼一暗，倒在了老人怀里，像一捆秫秸那么轻。

老筋头慌慌地摇晃着他，他紧咬牙关，一声不吭。"啊哟！这不是好兆头，这是饿的！……"老筋头用膝盖顶住细长物的后脑，歪着身子去舀鱼汤，吹着汽，费力地给他灌下去。

细长物尚有吞咽的力气。

半晌，孩子醒了。他软软的身子没等立起来，就伸出热乎乎的手臂抱住了老筋头的脖子。他抱着，抱着，眼里闪出了泪花。老筋头用力地搂着孩子，叫着："细长物！细长物！……"

只是不长的时间，细长物就从老筋头怀中蹦跳下来，双腿一颤一颤地在窝棚里活动了。他在铺子上滚动，翻跟头，又扑到老人后背上，让老人驮他。后来他停息下来，伸手就去抓锅盖，锅子里已经是空空的了。"你这个肚子啊！"老筋头长叹一声，望了望天色。他决定今天驾船入海，逮上几条顶大的鱼。

细长物动手帮老筋头收拾网具了。他们把小船推进海里，满脸欢笑地扳动橹桨。海水里有彩色光斑，由远到近地不停抖动，像抖动锁链一样。细长物把身子歪在船舷上，看水浪怎样从船体上飞溅开来。后来他又钻进了腥闷的船舱里。

老筋头摇着橹，跟细长物说话。细长物的声音从船舱里飞出来，带出了几分腥气。那个小舱里曾经装过像细长物那么大的鱼。老筋头说："有一年我钓上一条大鱼，肚脐像人一样……再有这样的大家伙就好了，煮的时候要分三口大锅，用去半口袋盐。"细长物在舱里笑。

船离海岸渐渐远了，回头望去，那个窝棚的影子已经模糊起来。老筋头又记起了早晨浪印上钻出的那个东西，就生气地告诉了细长物——"我俩该晚些出海，先设法把那个坏鱼人逮住。它逗弄我玩，取笑我老呢！"

细长物从舱里探出头来："真有'鱼人'吗？"

老筋头并不回答，只是说下去："它朝我做鬼脸，闭了左眼呢！我转身走了，它又在身后弄出声音，回头看看，哼，它拍巴掌哩……"

细长物的眼睛亮闪闪的，身子一耸翻到甲板上坐了。

老筋头不停地骂那个"年轻的鱼人"，骂它大清早取笑一个孤老头子，该捉住揍几巴掌。

细长物抿着嘴笑了，后来又把胸前的铁哨子咬了，"嚯嚯"地吹。他听到这里，已经知道老筋头说的"鱼人"，不过是爬到岸上来的一头海豹。但他故意不说。他见过那东西，也知道老筋头在装糊涂。他笑着松了铁哨子，说：

"怪事就是多。那一年我们一大帮小孩儿洗海澡，洗到日头往西偏。离开海滩两丈远的水里露出一个马头，大家说‘小马小马’，就往那儿游。我最先骑到马背上，抓住了滑溜溜的马鬃。后来马被抓疼了，一尥蹄子，把我甩到了沙滩上。腿上火辣辣的，低头一看，皮都没有了……那是一匹海马呀，海马有鳞！……"

老筋头鼻子里喷一声，说："什么海马。那是条鲸鱼。"

细长物鼓着巴掌："就是呀。你那是‘鱼人’吗？你那是一头海豹！"

老筋头愤怒地盯着细长物。老头子一句话也没有说。他仿佛又看到了一只带干疤的黑长手指夹住了一枚棋子。他闭上了眼睛，摇了摇头。

小船从浪头上跃下来，很像从冰山上滑溜出去，但不同的是这冰山富有弹性。小船的头颅昂起，从高处往下里遥望。船儿安静一些了，一老一少就抛出一根细得不能再细的丝线。他们叉开腿站着，让丝线从膝盖和臂弯里勒过去。一会儿细线跳动起来，老头子呼叫了一声，双腿弓着用力。丝线往上移动，跳荡得更加厉害——老人说："好大好大，你快抓件家伙。"话刚落，一条很扁很大的鱼像芭蕉叶儿似的跳起来！

鱼又落进水里，一霎时又跳起来。丝线好几次要绞成一团，奇怪的是老筋头总能顺顺溜溜地抽成一根……那条银亮的鳊鱼挨近了船舷，一纵，在甲板上乱窜，嘴里还紧紧咬着丝线。细长物手里捏紧了一根木棒，比画一下子，"啪唧"一声击在了鱼头上。

"多好的一条鱼……行了，小锅里有东西了。"老筋头喘息着，摸出烟锅来吸。

细长物长久地蹲在那儿看鱼。鱼眼锃亮，一动不动。他迎着它的嘴巴吹响了哨子……停了一会儿，他抬头去看老筋头，见老头子一声也不吭，望着海的远处出神。他故意喊了一声："哎！"

老筋头转过脸来。

"今天能逮几个大家伙？"

老头子吐一口烟："至少再逮它三五个……"他高兴些了，"这是一顿好生活。回头小锅子里焖上大鱼，焖它半天。我有瓶好酒！小东西你这回也喝些酒吧，我还没见你醉了是个什么样子……"

"我不会醉！"

"我非要弄醉你不可。不醉不行，不醉，你吃饱了大鱼就要往回跑。"

细长物吃吃地笑。他骗着腿儿看着老人，做着鬼脸，说："这一回不跑了。我们盖上被子睡觉，听你拉故事——你可要多拉些故事。说不定半夜里那个女妖就来了……"

老筋头嫌冷似的缩起身子，收了烟锅。他蹲在那儿，又挪蹭到船头上，眯着眼看闪亮的海水。远处的海雾升到半空，遮去了水天交接处那条神秘的线。

细长物顺着他的目光去看，什么也看不见。

"大海没头没尾。你驾船走十天、二十天，走上一年，也找不着头。'三山六水一分田'，这话不假。船没有轮子，哪里都去得——你知道海雾那边有什么光景吗？细长物，这船得跑上几天才到那里。那里有一片老林子，像海似的——你没听过老林子里的故事。你该听听，听了，就好比驾着船去一趟。不过你可不要以为那里就是海水的边儿，不是。海是没有边的，没有尽头，土地是让海水包在中间的，那片林子也是一样。"

老筋头的脸上落满了阳光。

细长物觉得从来没有见过这样一张脸。他看着这张脸，惊讶地张大了嘴巴。

五

月光冰凉。海浪一下下拍打着石堤。一只小船不知从哪儿推过来，橹桨碰响了船舷。小船上的两个人像伏在甲板上的样子。后来他们从海风中坐起来，才显出一男一女的身影。男的细高个子，胸脯宽厚，女的叫他"壮男"。女的完全像个孩子，穿了件彤红的上衣，壮男就叫她"小红孩"……两人压低了嗓音说话，不停地喘息。他们的声音里多少流露出一点恐惧不安。小船缓缓地驶离了石堤，两个人一齐回头注视着。

一城灯火微微闪动，这座城市像个燃烧着的巨大窑炉。

教堂的黑色尖顶高高耸立，那阴幽的倒影落进海里，像指北针似的指向远方。小船仿佛就依照它的指引往前划去。小红孩在胸前画着十字；壮男紧绷着脸，眼里有什么在闪动。

船舱里一些包袱和杂七杂八的物件，是他们带出来的所有东西了。一支桅秃秃地挺着，指点着天上的星辰。风起了，壮男深深地吸了一口气。他们默默地抱在了一起……城在远处了，此刻它像个蜂巢。那里有多少蜂子在辛苦地劳碌，维持着喧闹。

　　他们彼此都听得见怦怦的心跳声。这会儿刚结束了一阵剧烈的挣脱。他们挣脱了一座蜂巢。那儿有一只霸道的雄蜂，又高贵又漂亮；小红孩封在蛹里的时候，雄蜂就要将她据为己有了。壮男诞生在一个大家族里，这个大家族不允许任何人有选择的权力。极其不幸的是小红孩刚刚咬破了蛹壳就看到了壮男。于是雄蜂张大翅膀在他的俘虏身旁巡视，亮出了蜇人的毒针。小红孩呻吟的声音震栗了整个蜂巢。在这个秋天的寒夜里，当月亮悄悄爬上教堂的尖顶时，壮男杀死了那只雄蜂，从血泊里抱起了小红孩，像抱走一只甜睡的蜜蜂……两颗心怦怦跳着，恐惧渐渐逝去了，留下了昂奋的节奏。他们紧紧依偎着，停了不知多长时间，壮男站起来，徐徐地升起了帆。

　　小船在无边的海上醒醒睡睡。

　　后来小船从海里驶进了一条河道，逆流而上。两岸慢慢出现了林子，先是稀稀疏疏，后来密不透风，透着无尽的荒凉。没有人烟，野兽的嚎叫声在林间震荡。船舱里有一支枪，壮男把它放在身边。

　　小船后来行驶得特别艰难，最终搁浅了。他们放弃了它，把舱里的东西装进一大一小两个背囊。他们踏上土地之后，久久地注视着河里的船———一条独桅的、永生难忘的小船。

小红孩背着包裹无比可笑。她的齐耳短发甩动着，转脸去看壮男，眼睛像星星一样闪耀。后来这双眼睛暗淡下来了，只低头看着自己的脚尖。她说："我们……就这么跑出来了。"壮男点点头："是的。我硬把你抢出来了———我要和你在这片林子里住一辈子。"小红孩咬着嘴唇，久久地望着这个高个子男人。

他们白天行走，夜间就燃一堆大火休息。壮男机警得像一只神犬，有一点声息也要醒来。他睡意朦胧的眼睛看着他的女人———她的脸庞被火焰映红了。壮男常常再也睡不着，就这样看着她迎来黎明。林子里不断可以看到猎人留下来的痕迹：烧黑的木块、食物的渣屑、树木上的刀痕……可他们没有遇上一个人。人在这片大林子里就像一粒砂子。两个人苦苦寻找可以定居的地方，盼望着出现一个村落。可以吃的东西全吃光了，就不得不求助于那支枪。壮男的枪法不错，可他还不敢去打熊和狍子一类大兽，只猎取一些飞禽。裤脚划破了，用布条缠裹起来。吃饭的时候他们每人握一把刀子，把烤熟的肉割下来，送到嘴里。

有一天，小红孩听到了流水的声音，她扯着壮男的手往前跑去，找到了一条小河！河的一边平坦得很，周围的大树十分茂密，似乎是个落脚的好地方。他们犹豫了一刻，决定把家安在这里。接上是不停地奔忙，终于搭了个小小的窝棚。

他们的小家暖暖和和的。小红孩夜晚久久地伏在男人胸膛上，发出喃喃的叙说："这才是家，一个小家。它是我们动手盖的，让它靠近一条小河……"壮男的大手抚在她的脊背上，眼睛睁大了望着黑暗："我爱你，我这一辈子就做这一件大事：我爱你。我告诉你，我爱你。那天晚上有什么溅到我手上，火烫火烫……我的小红孩！"她赶忙去掩男人的嘴巴……夜晚的风吹着四周远远近近的树，听起来像是有无数的野兽在怒吼。他们紧紧搂抱着。一棵巨大的树在远处倒下，发出了轰隆隆的响声。小红孩颤抖着，壮男把她搂到胸口那儿。后来她屈了屈身子，整个儿偎到男人的胸前了。壮男说："你多么小！你小成这样……我现在差不多明白了，凡是无比让人爱怜的东西，都是小的。"她伸手抚摸着他长出的胡须说："你说些什么呀！……壮男，壮男，你知道我是你妻子吗？你妻子啊！"壮男在黑影里用力点头，喉咙那儿热乎乎的。

白天和夜晚，一切时间都属于他们。

他们发现旁边那条小河里有鱼，就逮了几条，美美地做了一顿鱼汤。后来吃不完的就晒成鱼干，一串串地挂在屋子前边。他们猎到的第一只大兽是一头鹿，然后又打到了一头很大的狍子。兽皮钉在木头上，这里已经完完全全像是一个猎人的家了……可他们还多多少少有点孤独，希望听听除了风声、河水声之外的另一种声音……有一次不远处响起了一声枪响。

他们的小窝接待了第一个客人。他是一个四五十岁的猎人，熟悉林子里的每一条小路，当他见了河边这个崭新的窝棚时，十分惊讶。年轻夫妻尽最大力气为猎人准备了一顿饭。吃饭时，猎人从怀中掏出了自备的酒葫芦，让他们每人喝了一口……这个夜晚过得愉快极了，猎人告诉他也是那座城里逃出来的人，已经离开那儿三十多年了。他说自己之所以逃进林子里来，是因为当年"犯了事情"，但究竟犯了什么事情，他却闭口不谈。猎人久久沉默着，然后一个一个抓起壮男和小红孩的手掌看着，抚摸着上面刚刚结下的茧子和被什么划开的血道子，长长叹息。他说："我刚来的时候也这样，可这会儿你看吧。"说着捋起了袖口，露出了黑硬吓人的皮肤。他们睁大眼睛看着猎人，猎人低下头说："三十多年了！三十多年了！……"他从腰中抽出葫芦，又喝起酒来。一会儿他的脖子和脸都红了，喘气发出"沙沙"的声音——壮男去阻止他，却被他轻轻地推开了。

猎人继续饮酒。后来他站起往前跄跄了几步，又坐下了。他突然问："你们……是，是怎么逃出来的？"壮男回答他坐船。他拍着裸露的胸脯说："我也是……坐船来的！她妈的只有坐、坐船了……"猎人真的醉了。他一双迷蒙的眼睛一直看着壮男夫妇，一只手不停地去抓摸什么。后来壮男看出他是要找猎枪，就从一旁拿过来交给了他。他把枪抱在怀里，身子一晃一晃地唱起来。这时夜色快要降临了，一切归于寂静，只有猎人断断续续的歌声回荡在黄昏的林子里。

……别骂我这个不孝的儿孙，别骂；别问我为什么跑进了深山老林，别问。我是个满脸胡须的壮汉，我是个人。脚镣和笼头我都不要，我只要一件破衣遮身。万贯家财随它去，一贫如洗也不能使我灰心。三十多年，真像梦境啊，如箭光阴！一杆猎枪陪伴了我，它是猎人的魂。在莽林里面游游荡荡，背个酒葫芦，从天亮跑到黄昏。哦哦，别骂我这个不孝的儿孙，别骂；别问我为什么跑进了深山老林，别问！……

猎人唱着，先是看着渐渐变暗的林木，后来就紧紧地闭上了眼睛。他吐字不怎么清晰，好像有一半的声音是从鼻孔里发出来的；可是他的嘴巴张得老大，下颚颤动得十分厉害，可以看出他在用力压住哽咽。

壮男和小红孩听着听着，双眼溢满了泪水……猎人唱完了，又坐了一会儿，就要离去。他们无论如何要留猎人过夜，因为他走路晃得太厉害，令人担心。可猎人把手扬起来，使劲挥动一下说："没事！没事！我闭上眼睛也摸得回哩……"

猎人走了。远处，又响起了他的歌声，还是断断续续的……

壮男和小红孩这个夜晚没怎么合眼。他们都在心里猜测着猎人的身世，可谁也没有说出来。他们都明白自己踏上的这条路，很早很早已经有人在走了；那个猎人、还有比他更早的人，都在走这条路了。这是一条漫长无边的、布满荆棘的路……他们这一夜紧紧拥抱着，听着河水的奔涌声，听着野兽在不远处嘶叫。天亮了，壮男第一眼看到的就是小红孩通红的眼睛上还挂着泪滴。她说："壮男，我真有点怕了……"壮男问："你怕什么？"她说："我也不知道啊！"

不久那个猎人又来了。这回他领来了几个人，都是分散在很远几个屯子里的人——他把客人一一作了介绍，并说，这些人的祖辈都离那座城不远，大家算是真正的老乡了，以后要互相照应。小窝棚第一次这么热闹，来的客人纷纷放下带来的土布和盐，还有莫合烟。壮男不知怎么感激大家才好，他让小妻子把从城里带来的东西分给大家……分手的时候人们告诉他们，走一条什么路、到一个什么地方，可以用兽皮换取粮食和盐、土布。

客人中有一个二十岁左右的年轻猎人，他的脸像害羞的女孩那么红，一双眼睛黑亮灼人；腰间扎了一块豹皮，裹腿也精心打过。他的猎枪是新的，连腰带上的刀子也是新的。他的头发像被黑漆染过，浓密浓密，差不多碰一下就能喷溅出滚烫的火星。年轻猎人不怎么说话，站在不起眼的角落里，轻轻地抿着嘴唇。他的嘴唇略有些厚，富有棱角，显得又憨厚又拗气。有人介绍他叫"汪坝"，夸奖说是这里第一厉害的人，不知打过多少豹子和熊了，枪法和胆气都是没比的。那个四五十岁的猎人说："猎人不是别的人。光枪法好不顶事的，还要有胆气——枪膛里的火药是让胆气点着的。"汪坝一直谦逊地笑着。壮男走过去，像兄弟一样搂抱着他，让他多来小窝棚里……他们一见面就知道了对方会成为自己的好朋友。

汪坝常常来了。他教给了这对年轻夫妇很多方法。比如识别很多药材，这样壮男除了打猎还可以采药。有一回他们挖到了一棵很大的人参，汪坝说这棵参可以换一杆绝好的猎枪、一些子弹等等。小窝棚旁边的小河里有时可以搞到一些河蚌，汪坝拣出一种长圆形的，用刀子撬开，寻找珍珠。他真沉得住气。后来他找到了一颗珍珠，小心地装到了腰间的小瓶子里——那里面已经有好几粒珍珠了。他告诉壮男哪一带河汊里这种长圆形的河蚌特别多，采珠的机会不能放过等等。

壮男和汪坝一起走在林子里，常常被这个伙伴搞懵了。有一次他们正走着，汪坝站下来，小声说一句："它在看我们了。"说着坐下来，一声不吭地待了一会儿，再走。走了不到几百米，他又站住了，向着一旁的林子生气地大声喊道："你老要跟着我们！你这是什么意思？你是什么时候被我得罪的呀？……"喊完就忧心忡忡地低下头，看着自己的脚尖。这样过了几分钟，他才抬起头来，轻松地向壮男说一句："它走了。没事了，它走了。"壮男问："什么跟着我们？什么走了？"汪坝有些惊讶地跺一下脚："老虎呀！老虎一直跟着我们哩。"壮男说："我怎么没有看见？你看见了？"他摇摇头："我知道它。我用不着看见——它跟着我我就知道，心慌慌的。"壮男仍不解："你这样的猎手还要怕老虎吗？"这一句话让红脸小伙子差点蹦起来。他站在那儿，直盯了壮男一分钟才说道："怎么敢打虎？想一想也是罪过了；虎是林子里的神，你和我，所有这一切，全靠它保佑呢！"

壮男夜间把汪坝的事情讲给小红孩听，小红孩不停地笑。她说："上帝呢？那么上帝呢？"说着面向那座城的方向祷告了几句什么，用手在胸前画了十字。她闭着眼睛，眼睫毛又齐整又长，样子那么娴静。壮男久久地吻着她。

时光在无声无息地流逝。

小窝棚缓慢地苍老，再也不是簇新的了。它被一束束的草药、一张张的兽皮熏出了大山里的气息，浓烈刺鼻。小红孩渐渐瘦下来，一双眼睛也暗淡了。她的皮肤变粗变黑，脸上手上常常带着虫子叮咬后落下的斑点。有一次她对壮男说：

"我老得真快啊。"壮男却觉得她永远弱小，是个不可能离开大人的孩子。他把手按在她的头发上说："你是个大些的娃娃。"小红孩这一回没有笑，而只是小心地将壮男的大手取下来，捧到眼前看着。这手掌真像一棵老橡树的杈子啊，皮儿黑硬，裂出了数不清的深深纹路；顺着袖管看上去，是一件兽皮坎肩，那是她费了好大力气才给他缝制成的。小红孩把壮男的手掌贴在了脸上，紧紧地咬着嘴唇。

他们没有孩子。小红孩说："我们的孩子会是什么样的？他穿着兽皮，跑在林子里，后来，他背着一支枪……壮男！"壮男用询问的目光看着她。她一声不吭。

夜晚越来越漫长了。大风在林子里狂啸，像雷鸣一样消逝在山的背后，又像巨石一样从山巅上隆隆地滚下来。野兽嘶叫着，一双双暗绿色的眼睛在黑影里闪动。他们不得不在前面空地上燃起一堆大火，整夜搂抱着。每逢大风怒吼的夜晚就不能安睡，常常一整夜都是睁着眼睛。有一天他们实在困极了，就睡了过去。天蒙蒙亮的时候壮男醒来，一眼就看到了一条碗口粗的蟒蛇盘在小红孩的身子四周。他紧咬牙关，看着酣睡的小妻子，最后小心地伸手捂住她的眼睛，把她抱起来。

春天里，河下游的那个屯子里闹起了瘟疫。猎人们惊慌地携带家小逃进林子深处，逃得晚的也就死去了。汪坝大惊失色地跑来小窝棚里，讲了屯子里的事情，吓得小红孩嘴巴都合不上。汪坝领他们到林子里采一种结小豆角的干草棵子，回来用它烧水喝，预防瘟疫。这些日子里两个男人很少出去打猎，偶尔到林子里去，小红孩也总是跟上他们。

有一天他们在林子里穿行到傍晚，遇到了不少散立在林子里的小窝棚。他们知道这里面住了屯子里逃出来的人。有一处小山坡上垒满了新坟，三个人待了片刻，又急慌慌地逃离了……在一个崭新的窝棚前，他们亲眼见一个林中老郎中给病人医治。那个郎中五十多岁，满脸油灰，手指骨节像核桃一样肿大。他让病人光着身子躺在一个土炕上，在炕里点上一种怪味草炙那人的皮肤。病人惨惨地叫，老郎中不得不用脚去踏住他。小红孩紧紧地揪住壮男的衣襟。后来老郎中又从腰上摸出一支方头铁针，照准那人的脖子下边就是一下。黑红的血涌出来，病人尖叫一声，身子软软地屈了。汪坝长长地吐出一口气，扯上壮男的手往前走了。他说："那个人得救了。如果再晚上几个时辰，也就没命了……"

秋天瘟疫才过去，人们纷纷搬回了屯子。这时候那个四五十岁的猎手又到壮男的窝棚里来。他说他在春天也染过病，好不容易才活过来，怕把病传给他们。他说着这次可怕的灾难，说像这样的景况历史上不止发生过一次。猎人告诉，瘟疫期间，不少人逃出了林子，又返回老家去了。这使很多猎人犯了思乡病，有人抱着猎枪号啕大哭。他的话使小窝棚里的人久久沉默。猎人说："这里原就是块没有人迹的地方，人来了，它不舒服。狼虫虎豹、还有瘟疫，都来折腾我们，老林子是容不得人了。可人身上就有股拗劲儿。"

猎人走了，小红孩的神情慌慌的。她从带来的旧物中翻找出一些小戒指、小胭脂盒，一些五颜六色的丝线。她把戒指套在指头上，又取下来，这样反反复复的。有一张旧报纸包了东西，她惊喜地将它解开，贪婪地看着上面的字迹。壮男也看那张报，一个字一个字看了一遍。后来他摇摇头说："我会忘掉的。我什么都会忘掉。"

又一个春天来临了。这个春天降临的不是可怕的瘟疫，而是外地的商人。他们是从大海的那一边来的，用火药、盐和洋布换走兽皮和鹿茸。小红孩和壮男急匆匆地赶到屯子里，火药和盐比在林子里找老户兑换要便宜得多，再加上这些商人还有很多别的新奇玩艺，比如一些花花绿绿的红绸、小巧的刮脸刀。小红孩除了换回一块洋布，还特意给壮男弄了一把小刀。

商人们走了，带走了几驮大兽皮，还有好几个思乡的猎人。留下来的猎人流着泪水把他们扶上骡子脊背，见他们走远了，又唉声叹气地骂上一通。"他们是从大海那边逃过来，受不住，又跑回去了。"汪坝这样对小窝棚里的两个人说。

得知有人跟上商人走出老林子的这天晚上，小红孩和壮男无心点起灶火。后来他们在空地上把火燃旺，坐在火边，倾听着四周各种奇奇怪怪的声音。夜色漫漫，无数的生灵在丛林里游动，发出乱纷纷的响动。有什么在尖利地呼唤，凄凉而急促；有一种哽咽声由远而近，到后来又像是哈哈的笑声。壮男说："一个猎人可以在这里落下脚，可是生不上根……"小红孩往火堆上加着木柴，一直没有吭声。壮男看着她，一只手按在她的肩上，问："你也想家了，想逃出林子，是吧？"小红孩仰起脸来，火焰映着她一双大大的眼睛。她说：

"我没有想。我怎么敢想啊。"

他抱起妻子，久久地抱着。小红孩不安地扭动，他拍打着，像自语一样小声在小红孩耳边说着："秋天……小船、风……教堂的尖顶映在水里……那个夜晚……玻璃碎了……灯……突然停电……谁喊叫……谁的声音？小船……你睡了……"小红孩闭着眼睛，安详地睡过去了。停了一会儿，她像做了个噩梦一样，猛地从他怀中挣脱了，愣愣地站在了他面前。

他急急地问："怎么了？你怎么了？"

小红孩长叹一声，又坐下来。她盯着火焰说："不，我不离开这儿，我不……"

天亮了，火也熄去了，他们却拥抱着睡着了。半上午时分，他们一块儿醒来了。小红孩望着地上的灰烬，泪水缓缓地流下来。她摇动着壮男的肩头说："我们逃走吧，逃走吧！……"

壮男看着她，摇了摇头。

小红孩放声哭了出来。

不久又有商人到屯子里来了。壮男出去打猎，回到窝棚发现他的小红孩不见了。

壮男身上的汗水一下子涌出来，疯了一般往屯子里跑去。那儿，有人告诉他小红孩刚刚随商人的骡子走了，和几个屯里老人一起……壮男的心怦怦跳着，低头看了一眼地上的蹄印，大叫一声跑开了。

六

老筋头和细长物将那条大扁鱼洁白的鱼骨摆好，晾晒在一块干净的沙土上。看一眼鱼骨就知道原来的鱼有多大。这一老一少就把这样一个大家伙给吃掉了。

细长物再也不想回那间大屋子了。他躺在海滩上，梦想着更大的鱼。他知道不久将有很多人从那间大屋子里跑出，奔这条船来。

他还没有从沙土上挪挪窝儿，千年龟就跟跟跄跄地赶来了。

千年龟没有看老筋头和细长物，竟然老远就瞅上了洁白的鱼骨，沮丧地吆喝着："天哪！这是怎么回事？这么大的鱼就让我错过了？"他蹲在了那儿，伸手抚摸起来。

老筋头笑着，用手按住他的四方小帽转动了一下。

千年龟厌烦地抖一下膀子，径自进了窝棚。他掀开锅子寻找着什么，最后从一个坛子里发现了几条刚刚撒盐的鱼，就提了出来。

老筋头说："先下棋吧。"

千年龟不屑于理他，自己抓住鱼尾到海里涮去盐末，然后胡乱扔到锅里煮起来。老筋头从什么地方摸出点东西，掀开锅盖撒进去。千年龟躺在了小锅旁边，惊诧地问："你撒什么？"

细长物在一边大声喊："他撒的是胡椒呀！"

千年龟骂一句，蜷起身子。

老筋头说："昨夜我和细长物吃一条大鱼，这怎么吃得下？肚子撑大了，就沿着海岸直走了一夜。这会儿舒服了。"

千年龟转过了身子。

"你老急慌慌地往回跑，我知道是恋着那架风箱。"老筋头又说一句。细长物大笑。

"呸！"千年龟吐了一口。

"那么就是恋着四方了。"

千年龟又吐："呸！"

小铁锅冒出了白汽。鱼的鲜味儿扑出来了。千年龟欠起身子看看，一转脸突然喊道："她来了！四方来了！"

他们一齐回头去望，见四方一扭一扭地往这儿走，脚步急促得很。老筋头和细长物都兴奋地站起来，伸手指着她嚷：

"四方！好个大家伙呀！你到底来了……你这个馋东西，闻见腥味了吧？哈哈……"

四方过去遇到这种情景，就会一纵身子蹦起来，远远地伸出又胖又长的胳膊骂："两个瘦鸟，一大一小！"可她这次就像什么也没看到听到，只是往前走……她走到跟前来了，显出了满脸憔悴。原来她给饿坏了，已经耗尽了激情和力量。

她直奔喷汽的铁锅而去，到了近前，用脚将千年龟推开一点，然后从衣襟下面掏出了什么，掀开锅盖扔了进去。

大家都知道她扔的是姜。四方最喜欢的就是少年和姜——她每次来老筋头这儿喝鱼汤，总要自己带来大把的姜；她没有丈夫，也没有儿女，极喜欢怀中抱一个小孩儿抚玩。她此刻放过了姜，就坐在锅旁大口喘息，一边用眼睛瞟着一旁的细长物。细长物对她做个鬼脸，她仍旧瞟着。

鱼汤发出"咕咕"的声音。千年龟忍不住又一次欠起身子，被四方伸手按到沙土上……又过了半个钟点，四方掀掉了盖子。大家喝起来。姜太多，除了四方，一个个脸上都流动起汗水。四方两只大手牢牢地抓住大碗吹去白汽，然后身子一摇一颤地喝个不停。她太饥渴了，老筋头知道她身体的摇颤，是因为全身心都感受到了鱼汤的美妙。

喝饱了肚子，千年龟眼睛闪出微微的光亮；四方高兴地一拍手掌站起来。她笑嘻嘻地走近了细长物，一把抓住他说："你怎么没叫我一声就跑来了？你这个细条儿物件！"她无比亲爱地用下巴抵到细长物的头顶心，两只胳膊勒紧了他的腰，嘴里发出"咳、咳"的声音。细长物转脸看一下老筋头，不快地嚷一句："什么呀！"四方给细长物弄出一溜儿刘海，又亲了一下他的额头，说："像我儿子似的！"

细长物再也不能支持了，奋力挣脱出来。

千年龟一直注视着，这会儿嗓子沉沉地说："有的人，哼哼，想的多了！……"

四方挪蹭到躺着的千年龟身边，顺势坐在他身上说："你这是什么鬼意思？嗯？"

千年龟用力屏气，只是不语。

老筋头挥挥手说："讲讲大屋子里的事吧——你们造的酱油怎样了？"他永远没法忘记于志广拉走的那一车海蛎子皮。

四方直了直身子，但仍坐在千年龟身上，说："咳！别提那个酱油了。不知费了多少煤水，又是煮呀又是蒸的，最后海蛎子皮雪白雪白，锅里的水黑乎乎。再往里放盐。领头的闻了闻说，不过有点土腥味，颜色也对。他让于志广先喝点试一试。于志广喝了，嘿，没过半个钟点就大吐大呕。领头的倒说，快成功了，快成功了，剩下的不过是解决呕吐的问题。现在还是分开几口大锅煮着……"

她说着，高兴得哈哈大笑，像扬东西一样拍一下手掌往上撩一次胳膊。

"于志广怎么不来海上呢？"

四方借着千年龟后背的弹性耸着身子说："他能离开呀？他走了，那辆木轮子车谁来驾？大屋子的东西哪样不靠车子去拉！如今的大个子可瘦出个样子啦，光剩个骨头架子，眼窝老深，就和他那两匹瘦马一样——是吧千年龟？"

千年龟吐出几个字："一点……不错。"

"好。"四方拍拍千年龟的头，说下去，"一伙儿人围在大屋子里，有意思啊！我这个人生性就是喜欢热闹，哪里热闹哪里去——人怎么不是一辈子？大伙儿一块儿忙，要睡觉也在这间大屋子里。水汽遮住头遮不住脚，雾汽里边活动着，一伸手不一定抓住谁了，多有意思。那些小伙子就是爱闹，抱起我来，噗一下摔倒了……"

千年龟歪过头，朝老筋头使个眼色。

细长物扬四方一把沙子，说："鬼东西！那你还往海上跑？！"

四方抬了抬屁股，等千年龟活动一下身子又坐了，说："那也不行。后来没东西吃了，再热闹也不行。人饿了就老想躺着，瞌睡，又睡不着……我是熬不住了，拍拍身子就跑出来。”

“你是个祸害！”老筋头看着她说。

“浑身是筋了还坏！”四方笑嘻嘻的，“回头收拾收拾你，看你还有多少筋力……”

千年龟小声说一句：“筋力可大。”

“用你瞎说！”四方的身子往下狠狠一夯，千年龟大叫。她朝老筋头翻翻白眼：“今后有好吃的东西只管搬了来，这回饿坏了，只怕补也补不起来，上了岁数该咳嗽了……你可不能忘了老交情，我贩鱼那会儿带来多少粮食？”

老筋头站起来：“粮食还不是我用鱼换来的？”

四方仰着身子笑了：“就是呀，就是呀，你个老东西靠个海，靠个船，积了多少阴德。俺不来，你上哪儿积阴德去？”

细长物像给她伴奏似的，嚯嚯地吹响了哨子。

老筋头想起了什么，抬头望了望海，对四方说：“这里数你的力气大了，你也别闲着。我划船出去撒上网，这头儿牵在锚上，你自己往上慢慢拉吧，我和千年龟下棋。等网要上了，你让细长物喊我一声。”

四方说：“就便宜两个老东西一遭罢。”

老筋头回身去搬网，喊着细长物帮忙。等他们从铺子里出来时，见千年龟背上还坐着四方。老筋头说一句：“真是‘龟驮千斤’哪！”

他和细长物将网的一端系在岸边的铁锚上，然后摇船入海了。网不断撒到水中，水面上显出好看的弧线浮漂儿。船上岸了，老筋头大声喊着四方。

四方将绳扣儿套在腰上，哼呀哼呀地拉了起来，大脚板深深地陷在沙土中。

两个老人就在窝棚外面下棋，顺便也为了监视拉网的四方。细长物去看海中的网，有时也跑回来看两个老头移动棋子儿。千年龟躺着，一手举起棋子，胳膊像没有骨头。他的棋落下来，无一点声响。老筋头像磕头一样趴在地上，全神贯注，不一会儿汗水就从额头上流下来。他瞅准一步，就抓住棋子硬硬地往上一顶。两人正下棋，细长物喊一句："快看四方啊。"老筋头抬头一看，见她故意用力地一下一下撅着臀部往后退，使网纲儿一松一紧地弹跳。他扬起脖儿喊一句："四方你不正经干，看弄坏了网！"喊完又低头下棋。不一会儿，细长物又小声说："看看四方吧。"老筋头一歪头，又见四方这会儿大仰着身子，如果不是网扣儿拦在腰上，她早就躺倒在地了。老筋头生气地叫道："四方，你就这么拉网啊！你给我好好干！"他的话刚停，四方就憋足了力气，猛地往上拉了一大截，然后一边拉一边喊着号子：

"老筋头这个人哪，不是人哪！咳哉！他是个老水妖啊，他是个大鱼精！咳哉！咳哉！他不吃人粮啊，也不做那事情！咳哉！咳哉！……"

细长物愉快地看看老筋头。老筋头用力地往上顶棋子，千年龟就不慌不忙地把棋子吃掉。后来老筋头焦虑地看一眼四方，对千年龟说："你就快些将死我吧！"对方说一声"好"，三五下就把一盘棋结了。

老筋头和细长物跑去拉网，都随了四方的号子用力。网很快靠了岸，银色的鱼儿在浅水里跳起来。老筋头跑到水边去按住网脚，急火火地嚷着什么，指挥四方和细长物。千年龟也过来了，将鱼收进一个柳条篓里，刚好一篓。

　　四个人都高兴得很。他们将拣出来的大鱼焖到锅里，剩下的摆到沙子上晾晒。

　　海滩上，鱼儿在阳光下亮闪闪的。四方看着小窝棚，又看看泛着白光的小船，说："咱这四个人，不像一家子人吗？"

　　千年龟躺在锅边，往灶里捅着柴火。

　　四方冲他笑笑："我和老筋头像两口子，细长物好比是我生的。你最占便宜，算孩子的大伯……"

　　她的话音未落老筋头就吐了一口。

　　细长物捡一个泥蛋，弹在了四方的身上。

　　四方噘噘嘴："不识好歹的东西，哪里找去！我就和千年龟做两口吧——这个脏东西也许真是老来的依靠。"说着走到锅前，又从衣襟下掏出一块姜投进锅里。

　　细长物在晒成一片的鱼儿中间走着，这时惊喜地拣出了两个砂皮鱼，对老筋头嚷："又有了！咱们还那样吧？"

　　老筋头看了看鱼，笑了，连声说："还那样！还那样！"说着进了窝棚翻找出一个圆圆的木桶儿——这会儿细长物已经将一条大鱼的砂皮剥下来了。老筋头坐下，将鱼皮蒙到木桶上，用力地撑着。细长物在一旁帮忙，用一根细细的皮绳将鱼皮固定在桶口上。四方见了，嘻嘻笑着："这不是一个小鼓吗？"

新做成的小鼓在阳光下晒着。一会儿，鼓面紧绷绷的，细长物小心地伸手弹了一下，发出了"咚"的一响。千年龟大叫一声：

"鱼焖好了——"

老筋头很久没有这么高兴了。他从窝棚里取出了酒，让每个人都喝。千年龟躺着喝酒，酒液常常从下边的嘴角淌下来，老筋头就毫不客气地给他抹进嘴里。四方原来海量，每次吮酒都鼓大了腮帮，然后"咕咚"一声咽下。她喝得大脸粉红，眉毛更加舒展，只是比平时沉默一些。细长物与老筋头对饮，直到老人眼瞅着细长物的眉梢借着酒力又长出了一截，这才作罢。大家边饮边吃，为了热闹，还故意嚎出响亮的声音，与阵阵涛声呼应。

饭后，太阳升得很高，整个海滩都暖融融的，风也息了。老筋头取一段木棍，把那个鱼皮小鼓摆在胸前，盘腿坐下，"嘭咚嘭咚"地敲响了。他越敲越快，越敲两眼越亮，最后随着鼓声啊啊地唱起来。

他唱自己几十年来在河里海里游荡，已经是河里海里的人了。这是一首老人的歌，又由一个老人粗大的喉咙唱出来。周围的一切没有了声音，都在屏息静气地倾听。这歌声把人的思绪引到了久远的岁月。

汗水顺着老筋头的脸上、脖子上往下流。他张大嘴巴唱着，额上的青筋都暴凸出来。唱罢，他又将鼓槌儿塞给细长物，细长物扭捏着，老人就大喝一声："唱吧！今天高兴，今天都得放声大唱，唱！"细长物不敢再拖延，也"咚咚"地敲起鼓来。

"……我敲鼓，鼓呀就响，我唱个什么？我心里躁得慌。饿得急，跑海上，我呀，跟上老筋头拉大网！依呀依呼咳——！"

"唱得不孬！"千年龟夸着，接过了鼓槌。他敲着，敲着，敲了好久才哼出词来。因为是躺着唱的，声音也就格外嘶哑：

"敲起鼓来，我扬起槌，今天就唱唱我千年龟。一辈子，好孤单，一身老皱一身灰。眼见得就要随土去，可怜巴巴身边还有谁？敲起鼓哎，我扬起槌，今天就唱唱哎千年龟……"

老筋头默默的，当鼓槌握到四方手里，他才想起去督促她。可是四方喝多了，一改平日的脾性，不愿言语。她击鼓有气无力，随便哼了几句就放下了。老筋头说："这不行！满海滩上就你这么个旦角，不唱还了得！"细长物与千年龟也再三劝她好好唱。四方后来被逼得有些恼怒，就狠狠地击了一下鼓，差点把鼓面击碎，喊道："好，唱！唱！我唱啊！……"喊完以后频频地击鼓，"咚咚"声震人耳膜。她唱了，竟然一发而不可收，那嘹亮的歌声使旁边的三个人目瞪口呆：

"我四方，不会唱，不会唱啊也要唱！唱唱天，唱唱地，唱唱大姑娘心窝里的一口气！俺三岁跑到海滩上，看惯了男人光脊梁，看到二九黄花女，那呀依呼又怎么样？俺头发黑，皮儿黄，十八年没有吃全粮。说俺丑，哪里丑？一条辫子乌油油。一天到晚跑海上，为的就是饭一口。名声坏了嫁不出，嫁不出哎我不愁，又吃又喝又贩鱼，身强力壮呀赛头牛！哪个把俺欺，俺就绾袄袖，一拳捅破他的头！啊呀呀坏就坏在这一手，长到老没人把我收，四方啊，大海滩上胡转悠。哪是四方心里冷，她心里热得流蜡油！哪是四方嫌儿女，她想把天下的娃娃都搂到怀里头——宝宝啊，睡觉吧，美滋滋地做个梦，一觉到天明。到天明，看大船，大船上面挂个帆，那是你爹顺风顺水把家还……"

四方唱着，直唱得热泪涟涟。她身旁的三个男人一声不响地听下去。

七

跑来海边的三个人再也没有回村。那里，饥饿正威胁着越来越多的人。奇怪的是这并没有使他们停止那异常的忙碌。这期间也陆陆续续有极少数几个人来海边上寻点吃的，但塞饱了肚子很快又跑回了村子，并且再也没有跑回来。

四个人睡在小窝棚里无论如何还是太挤了。他们摸着挨在一起，倒也非常暖和。四方开始与千年龟靠着，但他们久久不愿入睡，声音嘈杂，老筋头不得不将他们隔开。四方搂抱着孩子细长物柔软的身体，做了一夜母亲。她把细长物的脚丫扳得弯曲一些，使其蹬到自己的肚子上，又将他长长的手指按在胸窝那儿。她不停地抚摸拍打，嘴里发出"噢、噢"的声音。开始细长物倔犟不驯，后来终于在她松软的臂弯里香甜地睡去。

天一蒙蒙亮，四方像一个主妇那样第一个醒来，腰上系了块油布，然后动手做饭。饭熟了，她就撩开小窝棚的帘子喊一声，三个男人，先后爬起来，揉揉眼，扑打着身上的沙土，围到饭锅那儿。

这四个人过得很好，真的像一家子人，始终有一股暖熏熏的气息环绕着他们。老筋头和细长物到海里钓了几次鱼，每次都很幸运。当他们划船离岸之后，小窝棚也就成了千年龟和四方的天下了。千年龟不断地欠起身子与四方说话，有一次还要手把手地教四方下棋。四方并不遵守棋盘的规矩，竟用一门炮一口气打掉了千年龟的两匹马和仅有的一个车。

每天都有新鲜的鱼吃，日子过得很好。高兴了就击鼓，胡乱唱一些歌。只是闲下来时大家才想一下那个村庄，都不知如今变成了何等模样。严冬很快就要来临，树叶纷纷脱落，他们想不出满村的人用什么办法抵挡寒气。细长物后来每次吃饱之后都愁眉不展，问他，也不答话，只是面向南方用力地吹那枚铁哨子。

有一天，在"嘿嘿"的哨子声里，一群孩子跟跟跄跄地向海边上跑来。他们远远看去就像些蚂蚁一样，滚动着、吵叫着，爬起来又跌倒，一个个全身乌黑，头发乱蓬蓬的。细长物双腿叉开，由于吹哨子太用力，整个面颊都变成了紫红色。哨子越来越急促，那群孩子跑得更急了。老筋头对身边的两个人说：

"细长物当过他们的头儿！"

一群孩子连滚带爬地跑到近前，吓了大家一跳。孩子们瘦成了什么！他们只有皮和骨头了，肚子被凉水鼓胀了老大，放着光泽。一双双眼睛亮晶晶地陷在深处，像灯苗似的燎着几个人的脸。"饿呀！饿呀！"他们喊着。这群孩子头发很长，又脏又乱地遮住了脖颈。他们之中还掺杂了一个同样矮小的老太婆，她瘪着嘴哭泣，可是眼中没有一滴泪水。

老筋头挥挥手说："快把鱼汤烧开，快，一锅接一锅！"

四方和细长物飞快地把鱼装进锅里，千年龟嘴对在灶上吹火。老筋头要在窝棚一边另搭一个更大的窝棚，正不停地奔忙。

鱼汤烧好了，四方左手端一个铁碗，右手把孩子一个个扳到怀里，像喂奶一样喂他们；那个老太婆挪蹭过来，正犹豫的时候，被四方一把搂紧，同样小心地给她喂了一碗……四方这样喂过了所有的孩子，脸上渗出一串串汗珠，红润润的。她见孩子们一个个倒地安睡，手一松，铁碗掉在了地上。她喘息着，嘱咐千年龟不要松懈，赶紧熬第二锅鱼汤，然后又跑去帮老筋头抱柴火搭新窝棚。

阳光晒得孩子们个个发烫，他们饱吃饱睡了一阵之后也就精神了。四方跑进他们中间，痛惜地拍打膝盖，埋怨说："小东西啊！小傻瓜！饿成了什么样子还不往海上跑！这里有老筋头，有船，到大海里抓鱼吃呀！……"孩子们仰着灰脸，看看千年龟，又看看远处奔忙的细长物说："头儿不在了，哨子响，俺们才能散开……"四方转脸骂着：

"这个小死东西！他跑来了，可他该把铁哨子留下呀！"

细长物此刻跟在老筋头身后奔忙。当他扭头看到一群伙伴在阳光下活动，就拾起垂在胸前的哨子吹了一声。孩子们爬起来，呼呼啦啦地奔向了他。那个挟裹在孩子中的矮矮的老太婆也随着跑过去，唯恐落到后边。细长物神情肃穆地挥了挥手说："快帮老筋头做活，这个窝棚天黑前要盖起来！"孩子们答应一声，散开了。

阳光照耀着一群肩扛怀抱树棍柴草的孩子，像潮头上闪亮的水沫一样缓缓流动。

除了千年龟在熬制第二锅鱼汤，其余人都忙做新窝棚了。黄昏时候，又宽又大的新窝棚也做成了。孩子们喜滋滋地跳进去，一仰身子躺倒了，球到一块儿。窝棚还闲出一大块空地，老筋头建议千年龟和四方也住进去——四方明白这是老筋头要和细长物一起清静，心中有些不快。但她也乐于和千年龟一块儿熬夜，就答应下来。

入夜后，老筋头睡不着，就和细长物走出窝棚。两个细瘦的身体离得很近，在沙滩上缓步向前。老头子默默不语，细长物嫌冷地将身体贴近了他，他伸出胳膊护住了瘦瘦的肩膀。这个夜晚没有月亮，只有大海的粼光映衬出两个窝棚的轮廓、小船的轮廓。他们走到小船跟前，蹲下；老筋头背着风点上烟锅，又把烟嘴插进细长物的嘴里。细长物轻轻咳着，咂咂嘴。海风不断将烟锅里的火星儿吹出来，一闪一闪地飞到黑夜里了。老头子伸手抚摸着船，嫌烫似的，手指一缩一缩。后来这只手又按到了孩子厚厚的头发上。

他们不知在小船旁边停了多少时间，才回到了窝棚。

这个小窝棚真黑呀！什么也看不见，只是无比的暖和。老人舒服地叹气，躺下来，一边用手捶背，一边伸出脚钩倒了细长物。细长物也学老头子那样发出叹气声，将头在铺子上一滑，平展展地睡过去了。

约莫睡到半夜里，老筋头又惊醒了。他好像听到一位老友的声音在喊他——那是最早的一个棋友、鱼人老黑的声音！他坐着吸了一会儿烟，重新睡下。可是老黑仍旧喊他，他甚至又看到了老友漆黑发亮的衣服……老筋头摸索着走出窝棚。

天上的星星一齐闪动，海浪噗噗地打着沙岸。老筋头摇摇晃晃，身子靠在了小船上，小船在激动地颤抖，老筋头觉得它今夜有了人的体温。

海水徐徐地漫过来，他闻到了一阵浓烈的芬芳。他感到了海水今夜那么柔和、温煦，像一只娇嫩的手掌那样触摸着他的周身。海水漫过来，漫过来，把他和他的小船高高举起——小船无比灵活地滑动一下，轻快地向前飞翔……大海的绿波无边无际，小船向着远方航行。海上的风越来越轻柔，清香的气味越来越浓，渐渐连绿色的水波也变幻了颜色。好像有初升的太阳照射一样，一丝丝红色在水浪里闪跳，五光十色，把一只好奇的幸福的船吸引了过去。

这里的一切都闪着粉色花朵的颜色。这是个彩色的、无比芬芳的世界。水浪的声音消逝在远处，就像丝弦的余音被南风拂去一样。粉绒绒的花朵盛开着，它的气息、它的颜色布满了整个空间。人们在路上徐徐行走，互相微笑着致意，好像所有的人都是朋友。脚下的土壤也是粉丹丹的、透明闪亮的，一尘不染。它培植和滋生的一切都像它的颜色和品格，又质朴又纯洁。这儿唯一的交通工具还是船，各式各样的船。

它们可以在无限的空间里任意穿梭，而绝不会碰撞和受阻。这儿鸣奏着一种永恒的音乐，它来自船、花朵、泥土及一切有生命的物体身上。在这种美妙的声音里，像羽绒一样轻柔的雪花从空中洒落下来，变成花瓣上的露珠。人的身上常常沾满了这样的雪花，大家相遇时就互相伸手拂去。姑娘们以挂满雪花为美，她们的头发上、眉毛上，都有晶莹的雪花在闪耀。小伙子和姑娘在路边交谈，他们的语言是这个世界上最富有创造性、也是最随便的了，简练而淳朴。她说："你如果听到歌声，晚上的歌声，会想到什么？太阳，月亮，是传说中的东西。太阳月亮，还有星星，把光辉送到人间，是因为什么？"他回答："我如果听到歌声，我想到你的眼睛以及花瓣。我从未见过太阳月亮还有星星，像所有人一样。它们是传说中的东西。它们把光辉送到人间，是因为人间的爱都藏在黑影里，并且极易消失。"她又问："如果我使你爱，我又远离了你，你会在想念中怎样装扮我？"他答："让我想一想。这样了，你会穿一件红色的衣服，穿一条纯蓝的背带裙子。也许你还会穿一件粗条绒蓝裤，但上衣的款式及颜色永不变换。"她又问："那么，让我吻一吻你好吗？"他答："那是很好的。"她吻过他之后，说道："我认为人一生只爱一个人是非常幸福的。"他点点头："反过来，人一生爱所有的人也是非常幸福的。"姑娘紧紧地握住小伙子的手，说："太对了。我们如果不交谈，怎么会知道彼此想的都一样呢？交谈多么重要，让我们告诉别人，让他们互相多交谈吧！"他们的谈话结束了。类似的谈话还有很多，最后都化为了粉红的花朵。与此正相反的是，如果这场谈话走向谬误和怪异，他们身边的花朵就会渐渐枯萎。这儿的动物很多，机灵可爱，与人为友，一律舔食花瓣。它们从人们居住的地方路过，常常被主人邀请了玩一会儿。人的心和动物的心因为互相接触而变得湿润，无比愉快。有一种像狼一样的形貌但并不叫狼的动物，可爱的发亮鼻头上受了伤，被一个穿短裤的小孩遇到了。小孩难过地流下泪水，抚摸它，安慰它，又为它涂上药水。人与人、人与动物、人与植物、男人与女人，互相之间不可说谎、不可背弃、不可欺骗、不可侵犯。如果这类事情发生了，那么飘飘下落的粉绒绒的雪花沾到他的脸上手上，立刻化为乌黑的汤汁，渍入皮肤，永洗不掉。人们见了他，都用无比怜惜的目光望着他，在心里说一声："我真惭愧"——他们在为自己难过，因为他们感到没有尽自己的力量去消除这类事情的发生负有巨大责任。那个被标注了黑色印记的人默默无语，不停地劳作，并且尽最大的能力去体贴周围的事物，渐渐那印记也就褪尽了。这儿的每一种花都不同，然而每一朵花都是美丽的。人与人也像花与花一样，他们如果想寻找那最深处的区别，也只有互相久久注视。人们的眼睛是不一样的。虽然眼睛都乌黑闪亮或像大海一样湛蓝，但它映照出的景物是大不相同的。在这个世界里，每一个地方都变得不那么遥远了，这完全是因为有了船。他们的意向就是船的航向，随船去居住区，去彩色的田野，去大森林。这儿的居住区也许是最自然又最奇特的。这儿只有房屋，没有街巷。几间宽敞的房子连在一起，四周就是色彩斑斓的田野。田野上有农作物，有鲜花，有树木，也有汩汩的河流。那些粉色的屋顶散在广阔的原野上，就像被花朵簇围着一样，而联结这广袤田野上的房屋的，也就是船了。每一户人家都面对着大自然，都伸手可以触摸一片粉红色的天地。居住区同时就是田野，田野同时就是城市，人们的各种建筑只是田野上的点缀，就像一簇簇鲜花差不多。居住区无比阔大，但人与人的联系又是频繁而密切的。由于有了船，距离也就大大缩短了。只有居住区之间由大片森林隔开着——它是动物的"居住区"。森林由无数的树种组成，或高大挺拔，或枝蔓蜿蜒，神奇的植物交错繁生，茂盛无边。鲜花像灯盏一样在林间闪烁，哪里鲜花怒放，哪里就光辉灿烂。各种动物在林子中歌唱着，比着皮毛的斑纹，尽情游戏。人们在劳动的间隙里进入森林，各种动物兴高采烈地围拢过来。这是森林——动物居住区的节日。人们带来了他们对大森林的问候，也带来了一大堆人类特有的难题。比如他们要让森林和动物们帮忙解除一些疾患，特别是失眠和眼疾。他们的眼睛望不太远，如果很久不到林子里，那么就望不到自己所处的这个世界的尽头，用一句时髦的话说，也就是看不到明天了。这个世界给人的独特的幸福，也就是每个人都能准确而清晰地看到明天。这儿没有太阳月亮和星星，因为光亮从泥土和植物身上均匀地散出，互相照耀着、温暖着。如果这儿接受一个太阳，那么所有的物体都要围绕太阳旋转，实际上所有物体都要尽力维持新的平衡以不致倾斜。最不能同意的是太阳再大也是一个物体，而世界上的所有物体都应该平等，这是生存的尊严。太阳在别处倾听着万物对它的歌唱，那是别处的事情。在这个粉丹丹的鲜花一样晶莹的世界里，生命是最有光彩、最有力量、最受尊重的。一切都尽情地生长，形成它自己的颜色和形状。由于土壤晶亮透明，这里也就没有尘埃。一切都永远是崭新的、鲜亮动人的，生气勃勃的。

大海涨潮了。浪花飞溅起来，扑到小船上，有水珠沾到了老筋头的脸上。他的身子紧倚着船舷，嘴里的烟斗早已熄灭了。大海里有磷火倏地闪亮了，又熄去；一些碎细的光点在水波里，好像要让水流带上沙岸……他揉揉眼睛，叫了一声"老黑"，站了起来。

这时天已经要亮了，东方出现了鱼肚白。

他走向小窝棚，觉得两腿像棍子那样硬。天真冷啊，黎明时分的风吹起来，刺骨的凉。他的牙齿碰响了，身子瑟瑟抖动。进了窝棚，细长物正好醒来了，可小家伙的思绪还在另一个世界里，他一下子抱住了老筋头说："抓住了！"老筋头让他抱着，他抱了一会儿，就失望地松开了，说："你不是……"

老筋头问他，才知道他刚才又梦见了那个女鬼……老头子一声不响了。他将身子往里缩了缩，又把细长物揽到怀里。天亮了，风更大了，又是那种尖利利的声音。

细长物说："你听——"

风声愈吹愈响。小窝棚口的草帘抖动着，闪开了一条缝隙。

老筋头铁青着脸，小声说一句："她……真的来了……"

草帘子猛地一撩，接着又安静下来。

老筋头僵直着身子坐着，脸庞微微侧向一边，注视着靠近棚口那儿。

细长物也看那个地方，但什么也看不到。

老筋头轻轻地咳了一声，一只手小心地去摸烟锅，抖得厉害……"

八

壮男向前跑去，没有回头，一直跑下去。渐渐看不到纷乱的蹄印了，他才停下来。脚下没有了路，身体处在了一片陌生的丛林中。无数条粗粗细细的葛藤交织着，竖着横着拦在了四周。他费力地打量辨认，想弄明白走到了哪里。丛林顷刻间化为一片绿色的雾气，跳动着，将远远近近的树影隔离开来。壮男叹息着，绝望地坐下来，闭上了眼睛。

夜晚来临了。壮男燃起了一堆大火，抵挡着寒冷。他坐倚着一棵大树，猎枪就贴放在右膝那儿。野兽在不远的地方来回走动，不断弄出细小的响动来。如果这堆火熄灭了，它们就会蹿过来。他此刻好像全无饥渴的感觉，虽然他已经整整一天没吃没喝了。火焰升腾到一人多高，他发狠地往里加柴。这火焰不知怎么让他想起了那座城市的教堂尖顶，想起了那个月夜的血的颜色，以及它沾在手臂上的滚烫的感觉。

火焰发出剧烈燃烧的声音，壮男恍惚中看到他们亲手搭起的那座小窝棚在小红孩的尖声大叫中烧毁了！火焰直冲腾到空中，带着不可遏制的勇猛卷去了一些黑色屑片，发出劈劈啪啪的响声。小红孩蹲在一边泣哭。一阵牲口的铃声响起来，有人轻轻地把手搭在她的肩上——她立刻双目一亮，不哭了。一些人将她放到牲口背上，沉着地向森林深处走去了……壮男苦笑着摇摇头。他突然明白那个心中的小窝棚烧毁了！他彻底失掉了那个汗水浸染过的小窝了。风呼叫着，野兽发出了不耐烦的狂吠。他将身子动了动，使火焰能够烘烤身体的另一部分。

这个凄冷的夜晚使壮男第一次明白了，大森林才是他的家；他从那座城市挣脱出来，如飞鸟投林。现在他再也不想回那个窝棚了，他是真正地步入大森林了！

天亮了，他的第一个念头不是回去，而是搞一个大背囊、整一个越简陋越好的栖身之所。临离开那堆熄去的炭火时，他小声说一句："那个小窝棚已经烧毁了。"

他一口气吃掉了很多野果子，水和食物差不多也就同时解决了。然后他动手为自己搞一个安身之所，尽可能地让其靠近一处水源。这个小窝可也太简单了，甚至不能避风遮雨。他想日后再慢慢收拾它吧，眼下最要紧的是新的猎物、是它所换取的锅子和食盐，还有火药。本来这些东西可以从原来那个窝里取到，最起码也可以找那个老猎人帮忙。但身上的一股拗劲阻止了他这样做。

从告别那个蜂巢般的城市的那一刻，他就明白自己做了一次庄严的抉择；当他认定那两个人的窝棚已经烧毁了时，他也同样明白自己开始了另一种更艰难的跋涉。他也不明白自己，他觉得起码不像预感到的那么痛苦，这就非常奇怪了；好像有一股奇怪的力量推动着他，把他从那座城市直推到这片茫茫林海，又把他推离了亲手搭起的小窝棚。好像人本身就有孤注一掷的冒险嗜好，又好像要发着狠去不断地证明什么。证明什么？不知道。反正要去证明。

他把自己安顿下来了，一切要从头开始。一连两天没有说话了，所有的欲望都用一杆猎枪去宣泄。他觉得自己一夜之间成了个饱经沧桑的猎人。猎取非常顺手，竟然接连打到了一头熊和一只獐子。他默默地在林间穿行，有时走着走着就停下来，屏住呼吸去倾听——他觉得自己也能够像汪坝那样了，用心力去感触远远的一个大兽。他仿佛看到那个大兽怎样卧下来，很有耐性地注视着这边的一举一动。他再向前走，大兽爬起来。前行二里多路，那个大兽失望地咂咂嘴巴，向别处跑开了……如果壮男看到刚刚熄灭的炭火，总是小心地绕开。他不想遇到生人，也不愿看到熟人。猎枪的声音，野兽绝望的呼叫，他都远远地躲避着。

尽管如此，一天黄昏还是有一位猎人光顾他的窝棚了。这是个陌生人。壮男没有任何惊讶的表情，只是往锅里多放了一些吃的东西。他们燃起一堆火，都没有说什么。天渐渐黑了，火焰烧得越来越高。猎人从怀里掏出一撮莫合烟，壮男接过来吸了。两人吸着烟，都不抬眼睛。锅里的东西熟了，他们开始吃饭。猎人吃着，非常缓慢地咀嚼。壮男看看他，伸出手来，猎人赶忙解下腰上的酒葫芦。他们一人一口饮着，酒咽下肚的时候，就舒服地张大嘴巴吐一口气。不一会儿，两个人的脸都有些红了。火堆边上的砂土烤得热烘烘的，壮男不管猎人，一个人躺了下来。他大仰着，用力地伸展腿脚，又将身体扭动着。猎人凑近了，发现他脸上盖满了尘土，膀子从绽破的衣服露出来，有一道道的伤疤。猎人把他的头扳在自己的膝盖上，这样躺着会舒服一些。他闭上了眼睛。猎人握住了那个拳起的手掌，给他展开，看到一道没有愈合的血口子。猎人的手抖着去掏衣兜，又抓过身旁的背囊翻找，找出什么东西填到他的伤口里去。

猎人直坐到半夜才离去。他起身走的时候壮男并没有送他，仍旧躺着。后来那个猎人又来过一次，带来了一些烟草，还有壮男很长时间没有吃过的鱼干。他帮壮男加固窝棚，用随身携带的一把大斧伐树，被壮男阻止了。他只让猎人将斧子留下来使用。

日子一天天过去了。在这短短的时间里，壮男明显地苍老了，他的胡须乱乎乎地罩住了下巴，额上的皱褶突然间刻深了。他不去想小红孩和那个窝棚，但那个小小的孱弱的身影总在眼前闪动。他在心里呼唤：小红孩！小红孩！你到了哪儿？把我一个人撇在了林子里，那就一个人吧。这样也挺好的，我重新搭了窝棚，从头开始了……他有时在深夜里想，这片大林子对于那个弱小的女人来说，也许真的太荒凉、太可怕了。

他去打猎，门也不锁，把小窝棚凄凉地放在荒野丛林中。直到天黑的时候他才喘息着回来，或者疲惫地蜷曲着，或者马上动手燃起炊烟。小窝棚坐落在茫茫林子中的这个地方看不出更多的道理，只有搭棚人按时回来又走去，才多少显示了这是他生活中一个了不起的标记。他在林子中做了这个新的记号，然后就围绕着这个记号去寻找，去生活着。

他不知道有一场惊险的猎熊在等待着他。

那个黄昏，他觉得青草像被红颜色染了一遍。当他这样端详了一下地上的青草，一抬头看到了一头棕熊。它笨拙地在一个粗粗的橡树根上挪动一下前爪，目光朦胧地看了旁边的什么一眼。它并没有看到有个年轻的猎人。只是壮男抄枪弄出了响动，棕熊才转过脸来。它吼了一声，身子一扭躲到了橡子树背后。壮男沉着地接近那棵树，心里想这个熊他打下了。他必须离得再近一些。老橡树像是有意做什么，他无论怎么绕都发觉树身会吃去很多霰弹。后来他在离树十几步远处站住了，认为机会可以等得到。估计得不错。五六分钟之后，棕熊蹿了一下，离开了橡树，但它稍稍偏离了那个枪口和树木规定了的直线，猎枪就放响了。

棕熊腾一下立起来，又斜着跌倒了。鲜血像是从脖子那儿涌出来的，嘶哑的吼声令人恐惧。壮男迅速抽出腰间的刀子，与此同时棕熊却以难以置信的速度蹿起来。刀光对着熊的脖子往下一点，可是稍稍偏了一些。他身子抵在橡树上，就顺着树身往下一滑——棕熊的爪子扫过，扫去铁一样坚硬的老橡皮，击中他的右肩。上臂立刻撕去一大块皮肉，像被一块烙铁印了一下。壮男"啊啊"叫着在地上翻滚。棕熊又扬起致命的前爪。他觉得全身的血液全涌到头上来了，一片火星在额头上方"啪啪"地爆响，也不知怎么伸出了刀子，像拨开一团乱麻一样，奋力一挑……

他昏过去了，天完全黑透才醒过来。他首先闻到的是刺鼻的血腥味，而这血是他与棕熊共同流出来的。棕熊的腹部破了，已经死去，可那恶狠狠的眼睛似乎还瞪着他。他什么都明白，是这棵橡树在那一刻帮了他一把。他呻吟着爬起来，向着老橡树磕了一个头。

他赢得了一头不错的熊。但他因此不得不躺倒在小窝棚里。

从进入森林至今，他好像第一次这样清闲过。没有了猎取的欲望，只有一堆永不熄灭的火焰烘烤着躯体。他闭上眼睛，就觉得身体像浮在水上一样，他知道这是躺在了那条小船上的感觉。他可真渴念那只小船啊。如今它哪去了？或者是在风雨中无声地朽蚀，化为软软的泥土；或者是让一个好人驱驾到波涛之中——"嘿，那样可真棒了！"他说出了声音。一个人躺在船上，周围都是水，那可真孤单，就有点自己这会儿的滋味。这也挺不错的。他一边想着，一边撕下一条鱼肉，放火上燎一下，有滋有味地咀嚼起来，这样孤独着真的挺好，一个人一生没有真正可以称得上孤独的时候。那个人一定过得没劲。

这些日子他多多少少想了想他出生的那个地方。他回忆起一个至关紧要的事情：他杀了一个人。至于为什么要逃离那座城，好像也不完全是因为杀了人以及小红孩等等缘故。为了什么？说不清。好像是过得烦腻了，讨厌这座城了。比如他要不客气地问：一代一代人都拥挤在这个地方，理由是什么？而这座城的实际，不过是很早、很早的一个人在茫茫荒野中做了一个标记，就是说像自己一样搭了个小窝棚。那个人的生活标记影响和决定了后来这么多人的生活范围、嗜好以及性质。这些想一想就很憋气。真憋气。他爱，他恨，他杀人，他真像在制造着逃跑的托辞，那种最最表面的理由。他有了理由，也就登上了一条船。

那条船离开堤岸，漂荡在绿色的波涛上，小极了。远些看，它是一个小点子。这个小点子会动，动来动去，在远比土地阔大得多的海面上，真是不可思议。随时可以停泊，又随时可以扬帆远行。它不会做一个永久的标记，而只能流行下去。船与窝棚、船与车辆、船与一座城的区别，是十分明显的。

小船泊在林海。他们搞了一个小窝棚，围绕着它旋转了好几年。如果照此下去，他们可以生孩子，可以吸引新的窝棚。这就极容易变成一个屯子，而屯子久而久之也说不定会变成一座城。新的蜂巢又出现了。几百年过去之后，就没有人怀疑这个蜂巢存在的理由、它的合理性。其实它最初不过是两个年轻人的选择。这一选择可能断送多少人重新选择的自由！真可怕。在无尽的天宇里，人的选择也应该是永不停止、永无尽头的啊。

壮男欣慰地端量着这个极其简陋的小窝棚。他随时都可以弃之而去，正像他曾经做过的那样。那时候它就变成了一个供猎人随便歇脚的好去处了。这该是它最好不过的结局……膀子上一刻不停地滋生着新的肌肉，一阵阵奇痒。伤口愈合得不错，他十分高兴。因为怕冻了伤处，就缠裹了厚厚的布条，看起来怪可笑的。窝棚里积存的东西吃得差不多了，现在只能咀嚼所剩无几的鱼肉干。有时他费力地爬起来，掮上枪到附近的林子里转悠，希望有机会打到一只飞禽。他可真想吃一点可口的东西。一只山鸡就在不远处的枝桠上活动着，他将枪放在树杈上，用左肩顶起，试着瞄准——扳响了枪机，霰弹喷射出去，野鸡尖叫一声飞走了。

像这样尴尬的场面已经有好几次了。他每次都苦笑着，艰难地掮了枪，回到窝棚去。

他烤着鱼干，故意烤得火大一些，这样吃起来省力。

那个臂膀可以抬起来了。他回头看看那些咸干鱼，还有整整两条呢！他笑出声音……他伤后第一次离开窝棚那么远，并且成功地猎到了几只肥鸟。肉汤香喷喷的，这肉汤棒极了。美餐之后，他出了窝棚，发现太阳在树顶上燃烧。他愉快地吁了口气，将臂膀轻轻旋动着。这一段过得好艰难，但也满足了心底的那么一点拗气。他一直要证明点什么，比如现在起码证明了他可以在一头异常凶猛的巨兽爪下逃生；证明了他吃着干咸鱼也可以康复，等等。

太阳燃烧着，他只瞥了一眼，就感到它比任何时候都明亮……又一只野鸡落在树桠上，可没等他举枪就飞起来。正这时从另一个方向响起枪声，野鸡应声跌下来！他收了枪，惊讶地贴紧树干站立着。一个强壮的猎手出现了——是汪坝！两个人注视了一下，大声呼喊起来，然后紧紧地抱在一起。汪坝捶打着他：

"你让我们找得好苦啊！你藏在了这里——你的小红孩

急得死去活来……"

"她？她在哪？"

"她没有逃出去，半路上她跳下了骡子，两天两夜没吃没喝赶回来，可你又不在了……"

壮男蹲在地上，一双手插在乱蓬蓬的胡子里，望着汪坝。

汪坝气愤地跺着脚，不知骂了一句什么。

"小红孩呀！你呀！"壮男闭上了眼睛，摇了摇头。他站起来攥紧汪坝的手，转回身去……

他到河边去寻找小红孩。

小红孩像变了一个人，黑瘦黑瘦，只剩下一双大眼睛了。她看着归来的壮男，一声不吭，只是流泪。壮男抱起她来，觉得她的身子轻得像一捆茅草。她像只小猫一样伏在他的肩上，整整一夜没有离开。他说："你跑走了，我那时头嗡嗡响，只知道再也没有你了，我们的小窝棚一下子塌了。"

小红孩默默地吻他，使他安静，使他无声无息……一个永远也没法忘记的夜晚，一个温柔和宽容的夜晚！大森林里一切的嘈杂和不安都远远地消逝了，只剩下了他们轻轻的呼吸。天亮了，小红孩又给他翻找出那把刮脸刀；当她发现了他胸膛和臂膀上的伤疤时，吓得大叫了一声。她抚摸着他的伤疤，说："大森林不要我们了，它老要赶我们走……它也许会的。"壮男沉默着，说："你也许不该从那座城里跑出来，是我把你领出来的……"小红孩生气地捂上他的嘴巴，站起来。

壮男的伤完全好了，小红孩也渐渐胖了一点。汪坝和那个四五十岁的猎人常常来他们的小窝棚做客。不久，小红孩怀孕了。他们真担心在这荒野里孩子会生不下来。小红孩病过两次，但她不敢让壮男去求助屯子里的郎中。天转暖了，林子里的各种虫子又多起来，叮咬得他们浑身红肿。白天晚上都不得安息的日子又来了，壮男再也无心出去打猎。他点上一种香草熏着窝棚，叫小红孩呛得大声咳嗽，泪水溢满了眼眶。

一天壮男出去了，回来的时候扛了一头獐子。他走近窝棚，见小红孩倚在木栅栏门上，手里紧紧攥一把刀子，见了他才大出一口气，坐了下来……她告诉他：一头豹子在这儿转悠一整天了，还蹿上后面的小窗洞那儿。她说完一直看着他，汗水从额头流下来。壮男把她的手握住，说：

"你说吧，我知道你想说那个字——走……"

小红孩咬着嘴唇，摇了摇头。

汪坝常常来。壮男因为要照顾妻子，也就很少和他一起出去。汪坝在河的上游奔波一天，傍晚再赶到小窝棚来吃饭……这天太阳还挂在树梢上，壮男和小红孩正忙着什么，忽然听到窝棚外面有喘息的声音。往常这时候汪坝还回不来。他们出了棚子一看，一下子惊呆了！汪坝跌倒在小窝棚前面两三步远的地方。

他静静地躺着，脖子被什么扯破了，鲜血差不多淌尽了——他的手掌满是鲜血，可以看出他刚才还在紧紧捂住伤口。他大概想赶回来，死也要死在这个小窝棚里……壮男蹲下来看看，从伤口判断，他认为是遭了熊了。这个出奇的好猎手也没有逃脱巨兽的爪子。此刻他静静地躺着，脸上没有血色，俊气的眉毛更浓更长……壮男咬咬牙站起身。

小红孩面如纸色，一手攥紧了壮男的衣襟。

壮男让小红孩等他，他去了屯子里。

林子里一片血红。一会儿，那个四五十岁的猎人和壮男一块儿来了。

猎人说："我们在太阳落下以前把他埋了吧！"

小红孩大哭起来。壮男把汪坝抱在怀中，一步一步往前走去。

汪坝埋在了小窝棚前面不远的一棵松树下。他的坟堆垒得小小的。

这天晚上那个猎人没有走。他们在坟边点上一堆大火，默默地陪伴了汪坝一夜。

天亮了，太阳把小小的坟尖染得通红。猎人站起身来，低头立在那儿，咕哝了好长一会儿。壮男和小红孩一句词儿也听不清，但那悲凄哀切的音调却让他们心痛欲裂。猎人拖着疲惫不堪的身子走了，大森林里一会儿传来他那断断续续的歌唱：

"一杆猎枪陪伴了我，它是猎人的魂。在莽林里面游游荡荡，背个酒葫芦，从天亮跑到黄昏。哦哦，别骂我这个不孝的儿孙，别骂；别问我为什么跑进了深山老林，别问！……"

两个人回到了小窝棚里。这个温暖的小窝啊，至今还留着好朋友汪坝的气息，可他要永远一个人沉睡在门外的松树下了……半夜里，只要大风呼啸起来，他们就睡不着，紧紧地搂抱着待到天明；白天，只要远处传来枪声，小红孩就说：

"听，他在打枪！"

壮男差不多一步也不愿离开窝棚了。可一个猎人不打猎也就没有了一切，只好在近处打一点小野物。有时他萌生出搬到屯子里居住的念头，却遭到小红孩的激烈反对。问她为什么，她不做声。后来他才明白了，如果要离开这儿，那就索性离开整个可怕的荒野。

小红孩的身子一天天笨重了。壮男尽一切力量照顾她。为她去弄可口的饭菜，可她的脸色还是越来越黄，整个人都变得有气无力。有一天她终于恳求壮男说："让我们回去吧！我真怕在这儿生孩子……真怕！"壮男木木地问：

"再回到那座城市吗？"

"嗯。"

"你……不，永远也不回那座城了。"

小红孩再一次恳求："我们走吧，随便你到哪里。可一定要离开这儿，一定……"

壮男终于明白他们真的要离开这块地方了。他们不得不做出这样的决定——但他可不想回到那座城。

为了尽快赶上时间，必须请一个人帮忙，于是就找来了屯子里的那个猎人。他们又移居到了初来森林弃船的地方，在河沿上动手造船。一个多月过去了，船造成了。

与猎人分手的时候，猎人哭了。一个近五十岁的男人放声痛哭真让人难受。他说："我死后，就让屯里人把我和汪坝葬到一块儿……"

又是一只小船漂在了大海上，像来时一样。

不同之处是船上除了他们两个之外，还有一个等待出世的生命。

这可真不是远航的时候啊！小船颠簸着，她可怎么忍受得了。壮男又要驶船又要照顾她，简直连喘息的空闲都没有。她在小船刚刚驶入海口的时候就病倒了，壮男要将船返回，她却死也不肯。小船就是找到一个小岛也好啊，可茫茫的大海什么也望不到。小船上有一个装淡水的皮囊，有一个像铁罐一样的小吊锅。壮男每天都设法钓到一条鱼，让她喝到鱼汤。

小船走了三天了。

第四天上，她在甲板上翻滚着，嚎叫声撕人心肺。这显然是早产的征兆。她两手紧紧抓住壮男的胳膊，呼叫着。壮男满身满脸都是汗水，他应答着，但不知说什么、做什么。后来他就抱起她来，她放声呼喊，他又胆战心惊地将她放下……

她喊叫了整整一个上午。中午时分，她的力气差不多全用尽了，喊声低下来。后来她平展展地躺下，一双美丽大眼睛直直地看着壮男。他小声问她："小红孩儿，我的小红孩儿！你好些了吗？"她点点头。停了一会儿，她伸出双手，让壮男将她抱起来。

她一直闭着眼睛，像是安睡过去……当太阳染红了小船，整个大海仿佛燃烧起来的时候，小红孩在他的怀中醒来了。她叫了一声"壮男"，费力地吐出几个字："你……真好……"说完眼睛又闭上了。壮男的眼泪在眼眶中旋动，但忍住了没有流下来。他俯在她耳边问："小红孩！是我把你领进了一片荒野，我是说，你真该恨我啊……"小红孩的嘴唇活动着，但已经没有力气说话了。她摇了摇头。

壮男的泪水哗哗地流下来。她死在了他的怀中。

小船在海中任意漂流，船上的男人不动橹桨，只是紧紧地抱着她，不吃也不喝……不知多少天过去了，小船终于靠在了岸上。船上的男人扑到沙土上，身子久久地贴在了上面。

女人葬在荒凉的沙岸上。他出海捕鱼，归来时第一眼就看到了那个坟尖。可有一次大风把坟尖吹平了，从此他眼里只有一片茫茫的海滩了……

九

老筋头这儿有些零零星星的客人，他们来得晚，走得早。仿佛有什么在催促着他们一样，急急匆匆的。从一些消息来看，那个村庄的情况已经无比严重了。

千年龟几次呼喊老筋头下棋，都被他拒绝了。他把两个窝棚的人喊到身边来，对他们讲了这出奇的荒谬：一群群人饥饿难忍，其中有不少人倒下再也爬不起来了；但这些人就是不愿意离开村庄！这真是永远也没法理解的事情。他决定：海边的这些人分成两拨子，一些身体强壮的（真正可以称得上强壮的其实一个也没有）人抓紧拉网打鱼、晾晒鱼干、捞海菜；最小的家伙们回村劝说大家赶紧来海上逃生。大家急忙行动起来。

细长物吹响了哨子，一群脏乎乎的孩子带着满身腥气围拢过来，随他向村庄跑去。

老筋头摇船入海，撒下网，让四方和两个半大孩子往上拉；千年龟唉声叹气地沿海岸寻找浪花推拥上来的海菜。

大大小小的鱼给网上来，收获令四方欢呼不已。她说又好像回到前些年的情景了。那时候她从这儿买走了多少鱼儿。千年龟用一个铁抓钩去抓海菜，一会儿就把湿淋淋的海菜堆成了小山似的。他用手捂着黑帽往铺子里跑，想躺一会儿，又被四方喝住了。老筋头让千年龟烧水烫鱼——鱼儿要晒鱼干，最好先放进滚热的锅里烫个半熟，这样晒得好，又可以拿起来就嚼。

千年龟拖着身子走到灶边，点燃了火就躺下来。

海上第一次热闹起来，四方拉网十分卖力，又非常得当地指挥了两个孩子。她喊着号子，并让他们呼应她。老筋头下了船就去拉网，帮着三个人拽网纲。四方的手在纲上滑一下，身子快挨到老筋头了。她说："热天里拉网多美气，光着身子，想洗澡了，躺下一滚就入水呀。"老筋头说："你现在光着身子谁还管你不成。"四方大仰着身子，把头探到老筋头耳朵上方，咕咕哝哝说了几句。老筋头响亮地吐一口："呸！"

海滩上有了哨子声，两个半大孩子赶紧松了网纲。他们回头去看，只见细长物领着几个孩子飞一般向这边跑来。

老筋头和四方都停了手，等着他们跑过来。

细长物喘着，说："哎呀！"他喘着，咽一口唾沫接上说："哎呀！真是神了。村里的人劝也劝不来，还骂我——'小杂种，乱跑什么！'……他们不来海上，死也不离开村子，还要我们都留下——我说没东西吃呀！他们说：'俺嘴巴也没闲着！'我说那怎么饿死这么多人？他们说了：'人还有不死的理？你跑到海上早晚死不？小小年纪张狂！'我知道他们是不会离开村了啦……"

老筋头打断他问："都不来吗？"

"都不来。他们说：'小杂种！乱跑！一个庄里的人在一块儿多热闹。'我们一看老的劝不动，就去劝年轻的，最后真有几个人要来了。不巧的是这事给老头子们知道了，他们骂了一大会儿，还要把我们这些小杂种捆了……"

四方对在老筋头耳边说了几句什么。老筋头这才发现缺了几个孩子，就大声问："有人给捆去了吗？"

细长物摇头："说是捆，不过吓唬了我们一会儿，倒是他们先哭了，越哭越厉害，哭着说着：'你们这些没出息的孩子啊！你们这些没良心的孩子啊！庄里人苦成这样，你们不和庄里人一起，还要撇下他们跑走！天哪！……'他们哭得人难受，立刻有好多人要留下来，再也不出村庄了。我急了，吹起了哨子——一吹他们身子一摇，可就是不挪步。我就用劲儿吹，这才把几个人吹了来……老筋头，我再也不回村庄了！"

千年龟走过来，愣愣地睁大了眼睛。他看看四方，四方看看老筋头。老筋头去看孩子们，目光落在了那个矮矮的老太婆身上——她始终跟着这群孩子了。老筋头坐下来，去摸烟锅。他吸着烟，摇了摇头。这样待了一会儿，他又转过脸去望那只湿淋淋的、被阳光照得熠熠生辉的小船了。他站起来，问：

"他们还在试验做酱油吗？"

细长物点点头："还在试验，听说一大车海蛎子皮都快用光了……他们说要试验到六百六十六次，那时候也就成功了。"

四方拍拍手："他们成功了，咱熬鱼就有了酱油……"

老筋头转脸对细长物说："你快领大伙儿捞海菜、拉网，不可偷懒。"说完仰起脸来，长长叹了一口气。他闭上眼睛，蹲下来，像瞌睡一样晃动了几次身子，小声叫道："四方啊！"四方走近一步，他却不吱声了。停了一会儿，他睁开眼睛站起来。

老筋头在大海滩上走动着，垂着头颅，像是遗失了什么东西。他的身后就是那群奔忙的孩子，他好像把他们全忘掉了一样。四方一声不响地跟在他一边。

老筋头抬起头来，第一遭发现大海滩上是如此空旷。一眼望去，没有什么树林，一片毛茸茸的杂草棵子的那一边，有灰色的瘴气挡住了视线。在看不见的远处，就是那个村庄了。它与大海之间相隔的，是这片海滩。

老筋头似乎没怎么进入这个村庄。他因为离开热闹地方久了，一走进街巷头晕目眩，浑身都不自在。在不得不路经一个村庄时，他都是半闭着眼睛，急急地穿越行人。如果离一个村庄近了，那种特有的声音和气息总使他多少有些紧张。他看了看四方，见她也在遥望那个村庄。

每个村庄都由一层不易察觉的气团包裹着，远远看去像月亮外面的晕圈儿。这是村庄的生灵万物发放出的气息和其他物质。比如众人的呼吸、食物的酵味、做东西的烟火及蒸汽，还有马厩及茅厕的气体……它们混在一块升起来，松松地罩着这个村庄，久久不愿散去。这层气团通常被晴蓝的天空映衬得十分清楚，一般人却视而不见。一个村庄发生了巨大的灾变或其他事故，气团的晕圈颜色就会大大改变。这是老筋头十分熟悉的事情，因为他的眼睛看惯了大海，对于村庄气息格外敏感。

现在，老筋头注视了一下那个村庄的"晕圈"，大叫一声"不好"，圆圆地睁大了眼睛。

晕圈放出了暗红的光，那气团浓浊而紧密，轮廓也不清晰，最外的边缘还散射出青紫的颜色。

四方叫了一声老筋头，老筋头像没有听见。这样停了足有四五分钟，他才拍了一下膝盖说："天哪！……"

四方问："怎么了？"

老筋头小心地把头颅侧向一边倾听。好像从村庄的方向传过来"嗡嗡"的声音，一阵阵像海浪一样，却又是若有若无。他知道现在的村庄是越来越神奇了。特别是那个大屋子，他无论如何也弄不明白它的功用、它的根底，只在默想中描绘过它的模样。这"嗡嗡"声或许就与那个大屋子有关。

它一定处于那个村庄的中间，窗洞、门口，时刻都有白白的蒸汽滚出来。在一片迷蒙之中，村庄的人猫着腰在这个大屋子里活动，又从大屋子里扩散开来。一切都无声无息，又是这样的井然有序。

四方曾把最后一次回大屋子的情景讲给海边上的人听——她走进去，空旷的大屋子里没有人影。她钻到水汽深处，揪着耳朵拉来一个肚子瘪瘪的小伙子。她曾大声训斥过他，说："你也学千年龟躺着干活！年纪轻轻的……站稳了！回我话，大屋子里的人都哪去了？"小伙子不停地喘息，说人也少不到哪里去，只不过躺在旮旯里看不见罢了。他说着伸手一划。她弯下腰四处寻觅，真的看见人们三三两两地躺着倚着，歪倒在地上，不过手里还在忙着什么。她问这是怎么了？做活的人眼也不抬。

四方还清清楚楚地记得，那天她刚要呼喊什么，蒸汽里就传来扑打的声音，原来是有几个从角落里跑出来的孩子被唤去干活，孩子不听，有人就打起他们来。一会儿扑打声没有了，几个孩子从蒸汽里走出来，低着头，手里搬一大块东西……

老筋头注视着南边，用力地点了点头。他此刻已经感到了什么——这种奇怪的感觉从很早以前就隐隐约约地出现过，如今是慢慢清晰起来了。他好像感到有什么无形的力量在左右着村庄的每一个人，整个村庄就像一部机器，人是机器上的零件；而那个大屋子，又是那部大机器的心脏。村庄的一切仿佛都渐渐归结到这间大屋子里，那些纷乱的经络和血脉都通向这间大屋子，在此结成了一束……他这会儿不知怎么又想到了那辆木轮子车，一个又高又大的身影在眼前飞快一闪。

"四方，你这一段看见过于志广吗？"

四方拍一下手："那个人可真能吃东西啊，有一天他赶着木轮子车，一扬鞭子抽下了树尖上的一串叶子，用手卷起来就吃，像吃煎饼一样；还有一次他实在饿急了，连喝八碗开水。大伙儿估计他的胃像水桶一样大。"四方说着哈哈大笑，老筋头却不吭一声。他沉思着说："大胃口的人如今可麻烦了。他该早些奔着大海来呀！"

一群孩子的拉网号子一阵阵传过来。

老筋头回身看了看海边上奔忙的人影，低着头往前走去。他们不知不觉踏上了一条硬硬的土路。

沿着土路往前走，渐渐听不见身后的号子声了。路上的辙印很乱，都是那辆木轮子车的痕迹。有两道辙印新鲜清晰，他们就顺着它走下去。

土路弯弯曲曲，把他们引向了西南方。路是没法琢磨的——常赶路的人都明白，一条路本来是向着这个方向，可你随之而行，却不知不觉到了相反的方向。路在田地上如蛇般蜿蜒，没法从它的起始去判定终点的。像他们脚踏的这条路吧，向南，向西，又向东南，最后弯弯扭扭又折向北——难道这是条通向大海的路吗？如果通向大海，那么它为什么一开始不直接向北呢？老筋头不解地瞥一眼四方。他们走着，沿着路上车的辙印——路原来是人的思路。人的思路不会是笔直，因而路的距离总比应有的长出若干。像这条入海的路吧，也许最初踩路的人是这样想的：往南走走，再往前走走，海在哪里？往北吗？那就往北走走……他的思路印在了土地上，也就成了眼前这条路。

车辙深深浅浅，有的地方让车轮碾成一个深坑，一看就知道车子在这儿吃了不少苦头。赶车的那个壮汉无论怎样挥鞭大叫，车子还是跃不出去。他的额角涌出汗水，后背也湿了。也许只有这个村庄里最强悍的人才配驾车——从辙印上看，车子又艰难地往前走去了……老筋头不停地叹息。唉，"三山六水一分田"，田地只那么一分，人就在这一分田上奔来跑去了……

四方突然喊了一声，打断了老筋头的沉思。

他顺着她的手势一看，见远远的路面上有一团黑黑的东西，"于志广！"老筋头惊喜地喊道。他边喊边跑。

可是那团黑影一动不动……跑得近了，渐渐看清了车子翘翘的后尾——两匹马死了。

"于志广！于志广！"他们喊着，四处寻找驾车的人。马的肋骨凸出着，一看就知道它们再也走不动了，只好倒地死去。马的四周没有人。

后来他们在路旁的野地里找到了死去的于志广。

可以看出他是在最后一刻弃车而去，想抄近路往大海跑去。可怜他没跑几步就倒下了，再也没有起来——他的手伸着，嘴里含着沙土，头向着大海的方向。

这儿离海岸只有半里之遥。

十

　　他们用一个满是腥气的大网包将他抬到了海边上，在一群老老少少的注视下将他葬了。

　　海边上有了一个小小的坟堆。

　　老筋头最后拍打着坟堆，使它坚固光洁一些。当他抛了土铲的那一刻，他想起了另一个人。他自语一句："两个好汉……"说完他就木木地走进了窝棚。

　　在这一天的时间里，细长物已经率领大家搞了很多的鱼和海菜。千年龟由于不停地躺在灶边烧火，脸上的黑炭灰末已经添了数层，再加上他旧有的尘灰，如今已经不辨眉眼。但他看到无数的鱼都被自己煮过，也十分高兴。细长物胸前的铁哨子发挥了巨大威力，"嘟嘟"声不绝于耳，使一群孩子紧张而又快活。那个矮小的老太婆小足如削，在沙滩上活动着，常常像锥子一样扎进沙里。但她因为吃饱喝足，觉得力气很大，跌倒的时候从来不用别人去拉。

　　小小的坟堆笼罩在夕阳里。

　　谁都亲眼见到了这黄昏的埋葬。如果不是这样，那么没有人会相信是他在此长眠了。村庄里的很多人永远地倒下了，但这次不同的是倒下了一位最高大最强壮的汉子。看来死亡可以制服一切。看来死亡对一部分人的执拗也无可奈何——人们怎么也不愿离开村庄。

　　天完全黑下来了。小小的坟堆被夜幕吞没了。海边上的人全都一声不吭，呆呆地站在那儿。小铁锅干干的，人们不愿吃饭，也无心点起灶火。

海浪噗噗地拍打着沙岸，那洁白的水花在夜色里生生灭灭，闪烁着动人的白光。一天星辰映在海里，大海像无际的淡墨，染遍了天涯。这是个无风无波的春夜，天气也不寒冷，微微的风不知从哪儿吹来，带来的是意味深长的香气。人们站在这样春意浓浓的海滨，会想起大海的深处正有一个迷人的春天，那儿的银色李子花开满枝头，有红衣短裤的肥美娃娃在捏弄蝴蝶，笨拙可爱……海水的确把另一种气息引渡过来。

当人们呆立海岸的时刻，只有老筋头一个人嫌冷似的缩到了小窝棚里。

铺子上，一堆棋子散乱地摊在那儿。他一手撑了头，一手去摆弄它们。棋子摆在了它们各自的位置上，有一方缺少一个车。他挑选了红色的棋子，轻轻地、十分小心地往前走了一个格子。对面的黑影里倏地伸出一只手，手指又软又长，上面有着一块干疤——它拾起棋子，从容不迫地也挪动了一个格子。老筋头的手颤抖了，因为那只手捏起的棋子是一个卒。

棋子啪啪响着。

窝棚外面的千年龟听了，将身子探进半截。他见窝棚里漆黑如墨，根本看不到棋盘棋子，又谈何下棋！但棋子啪啪响着，分明是一局好棋、一场好杀……他吸了一口凉气，将身子收回去。

棋子啪啪响着。老筋头捏棋子的手渐渐平稳下来。他很久很久没有跟这个对手下棋了，求胜之心像火一样燃烧。他点了烟斗，一丝一丝地吸着烟，神智全聚在棋盘上了。每一方的棋子都带着深深的离别之苦，交错奔走，紧紧地扭在一起。这等于是一场倾心交谈。黑长的、带有一块干疤的手指捏着棋子，异常潇洒地在棋盘上挥来挥去，最后"当"一声落在红色的"帅"字上。一盘棋下完了。

老筋头的额头流下愉快的汗水，感激地将烟锅伸到对面。正在这时，小窝棚的草帘被风吹开了，一股凉意透遍窝棚。老筋头在心里咕哝着："她来了，她又来了……"忙将烟锅收回来。他眼看着一个身穿红衣的瘦小的女人坐在铺角，脸色煞白，脑门那儿还有一个红色的胭脂点儿。她的到来使一切都沉默了。那只黑色的有干疤的手也无声地垂放在那儿。三方都轻轻地注视。后来，老筋头看见红衣女子微微露出笑意。转向了那只黑色的手臂。她小心地拾起那只有干疤的手，嘴角动了动，站起来。他们手扯着手，棚口草帘被风一卷，跨出了门去。

老筋头一愣，接着追出铺门。

外面漆黑漆黑，什么也看不见。老筋头奔跑了几步，撞在了四方的身上。他爬起来，见到了一片惊讶的目光……他坐在了冰凉的沙土上。他觉得海风那么凉，那么尖，身子不停地抖。他的牙齿抖着说：

"煮锅鱼汤吧，越烫越好！……"

千年龟立刻动手往小铁锅里添水，烧起鱼汤来。月亮缓缓地升起来了，大海滩罩在了惨白的月色里。海水拍在沙岸上，那银亮的水珠溅开来，又飞快地在沙面上滑动一下，不见了。大如瓢壳的小船在月光下泛着淡淡的光色，像是在愉快地跳动。没有一个人说话，海滩上一瞬间这么安静。

大家看着烧沸的小铁锅都有些兴奋，围在四周，有的坐了，有的站了；唯有千年龟拉长身体躺着，斜眼去看老筋头。大家随了千年龟的目光看去，只见老筋头神色忧郁，盯住自己青筋暴起的两只大手。那两只手倒换了一下，又重新握在一起。

四方走过去，问了句："老筋头，我们敲那个鱼皮鼓吧？敲敲大家高兴些。"

他点了点头。

小鱼皮鼓搬在了小铁锅旁边，四方"咚咚"地敲响。鼓声震动着，人们那颗心立刻颤抖起来。四方用力飞快地敲，鼓声又急又响，使小铁锅里的白气猛地蹿了出来。她的力气用尽了时，又有细长物接上；再就是下边的孩子们接续下来……鼓声急一阵缓一阵，人们都看到老筋头眼中有什么晶亮的东西在闪动。大家互相看了一眼。

鼓声渐渐慢下来，但比先前更加沉着有力。老筋头找出了他的酒葫芦，仰着脖子喝起来。四方喊了他一声，他就像没有听见，继续喝着。不知是灶火映的还是喝了酒的缘故，他的脸膛那么红。葫芦里再也倒不出一滴酒了，他就愤怒地将它抛入灶里。他的眼睛看着蓝色的夜空，喊了几句什么，接着随上鼓声唱起来。他唱的词儿是千年龟、四方和细长物听过的，他们知道老筋头又沉浸在遥远的往事里了。

"……河有多长啊，我走多远！海有多宽啊，我游多宽！我本是漂在水上的精灵啊，我是一条船！岸上的大嫂喊我喝米粥啊，村里的大叔请我去抽烟！我飞快划桨就是摆手啊，我要流落到天边！……"

他唱着，嗓音粗粗的，是那种老男人略带沙哑的声音。在这歌声里，孩子们大口地喘气，眼也不眨；那个与孩子们待在一块儿的矮小老太婆流下了泪水。千年龟躺在离锅灶最近的地方，此刻像被火星溅了一样，不停地翻身。只有四方咧着嘴角，老筋头的歌声刚刚煞尾，她就接了上去。

她的歌声像深夜里翻滚而去的河水，暴怒地呜咽。有人听出好像她在悼念死去的于志广。也有人听出那更像是在诅咒什么。那种壮年妇女的悲凄歌声一阵一阵，海浪都压抑不住，锅底的火焰顷刻间像被冷水泼了，呼呼地冒出了黑烟……千年龟赶忙大把大把地往灶里加添柴火。

火苗重新舔着锅沿的时候，鼓声又紧急如初了。四方不再歌唱。她弄乱了头发，在沙滩上走着，有时还去拍一下细长物。老筋头歪倒下去，很快就睡着了。细长物蹲在老筋头身边，又伏下身子看着老人的睡态。他看到老人又深又密的皱褶里夹住了一些沙粒，就伸手给他伸展出来。老筋头的鼻孔张大了，用力往里呼气。那衣领袒开着，胸脯及半截臂膀都被月光洗得冰凉，细长物从上面看着，把手插进了老人的衣领里，抚摸着一个温热的疤痕累累的躯体。

千年龟躺着，被来回奔走的四方踩了一下，也就猛地坐了起来。他搓揉着眼睛，仰脸去看星辰，然后就动手去捅灶火，搅着鱼汤。小铁锅一会儿又喷吐出白汽。

不知是鱼汤的鲜味儿还是什么，使老筋头很快醒来了。老头子一手揽住细长物一手向空中指划着，说："你听到了没有？"细长物侧侧耳朵，摇摇头。老人说："我刚才听到了马蹄的声音，'咔哒、咔哒'，从远到近，又从近到远，越过我们的头顶过去了……"细长物的身子扭动了一下，大睁着眼睛问："是于志广的木轮子车吗？"

老筋头的目光又去寻找那个小小的坟堆了。

大家喝着鱼汤。看来这一夜谁也不想睡了。四方给一老一少捧来两碗汤，又无声地走开。一群孩子因为没有碗，一人捧一个大海螺壳，"吱吱"地吸吮着。矮小的老太婆受到了特殊照顾，四方给她一个长把儿汤勺。

白天晾晒的鱼儿在月光下亮成一片。海菜堆成的山峦在沙滩上投下了很大的黑影。细长物说："老筋头，于志广不死就好了，他会用车将这些拉回村庄的。"老筋头摇摇头。细长物把鱼汤喝完，用一根手指挑着碗旋转着说："那我们就得把这些东西一点一点搬回村庄了。"老筋头仍旧摇头：

"最要紧的是让他们离开那个村庄，到海上来。"

千年龟喝饱了汤，抹着嘴巴挪蹭过来，得意地端量着老筋头，说："你平常说什么？你说我是个有大心智的人。那你为什么不让我动动心智！你想想看，如果让人把鱼隔几步扔一条，直扔到村庄里，天亮了他们还不循着鱼线跑到海上？……"

老筋头的眼睛一亮，一下站了起来。他笑着盯了一眼千年龟，然后转向锅边上的几个孩子说："快跟上细长物做大事情去罢！"

话音未落，细长物就急急地吹响了哨子。一群孩子两眼尖尖、虎生生地看着细长物。他们用背篓背上鱼，又点上火把，匆匆忙忙往深远的夜色里奔去。

火把星星点点地散开在月夜里，哨子声也渐渐消失了。

四方又敲响了鱼皮鼓，清脆的鼓声急促亢奋。这鼓声随着清冷的月光一块撒落到夜空里，那般遥远和费解。咚咚……咚……它终于缓下来，淡下来，一下一下地拨动着海边这凉凉的夜晚。但只是一会儿，它又急躁如初了，鼓声里大片大片的月光飞快地垂落下来。

整个的大海滩都响彻着频频的鼓声，那个大如瓢壳的小船又在月光里愉快地颤动了。

夜栖的海鸥被鼓声惊醒了，在浪印上"嘎咕"大叫。它们有的从上边飞过，让人们看到了那漂亮的、一尘不染的羽衣……

不知过了多长时间，远处响起了孩子们的喧嚷声、细长物的哨子声。老筋头对四方喊一声："加劲擂鼓！"鼓声如爆豆子一般密了，圆圆的月亮在鼓声里一丝丝地往下落，最后把大地映成一片金属般闪亮。孩子们跑近了，一张张汗漉漉的脸庞像鲜花一样在巨大的圆月下一一开放。

天色放亮了。海雾在小窝棚的尖顶上飘荡。所有人都伫立着，连千年龟也站在灶火旁边。大家一直望着南边，望着村庄的方向。

细长物第一个用手向前指了一下，说："看呀！"

黑乎乎的一片人分不出个儿，在远远的荒野上蠕动着、颤抖着……老筋头大喊一声："他们可来了！来大海上了！"

荒野上的人群清晰了、越来越近了。他们的声音传过来，

"啊啊"响成一片……这是一群突然陌生了的人，衣衫残破，头发长长，被海风吹拂着，一直奔涌过来。

人群望也望不到边。好像奔向大海的不是一个村庄，而是所有的村庄。他们黑压压的一片，像浪潮一样，那巨大的呼声远远压过了海的波涌。

老筋头望着越来越近的人群，大笑着呼喊一句：

"你们来了！我该走了！我本来就是河里海里的人……"

他说着不顾周围几个人惊讶的眼神，返身就向小船跑去，弯下腰推船入海。

细长物望着不远处的人群，有些恐惧地叫了一声，也奔向了小船。

四方、千年龟，那群孩子，都怔怔地站在大海与人群之间。他们犹豫了片刻，然后一块儿扑向了小船——细长物原以为这个小船至多能盛下三人，可奇怪的是所有人都上来了，它还是宽松如常。细长物惊喜地看着这条船，又看了一眼摇橹的老筋头。

人群逼近了海岸。

小船驶入浪谷，消逝了。停了一瞬，它又跃上了浪峰。小船上的人向岸上频频招手。

太阳很快使大海一片火红。风愈吹愈大，整个大海都在熊熊燃烧。那长长的火舌舔着一个抖抖的小船。

小船在愤怒的火焰中昂首航行了。

1986 年 12 月 –1987 年 4 月于济南

海边的雪

一

海边的雪越积越厚。一个个渔铺子为了冬天暖和，都是半截儿埋在沙土里的。如今它们的尖顶儿也都是雪白雪白的了。赶海人剥下的蛤蜊皮堆成了小山，这小山也被雪蒙起来了。雪花儿还在从空中飘下来，飘下来。

海水很静。浪花一下下拍击着沙岸。海水的颜色渐渐变黑了，它迎接并融化了无数朵洁白的雪花。

有人从远处走过来。他背了一身的雪粉，摇摇晃晃地走着，那穿了大棉靴的脚一下下深深地扎到积雪里面，给海边留下了第一行脚印。海鸥"嘎咕、嘎咕"地叫着，样子有些焦躁。他仰脸望一眼海鸥，继续低头走着。老头驼背很厉害了。他最后在一个大一些的铺子跟前停住，用脚踢了踢铺门，喊了一声什么，嘴里喷出了粗粗的一道白气。

渔铺子的小门紧紧地关着。他骂了起来，大声地喝着："金豹——你这头'豹子'！"

一个老头子在里面瓮声瓮气地应了一句："是老刚么？"接着"嘎"地响了一声，门开了。门外的人钻了进去。

像所有渔铺子一样，它只在地面露着一人来高的尖顶儿，里面却很宽绰。铺子是用高粱秸和海草搭成的。隔成两间，外间有一个睡觉的土台子，上面垫了厚厚的麦草和半截苇席。台子下、二道门里，全是一团团的渔网和绳子。地上铺了草荐；露出沙土的地方，满是蟹腿和鱼骨什么的。油毡味儿、腥臭和湿气，一块往鼻子里涌……这就是渔铺子，自古以来看海的"铺老"就住这样的铺子。它能给打鱼人别一种温馨。在海上斗浪的人想得最多的是哪里？就是这卧到土中半截的渔铺子、这里面的气味！

那头"豹子"这时就在土台子上舒服地睡着。他的脚伸在被子外面，原来刚才他是用脚勾掉了顶门杠儿，并没有爬起来。

钻进门来的老刚两手攥住了他的脚，用力一拽。金豹只得起来穿衣服了。他光着身子，抖着沾了沙土的衣服说："不服不行，不服不行——夜里抬了一会儿舢板，这身上乏得不行！唉，快七十的人了……"

金豹仔细地抖着沙子，也不嫌冷。铺子里倒也不怎么冷，铺门的一侧生了一个小铁炉子。他的确老了，身上很瘦，多少根肋骨都看得出来。可是他的肌肉很有力气,手脚十分利落。他很快穿好了衣服。

老刚从铺边的沙子里扒拉出半盒烟卷儿,凑近火炉吸着说:"昨夜下了一场大雪,还在下哩。"

"唔?"金豹也点了一支烟,穿上了鞋子。他问:"雪挺大么?"

"挺大——我估计这会儿半尺深了。"

金豹特意探出身子望了一会儿,然后缩回来说:"好!嘿,好!"

他们都是留下来看冬铺的"铺老"。沿岸的一些渔铺大多家当很少,一入严寒就卷了行李回家去了,唯有老刚和金豹要留下来看冬铺。整日孤独得很,他们天天在一块儿说话,已经没有多少好说的了。老刚这会儿在想,金豹夸这场雪好是什么意思。

金豹不做声,只是吸着烟。炉子里的火苗儿映着他脸上那一道道黑色的皱纹,皱纹像要跳动起来。

铺子里面黑乎乎的。老刚丢了烟蒂,很费力地摸到了烟盒儿。他咕哝着:"也怪,渔铺子上就没有一个开窗户的,白天也像黑夜。"

"铺子黑好睡觉。"金豹使劲吸一口烟,望望铺门上那个小小的玻璃片,说:"好!嘿,好!"

"怎么就好呢?"老刚忍不住问了一句。

金豹拨着炉里的火说:"雪天咱焖一条大鱼,关了铺门喝它一天酒,不好吗?"

老刚笑了："好。"

"喝醉才好。天冷，寒气都攻到心里去了。寒气这东西怪，像小虫一样，能顺着脚杆和手腕往心窝里爬……"金豹说着回身从沙子里挖出一瓶酒，放在老刚跟前说："怎么样？这是来赶海的老伙计们送我的。你哩，那个戴眼镜的儿子什么也不给你……"

老刚的儿子就在附近的一个煤矿做助理工程师，差不多忘了还有个父亲。老刚从来羞于让别人提这个儿子，这会儿就大声咳嗽起来。

金豹又将酒瓶插到了一边的沙子里去了。

外边几乎没有了声音。两个人都在吸自己的烟。要说的话都说完了。像今天一大早就说了这么多话，似乎很久以来还是第一次。这完全是因为下了一场大雪的缘故。

又吸了一会儿烟，他们弓了腰钻出了铺子。两个"铺老"都叼着烟卷儿，看着漫天飘舞的雪花。

哈嘿！这可是这个冬天的第一场雪，崭新崭新，飘到海边上来了。往日朝前看去，看到的全是衰败的杂草，坑坑洼洼的沙滩——如今都是一片白了，干净漂亮得很。雪花笑着落到他们的脸上、手上，马上就融化了。脸上手上都痒痒的，怪舒服。

站了一会儿，老刚要回他的铺子了。金豹让他过一个时辰再来，那会儿就把大鱼逮上来了。

二

雪花笑着落到金豹的脸上、手上，马上就融化了。脸上手上都痒痒的。他穿着高筒儿胶靴，将旋网搭在乌黑的手腕上，沿着浪印儿往前走。他觉得这面小旋网漂亮极了。他曾经用它逮过一条三尺长的胖鳔鱼呢，他至今记得那鱼发红的、恶狠狠的眼睛。

海水映着天空的颜色，阴沉沉的。没有什么鱼，这使金豹有些失望。他很想吃一条焖鱼，如今这条鱼就远远地躲起来不肯让他来焖。他生气地在水浪边缘上来回踏了一个时辰，最后只得回到铺子里，扔了旋网。

小火炉子燃得正旺，发出"噜噜"的声音；真像待在自己的小屋里一样舒服——金豹曾经有过那样一座小屋，漂亮得使他常常想它，不过如今没有了……他想老刚该回来了。他钻出铺门，看着乱纷纷的雪花在半空里飞动，看着远处老刚那个渔铺子的尖顶……海鸥烦躁地叫着，海里好像还传来什么人的喊叫——一辈子交给大海的"铺老"才有这样的耳朵：能从海的嘈杂中区分出细小的人语。他吃惊地往海里看了看，发现有两个人用力划着小舢板，离海岸已经几里远了。金豹想，如今允许打鱼发财了，也就有了不怕死的人！不过他不明白这样天在海里能做什么。

金豹就站在雪地里看那小船、等老刚。铺子里不断传出炉子燃烧的声音，他想炉子上没有那条鱼，老刚来了会失望的。说来也怪，一个人待在铺子里，总想找老刚说会儿话。老刚真的来了，又觉得没有什么可说的了。老刚真是个古怪东西。这儿离了老刚不行。

又等了一会儿，金豹骂着去找老刚了。

老刚的那个铺影儿越来越清晰。金豹想起有一次等他不来，闯进那铺门儿一看，他正一个人把蛤蜊皮堆成一座小塔。那全是小孩玩艺儿。

铺子里面有人说话。金豹惊奇地推了铺门钻进去，看到老刚正和两个猎人说话，其中一个是他的儿子"眼镜"！金豹是从放在一边的双筒猎枪知道他们是来打猎的。那两个猎枪真漂亮。

"雪真大，今天停不了啦……""眼镜"客气地朝进来的金豹点着头，说。

"停不了！"一边的黑瘦青年肯定地说。

老刚咳嗽着。

金豹觉得老刚的脸有些红涨。他想，怪不得老刚不到他的铺子去，原来儿子来了。有这么个倒霉儿子就忘了老朋友了！金豹有些气愤地瞥了他一眼。

"眼镜"搓起了手，越搓越快。

金豹盯着他那两只又白又嫩、很像鲅鱼肚皮似的手，觉得这手可真不多见。

"这鬼天气！死冷……有酒么？""眼镜"说。

老刚阴沉着脸："没有。有酒也没有菜。"

"有条鱼不就行么！""眼镜"冲一边的黑瘦青年挤了一下眼。

"没有鱼！没有！"老刚愤愤地说了一句，有些得意地看了金豹一眼。"再说你不嫌你爸的孬酒辣嘴吗？"

金豹讨厌这个"眼镜"，也讨厌他挤眼睛。金豹不明白海边上怎么出了这么个背着双筒猎枪、不管老父亲的人。他早就不耐烦，这时"哼"了一声，从铺子角落里站了起来，干瘦的脸上堆满了嘲弄的笑容。

助理工程师不解地看看他，叫了一声"豹伯"，往父亲一边挪动了一下。金豹笑着说："又白又胖，你长得好！手和鱼肚那么细，我们的手和老槐树皮差不多，上面还有血口儿。这是捉鱼捉的。你从来不管我们，只是冻疼了，才躲进这铺子要酒喝。嘿嘿！"

"眼镜"脸红了。他咬了咬嘴唇。

金豹继续说："看见你爸住的地方了么？进门时要使劲弓起腰，铺子里也全是沙子。不错，有酒喝，不过杯子砸了，用蛤蜊皮盛酒。你也该送个杯子来啊……"

黑瘦青年觉得有趣地笑了。"眼镜"有些恼怒地说："我跟我爸要，又不是跟你要！"

金豹笑容没了。他暴躁地说："你爸的事情我说了算！你是谁的儿子！你也进这铺子？你该滚到雪地里去。"

老刚慌慌张张地站起来，大声地咳嗽着，站在儿子和金豹中间。

助理工程师气得身上抖动起来。显然他很少有这样气愤的时候，这时用手推一推眼镜，执拗地说："我偏要……待在这儿！"

金豹扩了扩胸，又搓弄着手掌。他像在故意活动着筋骨。他急促地说："我让你走！我让你走！"一边说，一边要用手推开挡在中间的老刚。他的脸像喝足了酒一样红，每一条皱纹都在可怕地活动。

黑瘦青年捡起猎枪，拉着"眼镜"的手出了铺门。"眼镜"回转身嚷着什么，往雪地里走去了。

老刚追出铺门，好像要说什么，但他吐出一口气，蹲了下来。

金豹愤愤地盯着远去的两个黑影："儿子这东西，没有也就算了。有，就让他像个儿子的样子！"

"逮到那鱼了吗？"老刚有气无力地问。

金豹摇摇头。他看看外边的天色，说："我身上筋骨老要疼。这都怨我们抬那条舢板抬的。和你儿子干一架，这会儿身上轻了点……"

老刚哭丧着脸笑了笑。

他们走出门来，向着金豹那个渔铺子走去。海是灰的，天是灰的，茫茫的一片灰黯阴沉。海边的雪积得更厚了。雪花儿落得差不多了，又开始飘细碎的冰凌。他们"吱吱"地踩着它。昏暗的海面上，隐隐约约看出一条小船。金豹说："看到了吗？这样天还有人出海。肯定是年轻人，年轻人才做这种险事情。"说到最后一句，他又想到了老刚的儿子，不由得大声骂了一句。老刚怪异地看看他问："骂谁啊？"

金豹摇摇头："我是说，年轻人欺负老头子，是以为老头子不敢跟他干架。老头子又怕什么！老头子的筋骨才硬……"

老刚没有做声。

金豹先一步走到铺子跟前，掀开铺门说："哎哎！要是里面有条焖鱼多好啊，这么大雪的天……"

三

他们到了铺子里都喘息起来。金豹一边喘着一边从角落里端出一碗咸鱼，又从沙子里摸出了那瓶酒。

两个人默默地喝着酒。金豹捏酒盅的手有些颤抖，那酒老要泼出来。金豹说："我们是老了，手也抖了。"

老刚说："我的手不抖。"

咸鱼放得时间长了些，又硬又咸，两个人用力地嚼着。酒很醇厚，又是热透了的，喝得他们鼻尖上渗出了汗珠儿。老刚说："就缺那条焖鱼了。如今人变灵活了，鱼也变精巧了。"金豹点点头："人是变精了。去年划分渔业承包组，年纪大的，人家不愿要哩。"老刚说："你这把年纪了，还不是也进了承包组。"金豹喝了一大口酒，抹抹嘴巴说："比我么？我这样的老把式，他们争还争不到哩！"

外边有了一些风。两人听到风声，都放了盅子走出来。雪花舞得厉害了，它们想方设法钻到领子和袖口里。老刚说："你看云彩有多么低。"金豹眯着眼端量了一下，说："雪停不了，再一刮风，海边上准会旋起一道道雪岭子。"

他们重新钻回铺子里喝酒了。

咸鱼又硬又咸，他们费力地嚼着，倒也一时忘了那条焖鱼……近午时分，承包组里有人冒雪送来烟酒、干粮，这使两个老人很高兴。他们从来人嘴里得知：海上那条小船是小蜂兄弟在挖蛤蜊，蛤肉卖到龙口镇上，一天能得半百……

老刚吱吱地吸着酒。金豹一直没有做声。他由拼命积钱的小蜂兄弟想起了别的事情。

他想起了自己那个"小屋"。

那个小屋是老婆得病时卖掉的。老婆死的时候，他才四十岁。他没有了小屋，村里要帮他盖，他摇摇头挡过了。他住到了海边的渔铺里，似乎再用不着那个小屋了。可是人没有一幢小屋怎么行！他一时也没有忘掉那个小屋，做梦都梦见它。他默默地攒钱，攒呀攒呀，准备盖一幢漂亮结实、只有一门一窗的小屋……常和他在一起的老刚也不知道，他的钱就缝在这渔铺的枕头里。夜里睡觉时他想：我的头枕着一座小屋呢。

金豹这时不由自主地盯住了他的"小屋"。老刚瞧瞧他，他才把目光从土台的枕头上转到酒杯上。

两人都不说话。他们之间也用不着说多少话。老刚推一推杯子，金豹就知道他想吸一口烟，于是扔过一支烟。金豹撕下鱼脊背上那道黑皮儿肉，老刚知道他特意留下了多油、味美的尾巴。老刚满意地吃着鱼尾巴。两个人喝去了多半瓶。

风把渔铺子吹响了。老刚盯着铺门缝隙里旋进来的雪花，轻声咕哝着："唉，待会儿风搅起雪来，他们会在大海滩上迷路……"他说着，起身去拨炉里的火。

金豹放了杯子。他知道老刚牵挂着打猎的儿子。他看了看老刚生了白胡茬的脸，没有做声。这就是作父亲的啊，再不好的儿子还是儿子！

风的确慢慢大起来，小沙子奇妙地穿透铺子飞进酒杯里。金豹记起该去看看舢板，就和老刚走出来。海里的涌多起来，岸边的浪花白得像雪，用力地往前扑着。他们给舢板的锚绳一个个加固了，又将无锚舢往上抬了抬。一切做完之后，金豹和老刚坐在一个反扣的小船上吸烟，看着海。哪年的冬天都下雪，今年这场雪却似乎太大了些。

有什么东西从东北方向漂移过来，渐渐大了、清晰了。金豹一直盯着，对在老刚耳朵上说："也许会发财的。"

这里的海边有个规矩：大海漂来的东西，谁先发现的，就属于谁。金豹和老刚慢慢都看清那是一粗一细两根圆木，粗的那根可以做屋梁。金豹又兴奋地想到了那个"小屋"。他跳下船来，又让老刚回铺子取绳索、长柄抓钩。

老刚跑开了。西北方驶来了小蜂兄弟的船。

金豹和老刚将圆木拉到了岸上。他们的半截裤子都湿了，冻得瑟瑟发抖。金豹却十分高兴，他大声喊了一句："小屋有了大梁……"他的喊声使老刚莫名其妙。

小船也靠了岸，跳下了小蜂兄弟。小蜂见了圆木就嚷："金豹啊，你真会捡便宜！我们从深海里就盯上了，随木头上来的，你倒伸出了抓钩。"

老刚慌促地瞅了金豹一眼。

金豹拧着裤脚的水。他坐下来吸着烟，吩咐老刚说："歇会儿，喘匀了气，再往回拖。"

小蜂蹦到眼前来了："你拖不走！"

金豹眯上眼睛："哼哼，我睡了半辈子渔铺，眼里揉不进沙子。圆木从东北漂来，你的船从西北来，你看见了圆木？"

小蜂的脸血红血红，他眼盯着结了盐花的木头，发狠地喊着，凑了过来。金豹抛了手里的烟蒂，将两只硬硬的黑拳拉在了腰边。他咬着嘴唇，瞪起眼睛，前额的皱纹积起又厚又深的一层。老刚在他耳边嚷什么，他一句也没有听见。

小蜂对他的兄弟使个眼色，接着弯腰抱起圆木的一端。金豹的拳头只一下就让小蜂额上起个包。小蜂倒在地上，却巧妙地趁势用脚蹬倒了金豹，令人难以置信地一滚就翻身蹿起来，抓住圆木，两兄弟一起扛着跑起来。

金豹一声不吭，举起抓钩，弓着腰追去。

老刚看着金豹飞也似的跑势，惊呆了。他看到金豹紧追几步，狠狠地把抓钩抡了个圆弧抓下来，抓住了一根圆木……两兄弟扛着那一根跑着。

抓下来的是那根细小的。

两兄弟在远处喊着："有一天渔铺子着了火，烧死你这根老骨头！……"

金豹浑身的肌肉都在颤抖。他用粗壮骇人的声音骂道："两个畜生，两个贪心贼！我烧不死！"

四

两个老人一点一点地将圆木拖回来，放到了铺子的尖顶上。

"它能做条檩。"金豹声音细弱地说了一句，钻到铺子里去了。

他躺在一团发黑的网线上，紧紧地闭着眼睛。老刚凑到身边，端量着这张布满深皱、生了黑斑的脸。他发现金豹的眼睫毛已经很稀了，有的断掉半截，硬硬地挺着。他喘得很急促，很用力，鼻孔张开老大。老刚想对这两个黑洞似的鼻孔议论几句、开几句玩笑，可他现在不敢。

"他依仗着年轻，硬抢走我一根屋梁！"金豹愤恨地说。

老刚肯定地说："是抢走的。"

"我是看海的人，倒被别人抢走了东西。这是欺负老人。你看，我一天干了两架，全是跟年轻人。"金豹站了起来，把那又黑又硬的拳头举起来。

老刚看清了那只拳头。他发现有两根手指歪斜着，从根部起就歪斜。他料定那是过去的日子里打折的。那该有多疼啊！老刚咬着牙想。

"嘿嘿！血气方刚的年轻人！让他们知道，老头子里面也有爱干架的。"金豹说着，又找出一条生咸鱼，放在炉口上烘着，拿出酒来倒满两个酒盅。

外面的风呼呼地吹着，有雪花儿从门缝里钻进来。铺子里很暖和，小炉子又"噜噜"地叫了。这使两个老人兴奋起来。

你一盅我一盅地对饮。

烟气充满了铺子，他们不停地咳嗽。透过烟气，金豹看见老刚的脸色那么阴冷。他问："老刚，你怎么了哩？"老刚轻声说："我在想我这一辈子。"

金豹不做声了。

金豹知道老刚的一辈子都在海上，跟自己一样。不同的是他有一个儿子，自己没有。这一辈子都在跟大风、跟山一样的浪涌斗，死过，但终于还是活过来。可是后来，和自己一样，还是被大风和浪涌赶上岸来。他们只能趴在岸上看浪涌了。金豹长叹了一声。

老刚说："我们都老了。老得真快啊！"

金豹说："回头看看这一辈子吧，也该老了。我不记得使烂了几条船、让海浪打散了几条船；有的船还是崭新的，我就扔给大海了，一个人赤条条地往岸上爬。有一年冬天我靠一个浮篓游了二十里，奇怪的是没有冻死！"

"不知道这辈子打了多少鱼，"老刚抄着衣袖，头低着，下颏使劲抵住胸骨说着："那时候鱼真多，堆到海边上，买鱼的扔下几个钱，就任他背。小时候听见上网了就往岸上跑，老父亲在渔铺里捧出一碗冒白汽的鲜鲅鱼，说：'小孩子，多吃鱼少吃干粮，反正也不下海！'那时候鱼真多……"

金豹点点头："都是吃鱼长大的。那时节见了玉米饼子馋得流口水。嘿嘿，今天没人信这话……我第一次进海放钩子钓鱼，差点让一条带鱼咬断了大拇指。那时候全仗年轻啊，身上划条小口子，血流那么多，全不在乎。我冬天落进水里不止一次，海里的冰矶割开我的肉，我就咬着牙。海水墨黑墨黑，大浪吼得吓人，也不知掉在哪片老洋里了的，心里想，死是定了的。不过就那样死了还嫌太早，这时候可真难过。一个人不愿死硬要他死，这时候可真难过。"

老刚笑了几声。

"我这一辈子在风浪里钻，就想在没风没浪的地方盖一幢小屋子。"金豹苦笑一声："我是生在渔铺子里的，老渴望有一幢结结实实的小屋子。直到解放才有了一座屋子，也有了媳妇。那几年的日子我下辈子也忘不了！媳妇是个好东西啊……有一年她病了，馋一条鲈鱼，你知道鲈鱼可不好整。有个老头子不知从哪儿弄了一条，要我用一个旋网换，讨价还价，怎么说也不行，非要一个旋网不可！我气急了，夺下来就跑，随手扔下五块钱……"

"这么说你也抢过别人的东西啊。"老刚插了一句。

金豹点点头："不错。我那时候也年轻，也是抢一个老头子的东西，像小蜂他们一样。也许人年轻的时候都要抢点什么的。还有一次在桑岛，让我们用船运水抗旱。中午吃干粮渴得嗓子冒烟，驻村干部从提包里掏出小暖瓶喝起来，跟他要一口都不给。我那回夺下了他的小暖瓶。后来，你知道——你肯定听说了，那东西找碴儿，说我要破坏一条机帆船，在队部关了我一个星期！……"

金豹笑起来，使劲用手捶打自己的腿："事情也巧，后来有一次他坐我的船（他认不出我了），我好好调理了他一下，呕得他脸色蜡黄。这东西看来官也做得不小了，小口袋上光钢笔就有三支。我把他呕得脸色蜡黄……我这辈子，你看，抢过别人，也被别人抢过。可按住心窝问一问，伤天害理的事咱没做过。"

"你的媳妇也是抢的。"老刚闷声闷气地说。

金豹不认识似的盯着他，随手斟满了杯子，轻轻地吮着。他直看得老刚笑了，这才说话："我不抢走她，她要上吊哩……那晚上，也是大雪，我把她抱在船上，抢出岛子来。只可怜了老丈母娘，听说她哭闺女哭坏了眼……"

金豹难过起来，默默不语了。

铺子里面暗淡下来，他们在炉台上点了油灯。金豹吸着了烟，盯着自己的脚，长长叹一口气说："小蜂兄弟怎么成这个样？你那宝贝儿子怎么就背起了两个筒子的猎枪？……"老刚低下头，没有吭声……坐在铺子里有些闷热，他们想到外面活动一下腿脚。昏蒙蒙的雪野，此刻滚动着千万条雪龙了！风肆无忌惮地吼叫着，绞拧着地上的雪。天就要黑下来。他们差不多一刻也没有多站，就返身回铺子里了。

金豹重新坐到炉台跟前，烘着手说："这样鬼天气只能喝酒。唉唉，到底是老了，没有血气了，简直碰不得风雪。"

"这场雪不知还停不停。等几天你看吧，满海都漂着冰矾。"老刚还在专心听着风雪的吼叫声。

"唉，老了，老了。"金豹把一双黑黑的手掌放在炉口上，像烤一条咸鱼一样，反反正正地翻动着。"就像雪一样，欢欢喜喜落下来，早晚要化的。"

老刚点点头，"像雪一样。"

金豹望着铺门上那块黑乎乎的玻璃："还是地上好，雪花打着旋儿从天上下来，积起老厚，让人踏，日头照，化成了水。它就这么过完一辈子。"

"人也一样。都是在地上被别人踏黑了的。"老刚的声音有些发颤。他的眼睛直盯住跳动的灯火，眼角上有什么东西在闪亮。

金豹慢慢地吸一支烟，把没有喝完的半瓶酒重新插到沙子里去。他活动着胳膊，畅快地伸着腰，嘴里发出"哎哟哎哟"的声音。他叫得很舒服。他说："我这名儿是老父亲给的。我这脾性也真像个'豹子'，我刚才还干了两架。我老了，不过是头'老豹子'！哈哈……"

金豹大笑起来。老刚觉得老伙伴是醉了。

五

由于风雪阻隔，老刚只得睡在金豹的铺子里了。两个老人挨在一起，闭着眼睛各自想心事。老刚想他的儿子——这时已经背上猎枪回那个家了。那个家他见过，很小，很漂亮，还有暖气。这样可以烤烤冻透的身子。儿媳妇是个很厉害的城里人，老刚只见过两面，不过他已经知道她很厉害。不知怎么，老刚突然想儿子是让她用城里的什么法儿给制住了的，所以他背上了双筒猎枪，不管老子了——外面什么东西"吱哟、吱哟"地响，老刚听了不安地坐起来。金豹躺着说："不知道哪里被风吹的，海滩上就这样。有一年人家告诉我：夜里老有个女人喊'腿呀，我的腿呀'——你在海滩上走一步，那喊声也远一步，可能是落水的鬼魂，在这儿折了腿。我就不信，后来一找，嘿！是浪推着船尾巴，船上两块木头磨出的声音，听起来尖尖的，可不就像个女人！……睡觉吧。"

老刚躺下了，金豹自己却睡不着了。那个"吱哟"声搅得他心里烦躁躁的。他侧身吸着烟，静静地听外边的声音。海浪声大得可怕，他知道拍到岸上的浪头卷起来，这时正恶狠狠地将靠岸的雪坨子吞进去。他惯于在骇人的海浪声里酣睡，可是今晚却睡不着了。仿佛在这个雪夜里，有什么令人恐惧的东西正向他慢慢逼近过来。他怎么也睡不着。停了一会儿，他扔了烟蒂，披上破棉袄钻出了铺子。

刚一出门，一股旋转的雪柱就把他打倒了。他大骂起来——这股雪柱硬得真像根木柱。眼睛耳朵全塞了雪，头被撞得有些懵。金豹惊惧地"哼"了一声，望着四周，真不敢相信自己的眼睛。海浪和风雪一齐吼叫，像嘶哑的老熊。海底也许有一面巨大的鼓擂响了，震落了空中堆积一天的云彩，抖动了整个儿海。金豹趴在雪粉里听着无处不在的"鼓点儿"，心里奇怪地也咚咚跳起来。他突然想起了白天搬动的舢板，加固的锚绳也不保险哪！他像被什么蜇了似的喊着老刚，翻身回铺子去了。

……凭借雪粉的滑润，他们将几个舢板又推离岸边几丈远。彼此都看不见，只听见粗粗的喘息声。他们不敢去推稍远一些的小船，怕摸不回铺子。这老天和海真是发疯了啊。

金豹说："全仗着喝了一天酒啊。酒真是个好东西。"老刚喘得说不出话，用力拽着绳索，嘴里发出："唉、唉！"的声音，算是应和。有一次他拽得不妙，脚下一滑跌到了棉绒似的雪粉里，好长时间才挣扎出来……

他们的手脚冻得没有了知觉，终于不敢耽搁，开始摸索着回铺子了。金豹不断喊着老刚，听不到回应，就伸手去摸他、拉他。有一次脸碰到他的鼻子，看到他用手将耳朵拢住，好像在听什么。

老刚真的在倾听。他在听一种奇怪的声音、一种"铺老"才分辨得出的声音。听了一会儿，他的嘴巴颤抖起来，带着哭音喊了一句："妈呀，海里有人！"

金豹像他那样听了听。

"呜喔——哎——救救——呜……"

是绝望的哭泣和呼喊。金豹跳了起来，霹雳一般吼道："是小蜂兄弟俩！他们上不来了！"

"听声音不远！"老刚身上抖起来，牙齿碰得直响。

金豹跺着脚："让浪打昏了头，两个发横财的家伙！小蜂——小蜂——！"金豹在浪头跟前吼起来，浪头扑下来，他的身子立刻湿透了……老刚喊了一阵，最后绝望地说："不行了，他们听见也摸不上来，两兄弟不行了……"

金豹张开手臂，像要用他那对可怕的拳头威胁着什么一样。他奔跑着，呼喊着，不知跌了多少跤子。伸开手在雪地上乱摸——他想摸些柴草点一堆大火：被海浪打昏了头的人，只有迎着火光才能爬上来，金豹想按海上规矩，为小蜂兄弟点一堆救命的火。厚厚的大雪，哪里寻柴草去！最后他一声不吭地站在了老刚身边。这样站了有一分钟。突然他说了句："点铺子吧！"

他的大手紧紧抓住了老刚的肩膀。

老刚的骨头都被捏疼了。他知道只有这个法子了，往常也有人用过这个法子。可是金豹的铺子搭满了闲置不用的网具、杂什，是他们承包组的全部家当啊。老刚声音颤颤地点头说："快，快搬开铺子上的东西吧，你搬里边，我搬外边……"

老刚的两只大手在厚厚的雪粉里掏着网具，却被一团尼龙丝线套住了。他大骂着，挣脱着，手腕挣出来时被勒出了血。他还在拼命地挣着，嘴里还奇怪地叫着："金豹啊！金豹啊！"

金豹一丝声音没有，也没见他往外抱一件东西。老刚钻到铺门里一看，一下子呆住了：

金豹想从火炉里引火点铺子——火炉子不知啥时熄灭了，他正用颤抖的手划着火柴……老刚一巴掌打落了金豹的火柴盒，吼道："跟我出去，你这头豹子！"金豹咬着嘴唇，抖着结了冰凌的胡子，睁开通红的眼睛看了看他的老伙计，猛然伸出那只钢硬的拳头，"噗哧"一声砸过去……

老刚被打出铺门，趴在雪地里差点昏过去……他是在一片"噼啪"的燃烧声里爬起来的。

大火燃起来了！风吹着，熊熊烈火四周容不得冰雪了。尼龙网具在火中爆出银亮的、油绿的光色。天空、空中飞旋的雪花，都被映红了；雪地上，远远近近都是嫣红的火的颜色。狂暴的风雪比起这团大火好像已经是微不足道的了……老刚被大火烤得全身发疼，他奔跑着，喊着金豹。可是火边上没有金豹的影子了。

金豹早钻到了水浪里。他这时正盯着水里的那团黑影。黑影近了，是抱了一块木板的小蜂。金豹拖上小蜂，刚迈开一步，就被一个巨浪打倒了，他爬起来时，看到老刚也拖着一个人……他们把两兄弟抱到了大火边上。

小蜂兄弟俩的衣服差不多被海浪全撕光了。他们的皮肤光滑得很，在火光下发红，冒着白汽。他们的脑壳儿上紧贴着油亮亮的头发，显得很圆，很好看。烤了一会儿，两个身体蠕动起来。

正在这时候，金豹和老刚听到了大火的另一边有一种奇怪的声音。他们跑去一看，惊得说不出话——从雪地里、从黑夜的深处滚来了两个"雪球"！"雪球"滚到大火边上才放展开，让他们看出原来是两个人。老刚低头瞅一瞅，惊慌地捏住其中一个的手说："这是我儿子！"

原来他们终于没能冲出茫茫原野，在漫天的雪尘中迷路了！像小蜂兄弟一样，他们左冲右突，终于知道自己注定要冻死在这个雪夜里了，可他们绝境中望到了奇迹——一团生命的大火在远方剧烈燃烧，爆出了耀眼的白光！他们流着眼泪，爬过去，滚过去……

火势渐渐弱下去，那一堆炭火却红得可爱。小蜂兄弟能够坐起来了，他们看看炭火，看看远处的黑夜，叫着金豹和老刚的名字，放声大哭起来。

两个年轻猎人的双筒猎枪早已不知抛在哪里了。他们的一身冰坨融化着，水流又渗进沙子里。助理工程师颤声叫着："爸！豹伯……"

他们和小蜂兄弟一块儿跪在了两个老人面前……

两个老人身披长长的雨衣和棉袄站着，一动不动。炭火把他们笔直的影子印在了雪地上。

六

他们将四个年轻人送到老刚的铺子里时，天已近明，风雪势头明显地弱下去了。就像被什么驱使着，两人很快又回到了烧掉的铺子那儿。

火完全熄灭了，余下一堆黑色的灰烬。

他们盯在灰烬上，眼睛都不眨一下。是一个承包组流血流汗置起的全部家当啊！两个人不由得害怕起来。

金豹除此之外，还感到了揪心的疼痛。他简直不敢去想：慌促之中，他竟然忘掉了那个藏下一座"小屋"的枕头！他亲手烧掉了自己的一座"小屋"啊！

老刚嘴唇哆嗦着："烧了，一把火烧这么干净……"

金豹两手捧着脑袋，没有做声。他多想告诉老伙计这桩隐藏了多半辈子的秘密，告诉他亲手烧掉的这座"小屋"……可是他终于忍住了。昏暗中，他一个人在无声地哭。

……雪慢慢停止了。风还在刮着。地上的雪片飞起来，想将那堆灰烬盖住，但终于也不能够。金豹蹲在那儿，突然想起了什么，他走到灰烬上，用力地扒着。他沾了一身灰土，终于扒到了：一个酒瓶，已经烧裂成了几片……

太阳出来后，天边的白雪耀眼的明。天蓝得真可爱啊！很多的人又踏着积雪到海边上来了。人们不可能一连几天把海忘掉，他们其中的好多人是在风雪之后，不由自主地走到海边上来的。积雪很厚，还横着一道道雪岭，人们艰难地、兴奋地走着。

大家都来看烧掉的渔铺，从一堆很大的灰烬上想象开去，极力想象出当时那团白亮的大火。

承包小组很快来搭了新铺子。新铺子当然和老铺子搭得一样，只是上面没有了那些网具。事情再明白没有，似乎没有人责备两个铺老。村领导调查之后，决定给这个承包组一些经济补助，并表彰了两个老人当机立断的精神。金豹感动地说："这有什么，我们不过是到时候划了一根火柴！"

以后有人赞扬他们的时候，老刚也说："这有什么，我们不过是划了一根火柴！"

金豹在心里问着："只是划根火柴吗？"他痛苦地摇着头："烧了那么多东西，烧了我一座屋啊！"他清楚地记得从小蜂手里夺下的那支"檩子"也一起烧了——开始它只是冒烟，好像有些害羞的样子，后来便爆出红的火舌来，快乐地烧掉了……

这个夜晚，他特意留下老刚睡新铺子。他说要和老刚说话。但是躺下之后，他却什么话也没有了。他仰面躺着，听着大海的潮声，想了那么多往事。他闭着眼睛想着，突然觉得有好多话不是跟老刚、而是要跟自己交谈……一个低沉的声音在心底问着："你如今老了吗？"自己回答道："觉得是老了。筋骨常常疼。""你最近想起了死吗？""不想死。不过要死也不怕。""你的小屋呢？""烧了。""烧了？！""……不，已经盖起来了。它盖了一辈子，前几天夜里又加了一页瓦……"

……他跟自己谈着话，终于感到了疲倦，带着欣慰的笑容睡去了。

…………

这一觉睡得很长很长。待醒来时，他们就兴奋地踏着积雪去捉鱼了。

鱼捉到了。金豹做焖鱼的手艺是很绝的……两人喝了那么多酒！他们好长时间没有这样兴奋过。铺子里面有些热，他们后来走到了铺子外的雪地上。

一片洁白的原野上，已留下了道道脚印。海边上，海风旋起的高高的雪岭上，被赶海的人踏出了几条通路。雪粉上留下了辛苦的渔人的脚泥，掺进了的沙土。阳光下，大雪已经开始融化了……金豹看着雪地说："多少人都驾船进海了。你看赶海人的胆子。我老想进海试试，我不比年轻人差，前几天，我还一口气跟他们干了两架。我一拳就打倒了小蜂，这个你记得。"

老刚庄严地点点头。他这会儿突然发现脚下融化的雪地上，正生出一株嫩嫩的芽儿，就惊奇地指给金豹看。

金豹也看到了：一株小草，很绿很绿的……

请挽救艺术家

给局长朋友信

一

　　我本来要去你那儿，但这里有事走不开。写信也一样，我想你会重视这件事的。我此刻的心情很急切，怀着这么一线希望。我接到了一位好朋友的信。他原来曾和我在一起工作，几年前调到了你们市里的一个区电影院。从信上看，他现在的处境糟透了。我心里很难过，但又帮不了什么，只好求助于你。你离他比较近，更重要的是，文化局长是你朋友。你跟局长讲讲，让他随便关照一下，哪怕是去个电话也会好一些。

总之，你看怎样好就怎样办吧。真难为你了。

他叫杨阳，今年二十七岁。他画油画，怎么说呢？说他画得多么多么好，大约你会嘲笑我。不过我讲出真实的感受，也就是我感觉得到的这个人，大约你不会取笑我。他几乎没有发表作品，也许只发过一两幅黑白插图也说不定。先后考过两次省艺术学院，没考上。他的事一直使我耿耿于怀，我怕他这样的人对付不了如今的生活。简单点说吧，我认为他是一个艺术家。

或者这样说，如果不出更大的意外的话，他肯定是个了不起的艺术家。

我想象的意外大概有两方面。一方面是他这样的性格不能取得周围的谅解，他又接受不了来自环境的各种刺激，接下去性情更坏，形成一种恶性循环。那时候他身体也糟了，精神也垮了。一句话，他完了。另一方面是他如果恰恰处于一个特殊的时代——这个时代有一个不识好赖艺术、不识大才的毛病，可以叫做艺术的瞎眼时代。这种时代无论其他领域有多大成就，但就精神生活而言，是非常渺小的、不值一提的。这种时代往往可以扼杀一个艺术家，使他郁郁萎缩，最后在艺术的峰巅之下躺倒。总之，他差不多也完了。我现在还来不及为这一方面担心，你知道，我担心的是前一个方面。

他在那个小影院里画广告画。那儿其实什么都上演，你知道这种场所是弄钱的。主要是武打片，偶尔也演演小戏、杂技和魔术。杨阳倒不在乎这些，他反正只是画广告罢了。据他信上讲，他的广告画在四周是有口皆碑了。不过是否对影院的利润产生积极影响他倒没提。你知道他过去在省里工作，后来得了病，病得较重，需要人照料，就要求回老家。那时候可能是疾病的影响，他显得急不可待，恨不能立刻调回去。我对他说，你来省城也不是一年两年了，要走也不用那么急，再说病也稳定住了。我的意思是走也可以，但要联系一个好点的单位。他说自己目前能到一个搞艺术的部门最好了。他说到这上面就发出"啧啧"的声音。他说如果能上区文化馆什么的，也很棒。我给他联系过几个地方。有个文学期刊需要美编，我就推荐了他。可后来没成。人家找画家看了他的画，说不行不行，他的画连造型都不准。再说又无学历。接着又联系了几个类似的单位，他们都以各种理由拒绝了杨阳。他万念俱灰，又想起了自己的病，就急急忙忙地联系了老家的几个单位，收拾行装了。

　　现在讲起这些我真后悔。我应该拦住他才好。因桌子也会发生冲突。我不敢说有很多人喜欢他。领导一次次批评他，连一些毛小子也要找茬儿训训杨阳，再跟领导汇报说："我们又批评杨阳了！"……差不多所有人都嘲笑他的画。人们似乎不能容忍在这样一个大机关工作的人在纸上画来画去的。要说的太多了，总之是他该离开这儿。他走的那天，我和爱人起早去送他。记得那个秋末的夜晚，下了冰凉的雨，我们一路都踏着残破的落叶。

　　那个市的文化局并没有让他搞专业。他们推脱说文化馆的人员超编，让他去电影院画广告。杨阳没有太多抱怨，干得挺来劲。除了画广告，他还要打扫卫生，抓逃票的人，等等。他尽管不太情愿，但总还是按影院经理的要求干了。事情糟到如今这个地步他也闹不明白。经理一天到晚对他吹胡子瞪眼，骂得非常难听。他有时真认为一个人刚开始搞艺术，无论如何还是待在大城市要好一些。那时候我更多地考虑到他在这个大机关的窘境，考虑到他的疾病。我想他离父母毕竟近了，那样会好得多。在这个大机关里，搞艺术的人天生就不能容身，各种烦恼都汇拢到你这儿，使你招架不住。杨阳当时二十多岁，刚来这个机关时也不过十几岁。他怎么得了这么重的病，我完全清楚。他也许真该走，回到他那片土地上去。也许他回去了，病也就彻底好了，我心里渴念着会发生这样的奇迹。老家来函，同意他回文化局工作，具体工作待定，大约要到文化馆画画之类。杨阳高兴得很，似乎这一生的问题都有了着落。我当然也松了一口气，替他庆幸。你知道，在这儿他会彻底给糟蹋了。他似乎特别不适合在这样的一个环境工作，因为他实在受不了。经理让他干这干那，稍不如意就是一顿怒斥，还扣掉他的奖金，故意羞辱他，不让他画画。你可能不知道，艺术天分很高的人往往有极强的自尊心。经理想方设法折磨他，还说："比你个熊样儿强的我不知制服了多少，你算个什么玩艺儿！"影院里分配宿舍，故意让他提要求——他与好几个修理影院房屋的民工挤在一起，身上爬满了虱子，他要求换换地方。经理哈哈大笑，说行行行。结果是新宿舍没他的分，还把民工中最脏的一个老头子塞到了他们已经极端拥挤的屋子里。他没办法，只得设法求人找了一间民房。那儿离影院稍远一点，经理就偏让他做夜班守场子，还要赶早班打扫卫生。只要来晚了一步，那就一定要大会批评，扣发奖金。杨阳要求调走，经理说："没门。"杨阳连起码的自由都失去了保障。有一次他母亲病了，从另一个区里打来电话，办公室的人接了，说一声杨阳不在，"砰"的一声就扣了。他还常常被丢信，有一次就从废纸篓里发现了我给他的信。

最奇怪的是杨阳自己也不知道什么地方得罪了经理。他真的不知道。我回想一下他在省里工作的情形，发现当时他对领导的厉声厉色也常常表现出迷茫。他好像什么也没做错，又什么都错了。

大体情况就是这样，你或许会根据这些找到一点办法。注意，听说经理与文化局长也是朋友，不要在局长跟前说经理的坏话。你只说杨阳还小，不懂事，望他们照顾一下就行了。我不知道你与经理跟局长谁关系更深一些？总之你会找到适合你的角度的。也许这些在你看来不是什么大事。不过你千万帮帮忙，你相信我对他的判断吧，他需要你的手，真的。

二

信悉。你信中问杨阳与经理矛盾的根源在哪？这可得让我好好想想。不错，你只有找到根源才能对症下药。杨阳的来信又多又长，我曾竭力从字里行间分析着，问：到底为什么？

看样子经理是下决心要折磨折磨他了。这绝不是一般的矛盾。杨阳说自己平时太拖拉，不会待人接物，甚至是没有给经理送礼，等等。我想这些都可能酿成矛盾，但不会是关键。他们之间肯定还发生过什么更大的事情，不然对方不会这样想方设法去整一个涉世尚浅的年轻人。我的每一封信几乎都要探根问底，想找出症结来。他的来信只说一些鸡毛蒜皮的事，什么刚到影院时给经理画了一幅像，画得太像，惹经理不高兴啦；什么有一次见经理爱人在街上扛着一块纤维板没有帮她一手啦。我知道这是被我的信逼急了，他挖空心思追记下的。怪可怜人的，看来他真的搞不明白。

有一次他来信中无意间流露出这样一件事：经理的女儿从师范学校放假回来，曾去看过他的画。她长得不错，真不像是经理的女儿。她来了两次，那副神气他很讨厌，等等。我看了心中一动：是否因为恋爱婚姻问题伤害了领导呢？你会明白，这个问题有时是很敏感的，特别是基层一些干部，自尊心都是很强的。比如说如果经理的女儿对杨阳有意，而经理也有这个想法，那么杨阳不理睬，拒绝了，经理就会觉得受了侮辱。发展下去，杨阳工作中是吃不消的。这都是我的假设。我后来直言不讳地在信中问了杨阳，问他有没有这种情形——经理方面直接提出的、或者仅仅是暗示出来的。我让他不要急于回答，最好是仔细想想，想想他的女儿那天都说了些什么，以及经理在他面前是怎样议论自己女儿的。更主要的是影院其他工作人员有没有人在他跟前说起过经理女儿，并有过试探性的话？杨阳停了些日子才回信。他差不多完全否定了这种可能性。只是他又如实地追认了关于别人在他面前议论那个姑娘的几句话——那天中午他正和两个人在影院门口安放广告牌，经理女儿从一边走过去了。其他两人都是经理的小耳目，很受重用，可他们这会儿远远打量着，说她的黑裤太紧了。杨阳信上写："总之，他们说得很下流，我没法告诉你。"

杨阳是个非常腼腆的人，十分内向。我曾经担心他永远学不会与女孩子相处。我不相信一般的姑娘会去爱他。他长得很瘦，背好像永远挺不直。我那时常用一只手顶住他的腰椎，用另一只手使劲扶他的胸部。他笑着，说："真是的。"那大概是说这样没用吧。他几天里也笑不了几次，好像永久地思考着什么。可是他如果笑起来，就会真正地笑一次——我从没有见过比他笑得更真更纯的人。那双眼睛完全像孩子一样，天真无邪。他笑了，两手垂在身侧，或者又在衣兜里。这个时刻如果我跟他说什么，他或者心不在焉，或者干脆不予回答。好像这一段时间在他那儿是专门用来笑的。他是可爱的吗？我觉得是这样。但更多的人不认为他有什么吸引人的地方。我们机关那时候姑娘不少，她们看也不看他一眼。邻近的一个单位有一位四十余岁的姑娘常过来办事，互相之间都很熟悉。她比较漂亮，只是脸色不好，走路时轻手轻脚的。她十分喜欢杨阳，常盯着他的脸目不转睛，说："小杨阳，小杨阳。"有时还用手去抚摸他的头发。杨阳很不驯顺地一昂脖子跑开了。有一段时间杨阳负责保管图书，那个姑娘借走了很多，逾期不还。杨阳因此与姑娘恼了，她在楼梯上小步跑着骂："你这个小瘦猴……"当然，杨阳在画画中也有了他的女友，但那是后来了。他们最终也没有好到哪里去。你看，杨阳就是这样的人。他在这儿的姑娘眼中不是出色的青年，在你们那个小城里呢？我想经理女儿不会看上他的，他们的矛盾也不会由此而生。当然，这事你还可以考察一番。大概不会有什么事。

仅仅从信上了解情况是不行的。你最好能到他那儿去一趟。如果能住上几天就更好了。你可能发现什么线索。一切都不会是无缘无故的，因为那个经理，虽然官职不大，但也要管理一个影院，一般情形下不会花费这么多精力去对付一个普通的工作人员。可是杨阳对我隐瞒了什么也是不可能的，因为他信赖我，寄希望于我，盼我能找熟人把他调出或是怎么的。他明白：我需要最真实的情况。

三

我在梦中见到了杨阳，他的样子使我一整天都不高兴，急着要给你写封信。这样也许会好一些。我见到他瘦骨嶙峋，面色发乌，头上长了青苔。我去握他的手，他的手冰凉冰凉。他领我到他的屋里去，我就跟上他走了。在一个大影院的地下室里，黑咕隆咚的，我不知踏过了多少台阶。空气越来越湿，气味难闻极了。有蝙蝠从里面飞出来，把粪便甩在我的身上。又走了一会儿，见到了一线光亮。杨阳说到了。我一看，地上渗着水，铺着稻草，卧了好多男女。我凑过去一看，见他们都是麻风病人。我的心颤抖着，贴着滴水的墙往一边挪动。好不容易到了杨阳的小床跟前。这是一张小木板床，为了与麻风病人隔开一点，四周都挂满了画。我坐在床上，满眼里都是画。画的是各种各样的人，其中有少女，也有麻风病人。他们残缺的四肢使我不敢正眼去看。杨阳说他在他们中间惯了，终于可以画他们。这里有天然的模特儿。正说着话，杨阳的咽喉被什么卡住了。我转脸一看，见一只黑红的手从画页间伸出来，卡在杨阳脖子上。不用说这是个病人，我尖叫了一声。后来我醒了，吓出一身冷汗。

这个梦当然是不祥的。伙计，你来解解这个梦吧。

一整天我都感到有些恐怖，爱人问我怎么啦，我也没有回答。杨阳的实际处境幸亏要比梦中好。他的事近一年来成了我很大的心事。我现在甚至想，杨阳会不会一气之下做出什么让人吃惊的事呢？你知道他的性格让人担心。他成天不说话，你就不知道他在想什么，但一旦行动起来是很莽撞的，又没有人和他一起商量个事情。他绝对不能没有朋友，可如今偏偏就没有！我有个过分的要求，我想请你接信后去看他一下。哪怕谈五分钟也行。你把见到的具体情况写信告诉我，这样我就可以放心了。他的住处糟到何等地步，这是我尤其牵挂的。

上次我信上讲他离开了和民工合住的小屋，自己找了房子，但房子太远，经理又瞅这个机会治他，现在很可能又搬回来了。如果这样，算是糟透了。你跟局长谈话时，可不要忘了房子的事。杨阳如能有一间宿舍，在外面受够了气，回去还可以轻松一下。现在连这样一个地方都没有。他现在的住处比在省城机关里还要差，这是我远远没有料到的。那时这儿的宿舍太紧，单身汉不可能一人一间。杨阳与另外四人合住一间小平房，潮湿得很。那四个人都属于"积极要求进步"一类的机关干部，这类人不用说你会很熟悉。他们简直不给杨阳一点好脸色，下班回来时常常教训他、调弄他。杨阳利用业余时间到野外写生，有时回来稍晚一点他们就不开门。那四个人刚刚从下面调上来时我见了，一个个穿得很土气，当然也比较质朴。由于杨阳早来二年，他们自己显得很自卑，抢着与杨阳说话。两年之后，他们渐渐认识人多了，没事常到处长科长家串门，知道杨阳是机关里不受欢迎的人，于是就变了脸。四人之间也钩心斗角，但对付起杨阳来却是非常一致。这个嫌他的画"恶心"，那个就说"油漆味顶鼻子"，弄到最后就偷偷踢杨阳的画。有一次杨阳气得再也忍不住，一气之下抓起了一块砖头，他们吓得赶紧跑了。事后他们一齐去找科长报告，又找了副局长，说杨阳犯了精神病，要杀人。

杨阳当然精神健全。奇怪的是当时几乎全机关的人都认为他或多或少有点不太正常，他们眼里的正常，当然是与整个机关的气氛色调完全相一致的那一切，是一个人的极大的改变自己和掩饰自己的一种能力。面对生活，特别是这个城市的生活，一个人的忧虑多思、常常沉浸在某种情绪之中，是完全正常的。一个热爱艺术的人，一个有着如此良好素质的人，面对最丑恶和最绚丽的，不能不长久地陷于激动。至于那种所谓的"敏感"，也是完全正常的。人的各种器官不应该退化，他本来就应该敏感。不然麻木痴呆才算正常。在这个机关里，一个人要进步，首先要学会忍耐，要收敛起一切创造的能力和才华，要克制活鲜蓬勃的生命一次又一次的冲动。总之，要变得真正的平庸，而绝不仅仅是伪装出的一种平庸。

更可怕的是那些来自看不见摸不着的地方的压力。一个人在这样的环境下生活，就像在一个气压失常的世界里，身体的各个器官由于无法忍受而跟你抗议、捣蛋，你本人却一点办法也没有。首先是憋闷，是左胸胀疼，是极度的烦躁。那是什么器官在抗议？是心脏！是人体的动力源头！你忍受着，而且，要长年这样忍受。因为你没有办法。你向无色无味的空气抗争呼叫吗？在我们这个机关里工作，总有类似的感觉。你周围的大部分人都像空气一样，无色无味。他们穿着差不多的衣服，有着同样的音量和微笑说话打手势的方式。他们见了领导一律围过去，见了客人一律握手，见了颓废现象一律谴责。没有什么不正常，也没有什么对不起别人的地方。这是费时多年、用一种看不见的力量修造出的一张奇怪的、富有弹性又极为执拗的网络。一个人想突破这张网是不可能的。你用尽全身力气在网眼那儿挣扎，那张网于是极有礼貌地随你的挣扎凸出一块，迁就着。但你的力气渐渐使尽了，它就缓缓地用固有的弹力把你收回来，收到原地、网的中央。你如果不甘心，当力气缓过来时不妨再试一次，但我敢担保结果与以前相同。你只有坐在这张网的中央。

我体验到，生活中有一种力量无时无处不在，那就是要把生命扭曲、要它改变本色的一种力量。一个人生下来就是要与这种力量搏斗的，最后弄得精疲力竭。这种抗拒是自然而然地发生的，并且永远不会终止。大多数人，比如杨阳，他们与之搏斗的方向性和目的性都无从明确，所以才充满焦躁和烦恼。生命之火本来就应该熊熊燃烧，无论来自哪个方向的力量要将它熄灭，都会遇到顽抗。维护欲望和个性，实际上就是在维护自己仅有一次的生命。我实实在在地感到了杨阳的坚韧不屈和勇敢。这与他羸弱的躯体几乎是不相符的。他一声不吭地画下去，不停地创造，不理睬那些白眼。他现在的处境说来也是必然的，如果不是这样，那我就会惊讶了。真的，他天真质朴，他没有别的生活方法……

你去时如能多留意一下他婚姻方面的想法并对他有所帮助，那就更好了。他大约回去后通过别人介绍或别的方式认识了两个女友。一个早断绝了往来，另一个他正犹豫。这方面的问题我想也会是造成他痛苦不安的重要因素。我觉得他对两个姑娘都不怎么爱，谈不上什么炽热的爱情。前一个是个修鞋厂里的女工，据他说样子虽不太好，但很"古怪"——这个词你不了解它的独特含意，它在杨阳那儿是"极有特点"、"有韵味"之类的意思。他们谈得不错，她从厂里偷出一种布让杨阳作画，两人还去河边上散步。后来是女方的父母打听出杨阳在单位"干得不好"，"没有前途"，就硬逼姑娘离开了他。他开始苦恼，后来也就无所谓了，因为一开始就不是那种铭心刻骨的爱。后一个完全是别人撮合的，是郊区的一个打字员，人长得也不错，只是有轻微的狐臭。这倒不要紧。要害问题是她想借此缘由调到市中心机关工作，这就没有多少意思了。但她似乎缠住了杨阳。他又很软弱，经不起温柔的手掌。

四

不知你去了没有，我又想起了要紧的一件事。如果你去之前接到这封信就好了。我想请你当面劝阻杨阳，不要让他再那样画那个打字员了。这本来是个平平常常的事，可在那个地方容易弄成一件新闻。杨阳在来信中流露过这个意思，说如果经理知道了也许会抓住这件事做个大文章。不过他信上说为了艺术，永远不会对这些愚昧丑恶的东西让步。我在给他的信上表示了忧虑，但并没有干脆地制止。就他目前的处境看，这样也许不妙。

那个打字员是主动让他画的，做各种姿势。但没有画裸体，尽管杨阳很需要。顶多是她少穿一点衣服。我从信中分析了一下，打字员让他画的原因主要有两个：一是她想借此与杨阳多接触，巩固两人的关系，进一步将他缠住；再就是让另一个人画下自己来，她也觉得很有趣。杨阳曾寄来了关于她的三张素描，我想那是蛮动人的。你想，由于对方这样做的目的性不纯洁，他也就没有必要和她合作下去。再说我更担心的还有其他的问题。杨阳毕竟是个二十七八岁的小伙子了，对于异性的热情燃烧起来，也许会把理智抛到一边的。那时他肯定会加倍的痛苦。还有，那个姑娘的品行到底如何我们不知道。如果她为了达到与其结合的目的而胡缠起来，拙讷的杨阳会陷于非常难堪的境地。

还有经理。他不会放过这个机会收拾杨阳。那时候他可以理直气壮地骂流氓了，甚至做出更卑劣的事情。这样的事还是想在前面好。

我之所以让你当面劝他，是因为这是很难的一件事。你给他分析一下利害。我知道他在想些什么。在这儿的机关里工作时，他常懊恼地对我说："人体！必须画人体！"有朋友给他走了后门，让他去艺术学院画过几次裸体模特，他恨这一切开始得太晚了。你想他目前在一个小城里，遇到一个可以画的人是多么不容易。他不会轻易让步的。但他还是必须忍耐一下，也许这一切很快就会过去。

你从他那儿回来，如果时间允许，最好按我写的地址到他父亲那里去一趟。那是一个老实的退伍军人，曾经在朝鲜战场负过伤。你去了之后，跟老人讲一讲杨阳，使他相信他养了个好儿子——过去这位老同志是这样认为的，可如今不行了。一个在战争年代过来的人，见自己的儿子在单位上没有工作好是非常气愤的。他不相信儿子做的那一切都是有道理的，常常写信去责备，用命令的口气让儿子停止画画。他没法明白他的儿子已经没法停止了，就像难以突然间终止自己的生命一样。父亲的态度使杨阳感到压力很大，因此放假的时候都不想回去了。那个老人认为儿子在省里的大机关工作是非常光荣的,如今得了病调回来,虽出于无奈,也算做一次可耻的退却。

五

真感谢你去看了他。你所看到的一切或许比我告诉你的还要糟,这真不幸啊。我写到这儿,隐隐地觉得这不幸绝不仅仅是属于杨阳自己。

你观察了,询问了,也做了力所能及的劝解。可你说对杨阳与经理难以调解的矛盾更加茫然了。你说你一直在试图弄清这种矛盾的症结在哪里,见了杨阳以后,变得越发糊涂了。

好像杨阳与经理之间什么也没有发生。

我相信你的话。所以我对于经理一班人如此迫害一个手无寸铁(请原谅我用了这样一个词汇!)的年轻人而感到无比的愤怒。我心中无法压抑的郁愤使我坐卧不宁。为什么,凭什么?他严重地伤害了什么?他没有完成工作任务吗?你亲眼看见了他是一个什么人——面色苍白,瘦弱单薄,一双腿像儿童一样细,站在那儿颤颤悠悠的。

你一定会记住他的眼睛。我以前也跟你描叙过这双眼睛:深深的,亮亮的,透出了莫名的忧伤。这眼睛望着我,常常使我不知所措,好像要做些什么,又不知道怎么去做。不是这眼睛太复杂了,而是这心灵的窗洞太单纯了。一切都在这双眼睛面前化繁为简，变得质朴无欺。

我像你一样思索着怎样去缓解他与周围的矛盾，并力图找出其中的主要因由。看来一时无力做到。正像你信中所说的，他按时上下班，从一开始到现在，一如既往地完成领导交给他的任务。他不知道经理为什么恨他恨成这样——有时像是对他发泄着什么。这些当然导致了一定程度的抗争，但由于来自父亲和其他方面的压力，他的忍耐已经快要使他发疯了。

这里面简直像藏下了什么谜一样。每当我无力破解的时候，我就想从与他相处的那几年的情形中推导出什么。在这个大机关里，我说过，他显得格格不入。他从来没有伤害过任何人，对领导的指示也总是服从。不一定从哪个方向伸过来什么东西撞击他一下，使他晕头转向。他瞪大一双吃惊的眼睛四下看着，怎么也闹不清原因。我们的机关大楼很高，平常不开电梯，上下楼的人都走楼梯。我现在还能回想出杨阳急匆匆地在楼梯上奔跑的样子。他的头发被汗水粘在额上，一个人跑着。其他所有人都手搭扶杆，缓缓地踏着台阶。杨阳瘦瘦的身影在栏杆空隙里闪动着，很像一只小鸟在挣扎。我当时不知道，他那会儿病已经很重了，可他像我一样毫无察觉。他在楼梯上跑着，性子很急，老处长皱皱眉头说："胡乱跑什么？"杨阳赶紧放慢了步子。他像别人一样缓缓地踏着台阶，有时离别人近一些，又往一旁闪一闪。有的老同志厌恶年轻人挨得太近，生怕把自己挤下台阶，就用眼角扫着他。杨阳有时干脆立在一旁，孤零零地等候着。

这座机关大楼每到了午夜就变得幸福可亲了，因为只有这时候才是杨阳一个人。整整一天他都不吱一声，偶尔走出办公室，也要沿走廊边上蹑手蹑脚地走。办公的人们一声不响，这种气氛使杨阳大气也不敢出。他坐在桌子一边，两眼直盯盯地瞅着什么，有时眼神里突然有兴奋的火星在闪动，一只拳头不知不觉握得紧紧的。对桌的科长把眼一瞪，他的脸立刻煞白了。他怔在那儿，约摸有两秒钟，这才俯下身子去看文件。夜里，差不多有一半的工作人员要回到大楼上加班。他们忙各种各样的文件草稿、搞无数的表格，一个个窗口雪亮耀眼。好不容易熬到了午夜，窗口一个接一个熄灭了，最后只剩下杨阳的了。他从自己的屋子探出头来，见到漆黑一片的颜色，一颗心乱跳——他不止一次对我描叙过这时的情景。他小心地走近墙壁的开关，一抬手使两盏灯亮起来。接着他把走廊上、楼梯上的所有灯都开启了。大楼内亮如白昼。杨阳一个人在走廊上大步走着，又踏上楼梯，噔噔噔从二楼跑到五楼、六楼，又下到一楼。他衣衫湿透，气喘吁吁，最后才回到自己的屋里作画。

　　他画个不停，如果是星期六的晚上，干脆就画个通宵。这时候的杨阳就像换了个人似的，两眼犀利得可以穿透纸页。他的瘦瘦的胳膊像一根有力的桑条，弹性十足，狠狠地挥来挥去。这样他就忘记了周围的一切，忘记了他处于一个庄严的大楼里。他告诉我，有一天深夜他伏在桌上睡着了，一觉醒来，想起要去干点什么。走出办公室，就飞快地往顶楼跑去。后来他跑到了阳台，这才记起是来取一个石膏模型的，白天他曾在这儿画过。取了东西往回走，踏上楼梯，觉得所有的灯都在映他的眼睛。他压紧一道栏杆往下看着，见盘旋的楼梯围成的空间深不可测，下面灯光瓦亮。当他感到眩晕，就要离开栏杆时，这才发觉自己迷失了方向。到处都是一样的栏杆和台阶。扶手上了红漆，还有黄色的门，全都一副模样。他一个一个拍打着，没有一扇门对他开启。他拍得手掌都红肿了，还是没有回到自己的那一间。他拼命地从上往下，又从下往上，在走廊上奔波着。可恨的强烈灯光耀得他睁不开眼睛，他用力睁开，泪水就溢满了眼眶。这时候他觉得自己这么孤单。母亲，他那么想念母亲——"妈妈！"他喊叫着，四处回响，就是不见一个人影。

从那次迷路之后，他再也不敢一个人深夜待在大楼里了。可他又不愿回到自己的宿舍，与那四个人待在一起。我不相信一个人会在机关大楼上迷路，因为楼梯和走廊都是极其规整有序的，而且每个工作人员对这个场所都熟透了。杨阳不愿反驳我，我知道他是无须反驳的。他更多地与我谈着他的画。也说他现在最难以战胜的一种东西就是思念——"我想回去，去看妈妈。"他的长眼睫毛忽闪着，像说给自己听。

就是那个夏天，机关的一次身体普查中，查出了杨阳的病。他是最年轻的一个，但偏偏他的病最重——肝脾综合征，脾脏的血管随时都可能破裂。那时就会大出血，那么我们的杨阳也就算完了。机关门诊部不敢马虎，一边给他治疗，一边联系地方住院。大约住了半年院，他又被送到一个疗养院去了。我多次到院里看他，他跟我说的只是妈妈和油画。

你知道，杨阳的性情很可能是受疾病影响所致，但他的疾病又是怎么形成的呢？

写到这里，我又想到了他与经理之间所存在的可怕的矛盾。这种矛盾的原因我们搞不清，但都知道它是不可调和的。正像杨阳最终也没有被这所大机关所接受一样，那座小小的影院也不会接受他的。我甚至觉得，这个大机关的办公楼上，每个人都有一个位置，唯独杨阳从来也没有过。他的办公桌所安放的地方曾经是他的位置吗？也说不上。发工资的时候有杨阳一份，仅此证明大楼上有杨阳这个人头。可发完工资，杨阳又哪去了呢？他走了，去医院了，疗养院了，后来又调回老家去了，终于大楼上无影无踪了。他消逝得干干净净。这儿始终不承认他该有一个位置，他如果坐在那儿，就与四周的一切分外地不和谐，最后他走了，生病了，也就是自然而然的了。我依此推断那座影院里也没有杨阳的位置，像在这儿的大办公楼一样，他甚至连一点足迹也留不下。这座大楼至今还有杨阳的那张办公桌，不过是给推到了杂物仓库里罢了。因为人们都知道杨阳是得过重病的人，也就不愿使用他的桌子，害怕传染，所以只好搁起来。等到时间把杨阳的气味完全冲洗干净了时，也许会有人去搬出那张桌子使用。

我想我们挽救（请原谅我使用了这个词）杨阳的工作正在紧迫起来。因为在那种恶劣的情形下，他的旧病就会复发，那时候怎样诊治都无济于事，他也就彻底消逝了，连同他的油画一起。

给画院副院长信

一

也许您对我的推荐和请求感到有些荒唐。您接着会原谅地一笑，因为我是您的朋友，还是一个门外汉。不过我拒绝您的宽容和谅解，因为我要更固执地坚持说：他是一个艺术家。

我的判断愿意迎接一千个大艺术家的挑剔，甚至愿意等候你我都难以亲睹的时间的考验。是的，他是一个注定了要把自己的一辈子交给艺术的人，是在人丛中闪闪发光的一个人物，一个只需用肉眼就可以鉴别出来的艺术家。

您看了他的作品也许会拒绝他。那样可真是太悲惨了。拒绝过他的所谓艺术家已经不止一个了，但愿您可不要去凑热闹。您拒绝他的理由我会想得出，那就是您会认为他的技巧尚不圆熟。如果是这样，我将无言以对。

不过我很快会直言不讳地问一句：对于一个艺术家、一个真正意义上的艺术家，在他获得巨大成功的诸多因素中，属于技术方面的东西到底有多少？不错，您会说一个人在技巧上的磨炼也许要花费一生的心血——但最终决定他是不是一个艺术家的，恰恰还不是这一切。决定的东西在于他是不是一个独特的生命。生活会自然地赋予这个生命很多很多，这个生命于是就成长起来了。反过来，一个人只要接受刻苦的严格的训练，常常都会具有圆熟的技艺。而以技艺相传的，只会是一种行当，或叫做一种职业。而艺术，我的天，你能叫它是"职业"吗？

世界上有什么还会比艺术更好地体现生命的冲动和力量，有什么比艺术还会更贴近生命的本色和原力？

对于一个艺术家，他不能容忍从职业的角度去理解他的工作，因为那样就包含了一种侮辱。而这一切正是别人所不能理会的。

我正是从以上的意义去鉴别艺术家的。我有我的原则，坚定不移。技术方面的眼障顷刻坍塌，我不相信我自己莫辨真伪。我也许是一个低能儿，但我不能不忠于一种质朴的真理。于是，我只能毫无顾忌地向您进言：请您将世俗的一切偏见抛到一边，做一次勇敢的人，伸出双手去迎接一个有灿烂前程的人。

他的境况简直令人不能相信，可以说是步履维艰。他像很多艺术家一样，无法维护自己正常的生活。我想这方面的缘由您会理解。现在需要您做的是扶持他一把，尽可能地把他迎接出来。我想他在您的身边会工作得很好，您四周的人也较能接受他，因为大家都在搞艺术。在这个世界上，我想他是最适宜于栽培在您这样的花盆里，如果他在您这里也不能落脚，那真是令人悲哀。正像很多后来被公认的艺术家们一样，他现在还刚刚开始，一无所有，您当然要去看他的画，那是他的作品。您看吧，您可能一下子喜欢上了。不过他本身就是一件艺术品。您见了这个随便的、有几分拖沓的小伙子，见了他的忧郁的眼神、薄薄的缺少血色的嘴唇、说话时有些颤动的嘴角，您会感到一阵隐隐的震动。

一个真实具体的年轻人站在了您的面前，让人不敢正视。

他可以区别于您所看到的一切人。而这之前也许您很少见过这样的情景。不是吗，生活中那么多人，人流汹涌，面孔陌生，但您会漠然地一眼扫过。他们身上缺少真正能够触动您的一点什么。这就是说他们太平淡了，似曾相识，缺乏更深层的陌生感。您没有感受到更具体的一个人，这个人是从土地上生发出来的，带着丰富的汁水，欣欣向荣，而绝不是一个干枯的标本。他的任何像植物身上的茸毛和枝蔓都没被修削，完整无缺。他没有被打扮、被修饰，与身边的那一群无法调和混淆——您一眼就记住了他。

谁来鉴别他呢？让汹涌而过的人群去携走他吗？不，他们会自然地淘汰他，认为他是一个在未来的路途上连累别人的人。他站在那儿，极度孱弱，赤手空拳。可他对于人间的困苦特别敏感，见了悲伤和不平就会唱一曲抚慰的歌、抗争的歌。他纯洁无瑕，一辈子也不会饮酒。几乎所有的空余时光都被他牢牢地抓住了，他在那时刻里倾听天籁。您是个艺术家，我们的友谊也许很独特。我差不多等于手扯手地将他引到了您的面前。

您来鉴别他吧。

二

原谅我的冲动。也大概说了不少大而无当的话。不过那是我心中的荐言。现在我想，为了能把他尽快地调出那个荆棘窝，您只要让他进画院就行。您看一个画院中有多少杂七杂八的事情？他做什么都可以。

如果一开始就调来搞专业，恐怕周围会议论的，反而行不通。我们这儿的画院有一个门市部，经营书画纸砚，工作人员都是从待业青年中招来的，大多是女孩子。您那个画院是否有类似的地方？如有，杨阳去卖书画也很好。他在业余时间会学习画画。您是搞国画的，但在艺术上一定也会给杨阳很多帮助。

原单位放他走也是一个问题，这方面我正找人帮忙。他们不放他走主要是想捉弄他，让他精疲力竭，而绝不是喜欢他赏识他。这种勒索当然令人无比愤怒，不过我相信不会持久的。我正设法通过一个局长去解围，如果奏效，他就可以调出来了。因而找一个好的接收单位就变得迫切了。他如果再调到一个类似影院那样的地方就彻底毁掉了。

您如能调他去画院，他的生活将发生重要转折，也许一生都难以再有比这个更好的机会。说起来太可惜，七七年刚刚恢复高考制度时他只差一点没考进省艺术学院，但他的成绩可以上中专艺校。一位美术老师看过他的画，断言这个杨阳肯定是艺术学院的料子，不要贪眼前小利进一所中专。杨阳于是放弃了一个机会。后来当然艺术学院没有考上，原因与上次相同，文化课的分数偏低。

有个事情倒值得告诉您：杨阳在中学时曾参加过一次地区级画展，中央美院的一位教授看过他的画，说杨阳的天赋极高。他现在仍与教授有通信关系。

三

您对杨阳很感兴趣，这使我获得了某种安慰。您问他与影院经理如何酿成了这样深的矛盾，我却无法使您得到满意的回答。我的另一个朋友也问过这个问题，并亲自去看过，同样没有结果。您怎么也对这个问题感兴趣呢？我又怎么回答您呢？

当然，我明白一个接收单位总要关心这一类问题的。不能糊糊涂涂地调一个人来。

但这个问题连杨阳自己也回答不了。他至今闹不明白经理为什么那么恨他，处心积虑地要折磨他。最近经理又有了对付杨阳的新点子，就是让他专门负责打扫场子——广告画让邻近一个工厂宣传科的人画。这使杨阳不能容忍，与经理大吵了一架，接着病了好多天。杨阳在那个区里不用说是最厉害的画家了，这会儿却连画广告的资格也没有，这种侮辱太过分了。

我曾多次研究过他们之间的症结在哪里，但都搞不明白。我现在只能假设经理这个人有一种折磨人的癖好，是个虐待狂。不折磨别人，他就无法平静自己。我曾经听人说过乡间有一个狠毒的老太太，一生富贵，晚年令人咋舌。在告别人世前的五六年里，她残酷地蹂躏身边的人。她可以一夜一夜不睡觉，监督跪着的使女，让她头上顶个瓷碗。她发疯似的指使四周的一切，让整个大院里的人像热锅上的蚂蚁那样奔波，别人不准大声说话，不准笑，连脚踏地都不准发出咚咚的声音。离她十几丈远的一个长工夜里打呼噜，她让人把他赶紧扼死——人们把长工偷偷赶跑，回来禀报说已经埋掉了，她这才舒了一口气。她要喝鸡汤，但不准许别人宰鸡，而是让人把鸡缚了翅膀和双腿递给她，由她亲自拧断鸡的脖子。她离开人世的最后一刻也该记上一笔，因为这是绝无先例的。她大口呼气，眼看就不行了，儿媳抱着孩子说："快哭奶奶！"小孙子伏在一张松弛的老手上，这只老手抖着，却越收越紧，死死攥住了一只嫩嫩的小胳膊。小孙子疼得大哭，老手还是不松。一家人吓得喊起来，好不容易才把她的手扳开，见她已经过去了。再看小孙子的胳膊，留着深深的指印，有好几处流出了血。

　　这就是那个老太婆的故事。有些人年纪不是特别大，心态与她却差不多。他憎恨一切比他活鲜的、真切的、生动的东西。任何东西以任何方式展示出美丽的姿态，都要引起他的刻骨嫉恨。要与他平安相处，也许只有装出一副临近死亡、畏畏缩缩、垂头丧气的样子。他不承认生命的规律，也不知道自己的来历，想像金石那样的刚劲不朽。他是世上最愚蠢的人，却要用这种愚蠢的刻度去统一一切。人类不能没有歌唱，就像绿色中必然要绽开鲜花一样。有些人喜欢寂死无声的世界，这样他的嚎叫才会显得惊天动地。你要让那样的人震怒是十分容易的，也是自然而然的。你的血液只要是鲜红的、滚烫的，只要还在奔流，他就不会容忍。这种恨看起来像是无缘无故的，但这种恨恰是最为可怕的。我之所以找不出经理与杨阳矛盾的缘由，其原因就在这里。为了什么事情闹到了势不两立、一个偏要将另一个制服制死呢？谁也说不上来。

写到这儿我想与您讨论更多的问题。比如说，为什么有人虽然也享受着艺术成果，但却常常对真正的艺术家表现出莫名的怨艾？这种怨艾甚至滋长蔓延，演变为深刻的仇视，他们并且乐于展示这种冲突，显得自己格格不入。而在一定的时机，又恰恰是这部分人最容易附庸风雅，装出一副十分在行的样子，像抓住了一只麻雀那样，要把艺术拳在掌心里。这种令人哭笑不得的事情并不罕见——您是画院的领导人，大概见得更多。我想一些心智苍白而又品性恶劣的人，必然会表现出这样的变态心理。他们面对五光十色的生活，麻木不仁，百无聊赖，往日的放纵使他们如今已是无可挽救。但他们又不甘心让人们听到呻吟的声音，于是就放肆地谴责他们嫉恨的一切。艺术是心灵旺盛的泉水滋养出来的，所以那些心底枯干的人最容易迁怒于艺术。他们可以标榜自己是与艺术家格格不入的"另一类人"，而绝不愿承认自己是一个颓废衰败的人。其实艺术家最为神奇又最为平凡，就像一粒沙子那样普通：他只是人类当中应有的一种现象，就像天空必然要发生的放电现象一样；他说到底是一种劳动者，是人的最本能的创造欲望的体现者。从这个意义上讲，仇视艺术家的人不仅天性顽劣，而且不可理喻。说到底，对艺术家的那种艾怨和仇恨也可以看做一部分人的本能，那就是出于对一种旺盛的生命力的恐惧和妒忌。

再比如说，为什么艺术家的行列里能够潜下更多的浑蛋和无赖？他们奇怪的是偏偏要打扮成一个艺术家。这些人好比花蕊里的虫子，伪装成花朵中间活动的生命。这是不是因为一种劳动复杂到难以言说的地步，反而更容易掺假？它不可言说，只能用一颗心去默默体察，因而沉思不语。一个伪艺术家是难以识破的，即便辨认出来，也不容易说得清晰。人们提出的证据只能是一种感觉，而人世间的任何法庭都是排斥感觉的。有的人说到底是人世间最懒惰的人，游手好闲，惧怕劳动。任何物质生产都是可以触摸的，实实在在，可以用尺量，也可以以数计。那儿没有他的藏身之地，于是他就选择了精神劳动。这种人的贪婪是远远超出一般人的，他为了攫取更大的利益，常常使用最残酷的手段，用真正陌生的方式去把艺术家们击倒。更为恶劣的是，他们是那些仇视艺术者的天然盟友，内外勾结，险恶非常。

我不知道要做一个真正的艺术家有多么难。他们除了因为沉浸在那样一个瑰丽的世界里痴迷忘返、懵懵懂懂、不知不觉被脚下的自然坎坷绊倒而外，还要提防另一类人从后脑那儿伸出的棍子。任何打击都首先指向大脑，因为那是人的核心地带。他实在太需要保护了，太需要谅解了。这样的艺术家不仅在熠熠生辉的时刻里需要援助，而是从刚刚起步时就要有人扶持。杨阳就是这后一种情形。你问他与经理矛盾的原因，我不能回答得再具体了。您是副院长，您比我更有资格回答——请原谅我的刻薄。我只是要求您能赏识他，帮助他。我觉得您在献身给艺术——既然这样了，那么我的要求就不过分了。

我这次唠叨得可不算少。您爱怎么想就怎么想吧。您可以微笑着看待我的激动。您只要明白，我的激动是因为我要给您推荐一个艺术家，他很困难，他很年轻，他很危险！您明白这些也就行了。就写这些。

四

把他来这个大机关以前的情形告诉您吧，您可以更好地理解他和他的处境。整个过程简直是一个悲剧，我极不愿意谈它。

那是杨阳两次高考失败之后的最沮丧的日子。街道上请他画一些宣传画，他干得非常卖力。为了排遣心中的不快和焦虑，他把那些画画得又大又亮。各种颜色向人直逼过来，看上五分钟，像被各个方向伸来的拳头揍了一顿似的。他握笔的姿势让街道上的人觉得好生奇怪。他们认为的画家只是平常在街头阳光下给人画肖像的人——那些人两眼如鹰，戴着老花镜，小心地捏紧一根碳梗硬描硬描。那才是画家哩！而杨阳瘦弱不堪，站在竹皮做成的长条脚手架上，衣服被风吹得皱到了一边去。小家伙的大笔往上一捅一捅，一会儿就捅出一轮太阳一片田野。围着观看的人真不少，老太婆们吸着嘴，发出"夫夫"的声音。

观看的人当中有一个络腮胡子的人。这人高个子，五十多岁，两眼生得很厉害，看上去醉眼朦胧。当时谁也不知道，就是这个人要决定杨阳的命运。

他一连几次来看杨阳画画，他是省里一个大机关下来招选干部的，是一个处长。他毕竟在大城市工作，并且他的儿子也学油画，他慢慢看出了面前这个小伙子是个"好材料"。当时他的心有些痒，走开两步又退回来，最后大概下了决心。

第二天，他向当地有关领导提出：这个人要带到省城里去。

这个消息震动了半个城市。人们都为杨家的人高兴。那个大机关的名字可是吓人的，去那儿工作当然了不起。杨阳的父亲是退伍军人，老人无比兴奋，没有商量就一口答应了。杨阳当时也觉得非常愉快——虽然他已经感到了有什么不对劲的地方，因为他酷爱画画啊。他高兴的是作为一个人，可以初步结束在十字街头上徘徊的尴尬了。走吧，去省城！去那个大机关！

就这样，杨阳被处长带走了。他起程之前曾在被窝里想过，这回要亲眼见到那座更大的城了！他要把城里的所有楼房、甚至是所有的窗户都画下来。他会见到很多很多的画家，结识很多很多的画伴。什么也别想阻挡他，他要画个天昏地暗，不停地画，把居住小屋的天棚、地板、四壁，全都画上鲜亮优美的图画。那时他就算居住在图画之中了。他甚至想过要在将来寻找一位美丽的体积很大的姑娘，把她也画到画里；如果她愿意，他完全可以把她的身上也画上画，画上美妙的阳光下的水滴和绿色的蜻蜓，画上红艳艳的果子……第二天起程了，第三天就来到了省城。

他不觉得省城有什么好，黑色的烟雾漫在空中，他从车窗往外看了一会儿，后来一抹脸，抹下两点油灰。油灰是从哪里来的？

开始分配工作了。处长把他交给了副处长，副处长又把他交给了一位科长。科长是南方人，说一口古怪的普通话，并用这样的话扼要介绍了机关的性质，此次招选干部的标准、目的、其他要求，等等。接着，与杨阳同来的一大帮子人，都被送到一个机要训练班上去了。

杨阳这才知道大家都来做机要工作。训练班的纪律难以想象的严明：吃饭和上操按时准点，站队报数；一个人不准外出，走得稍远了必须报告；信号灯一亮，要马上坐在操作台前；一分钟内拍打多少码子；准确而迅速地换算……杨阳适应起来也快，半年下来，就像个机器人一样准确无误。在整个训练班上，他的各项成绩最好。又停了半年，训练班结束了。生活虽然依旧紧张，但毕竟不是在接受训练了，这就松弛了一点。杨阳于是又想到了他的画。

接下去的日子里他像害了热病似的，坐卧不安，口渴烦躁，一双眼睛里有什么在燃烧。周围的人找来了科长，又找来了那个目光朦胧的处长。处长看了他一会儿，当证实了人们报告的事情属实时，就慢声慢语地说："杨阳，你可要努力啊，不要使领导失望。"杨阳紧紧地盯着处长，几乎是喊了一声："处长！我要画画！"处长一愕，立刻摆手："不行，你是个好材料……"

杨阳哭了。他再没有吭声。

最可怕的要算值夜班了。那时候整个大楼漆黑一片，只有杨阳一个人。他害怕极了，但夜里偏偏记起的是小时候听过的鬼故事。他一闭上眼，就看见无数的鬼在长长的走廊上跳舞，五颜六色，好不容易睡着了，突然信号又响起来，"哇哇哇，哇哇哇"，像小孩子哭一样。紧接着红灯绿灯交错闪亮，自动呼叫系统也发出声音来。杨阳搓揉着眼睛，一颗心嗵嗵跳着奔向操作台。工作时间也许只有短短的时间，也许只是演习，但杨阳从工作台上下来，再也睡不着了。白天要照样上班，因为值夜班轮流安排，每人在工作室睡一个星期。

杨阳在跟我叙述那时的情景时，常常要不时地回头看看，好像那段生活就在身后一样。那时他已经不做机要工作了，离开了操作台，做了机关资料员。那个处长好像失望得很。

他被调离机要岗位是必然的。因为他后来不顾一切地画了起来，疯迷了一般。我曾见过他画的一张操作台的油画，那真是一幅杰作。我认为肯定是杰作。我不相信有人可以产生如此奇异的联想。在机要操作室里，一切都是依靠坚硬的逻辑而存在的。每一个衔钮都是严厉的、冰冷的。而杨阳却让它们有了热情，有了生命；连飞旋的电波也有了光色和性别。

您如果看到这幅画就好了。这是件非常可惜的事情。我当时望着这张画，身上一阵阵燥热。您看到的会是人间一块特殊的田野，上面衍生了一些特殊的生命。生活中灰迹处处，蛛网丛生，只有火热的电波在歌唱。那些密密的按键被一种无形的力量击中了，痛苦欲裂，嚎叫声使人发疯。红的灯绿的灯摇曳不停，像升上半空的水莲。自动呼叫系统的鸣声器像人的眼睛，怪异、深邃，蕴含了深深的愤怒，张望着所有的人。看不见的黑暗处好像存在着另一只独眼，那仿佛是一个老人的目光，一会儿善良一会儿狠毒，无声地笑着。风在吼叫，机关大楼的尖顶摇震起来。只有操作台正上方的工作灯像一只蜜桃，水灵灵鲜活可亲。一群蜜蜂卷成筒状，在窗外旋动，背景是中间蚀了黑洞的银月。电火花响着……这样的一幅画。我无法讲得清。最不幸的是它被副科长看见了，于是很快传到了处长手里。

我以前说过，处长的儿子也是画画的。处长看不懂杨阳这张画，就回家给儿子看。他的儿子一把抢到手里，盯着画大口喘息，不愿吃饭。后来，他用拳头擂着桌子，不知为什么哭了——这是处长后来跟别人说的，具体情况不得而知。反正是那张画再也没有送到杨阳手里。只是不久处长儿子来找杨阳了——杨阳接待了他，谈着，沉默着，一个小时过去了，突然处长儿子插上了门，返身坐下，哭了起来。他说："原谅我，原谅我……"他抱住了杨阳，用脸贴了贴对方的脸，又坐到原处。两个人还是沉默着。不一会儿，同屋的人回来敲门，处长的儿子坚决不开。这事于是惊动了处长，他亲自砸开门领走了儿子。

　　杨阳告诉我这件事时，两眼闪射着光亮。他说处长儿子是个少见的人物。我问他有没有才华？他点点头："当然有。"停了会儿他又告诉我："那张画被他撕掉了……他后悔了，又从垃圾桶里取回来，拼接贴好，可已经不成样子了。"我吃了一惊，赶忙问："为什么？"杨阳说："你问他吧。"

　　到底为什么，我想只有处长知道。因为事后他果断地决定了两件事：一是将杨阳调离机要工作岗位；再就是不允许儿子与杨阳接近。他们后来真的没有再见面。为这事杨阳曾经十分痛苦，时间长了才略好一点。处长说过："世上有一个疯子就够了；两个疯子分开也好得多。"他的眼睛没有神采，可是我从日常的接触中发觉，处长是个聪明绝顶的人。他显然藏下了更隐秘的心思。他很爱他的儿子，并且极其看重儿子的绘画才华。我越来越感到困惑的是，他为什么不让杨阳与他儿子一起切磋，又为什么不从艺术事业的角度稍稍支持一下杨阳呢？他的心底未免也太幽暗了一些……后来我又多少原谅了他一些，因为我觉得一个人心灵的空间可以开通和间隔无数间，我无权简单化地理解一个父亲与一个儿子的特殊关系。

　　处长能够从遥远的地方将杨阳招选到省城，能说与儿子的事业无关吗？究竟是哪根神经受到了触动，使他下了那样的决心呢？处长故意将一个天才禁锢在机要室里，让红绿灯闪乱他的双目，能说与儿子的事业无关吗？这种关系又是什么？这其中有什么心理在作怪？而最后，处长又为什么坚决制止两个酷爱艺术的年轻人接触？

我回答不了，亲爱的朋友。

我只大胆假设一个事情，这就是，在处长的儿子看到杨阳那张画的那一刻，长久蓄成的一种自信心在这一瞬间被彻底地击垮了。处长的儿子流出的是绝望的眼泪。

接着，杨阳就是一个无足轻重的资料员了。这对于他倒是个好事情。他一度很感激处长。但渐渐事情有了变化。他发现没有人对他退出机要部门一事表示谅解。机要工作是神秘而神圣的，一个人从这个岗位上被剔出来，就好比谷地里拔出的一棵莠草。人们猜测着这个瘦瘦的小伙子有什么毛病，是否被查出了什么历史问题、现行问题？是否行为不轨？还有人说这个小伙子之所以瘦削不堪，是因为邪癖在身，记忆力减退，当然不适宜做机要工作啦。杨阳紧咬着牙关。他只是画着，利用一切间隙画着。

他的画很多很多，据人讲藏在了什么地方。他有一次给我看过一张人像，我看着看着愣住了。这是处长的那个儿子，绝对没错！

被画出的小伙子是让人永远难忘的。杨阳那么敏感准确、那么犀利地一下子抓住了对方肉体之内深潜的隐秘。我甚至不敢久视画面上的一对眼睛。这对眼睛初看像女孩子的一样美丽温柔，可慢慢又可以看出一股凶悍的光焰在跳荡，那瞳仁像针尖一样又亮又小，咄咄逼人。再看那被一轮朝阳映红的头发，乱蓬蓬，一绺一绺，好似狂风中不甘熄灭的火苗。我吸了一口凉气，说：

"我知道你画的是谁。"

杨阳的目光暗下来，叹息一声说："没有人读懂我的画，只有我画的这个人除外。"

当时我们都沉默着。那一天我们在黄昏的天色里沿一行白杨走了很久。那是个深秋的日子，我们把一行白杨走尽了，又奔向一溜红枫。枫树叶儿已经有不少落在地上，杨阳取一片最红的放在手里。一道挂了青色石英墙皮的大墙在红枫的另一边。那是个陌生的、秘密的大院。大院十分森严。我们常常在这条路上走过，我很喜爱这条路。结婚以前，我与爱人常常走在这条路上。杨阳看了几眼高墙，没有做声，奇怪的是从来没有人问过这是个什么大院？我们一直走到天色漆黑才折回去。那天我请他回家里一块吃饭，他拒绝了。

杨阳的肖像画使我知道了他长久地惦念着一个人。这个人是他的朋友还是敌人？这是两个刚刚握手随即分离的年轻人。

在给我画看的第二三天，他病倒了。这次病把他折磨得太厉害了。发烧、说胡话，刚刚清醒就跟我要一样东西。我好不容易听明白了：他让我去宿舍取来那张画像放在病房里……不久就是机关体检，再不久就是杨阳查出了大病、再一次入院、到疗养院，直到调回老家工作。

他走后不久，我在一次偶然的机会见到了处长的儿子。这个年轻人已经完全变了一个人。他衣衫不整，神情沮丧，瘦得皮包骨头。我与他说话，他傻傻一笑，摇摇头走开了。后来我才知道，处长正为儿子忧心如焚，曾请了不少医生给他看过。这些医生大多是神经科的，他们都表示无能为力。后来有一个内科医生提议请一个肠胃专家来看看，他说人的一切疾病差不多都是胃的毛病引起的。处长冷冷笑了两声，再也不为儿子请医生了。那个小伙子常常在机关大楼下面转悠，再也无心画画。

这就是杨阳在这所机关的大致情景。您或许可以从中了解一下杨阳和他的艺术。我想这不仅仅是杨阳个人的悲剧，因为其中至少包含了两个角色。我不理解他们。我只知道他们是一对熊熊燃烧着的人，酷似一对孪生兄弟。可他们却是那么不同。

处长现在仍旧是处长，只不过几年来皱纹骤添。

五

杨阳又来信了。他被爱情困扰着，也被画困扰着。我读着他的信，有时真想让他直接找您一趟。当然这不稳妥，因为您太忙了，这需要您的应允。

他的信上说，夜晚他怎么也睡不着。为什么？就因为他构思的一幅新的作品上，有一架风车，有盐——他想到了盐的光亮，怎样在画布上表现这光亮……他的确是被盐的光亮激动得睡不着的。您看，就是这样一个脆弱的艺术家。我敢说能被食盐的光亮激动得失眠的人，肯定是一个艺术家。

食盐在这儿仿佛又成了我新的尺度，但我是认真的，您也一定会同意我的。

　　我心中一阵阵急躁，不断回忆与他在一起的情景。我发现我需要一颗纯洁的孩子般的心灵的陪伴。我也需要艺术的滋养。而这二者杨阳身上都具备。眼看着他在一个暴君手下受苦受难，我不知怎样才好。您的回信给我希望，我也完全能谅解您对于这件事的一切看法以及解决它的所有步骤。您显然是对的。您考虑问题是艺术家的方式，但更是一个行政领导式的。也许您的办法才切实可行。

　　还需要我活动一下他身边的什么关系，请您告诉我。

　　对了，我不得不提一下倒霉的海参，我看出来了，您是迫不得已才告诉我的。不错，杨阳的境况得到改善、他最终要调出来，最后恐怕还是要借助于文化局长的力量。通过一个人——这个人的选择我尚需再想想——送给局长一点海参是必要的、必不可少的。不过我打听了一下，最近海参是极不好搞的，而且贵得吓人。我想商量一下，海米能不能取代它——当然数量可以多一些——能不能呢？

　　我不得不在信上问一问。悲夫。

六

　　收到了您的信。事情是这样，杨阳回老家之后谈了两个朋友。第一个结束了，第二个尚未结束。但没有定下来。这个事情当然关系到调动，不过问题是那个朋友并不理想，杨阳与她没有中断关系，完全是他的性格所致。

您要是读一下他关于这方面的信就好了。杨阳性格中刚强和柔弱两个方面都让人吃惊。他太善良了。目前这个是个打字员，杨阳多次画过她，我也看过寄来的一些素描。有一些，显然作者倾注了巨大的热情。不过杨阳要画一棵树也会这样的。他信上说，她有时很美，不过有点狡猾，像小狐狸那样。这又有了另一种可爱。不过问题是他已经感到了她不是十分爱他。她如果被他所爱，那么他会终生不渝。他就是这样的一个人，是一个真正的男人。他回去工作后遇到的第一个朋友曾经强烈地打动过他。那是个修鞋女工，据说她的脸有些红，眉毛弯弯的，一笑起来嘴巴有一点歪。杨阳像欣赏一件艺术品一样，曾仔细地、快乐地向我描绘过她。他说："也许我与她再也不会分开了？"这句话的后面不是句号也不是叹号，而是问号。

他说他那时很多的作品中都有一股暖融融的调子，几乎比任何时候都爱使用明亮的黄色。他自认为那时的画是很棒的，"绝对来劲的东西"，"我明白自己是怎么了"，"这一切也许会过去的？"他后来的话中总是使用问号。这反映了他那颗兴奋而忧伤的、动荡不止的心。有什么不好的东西在隐隐地渗透，他艰涩冰冷的生活中印上的这一道阳光正缓缓地消逝。他说他们散步的时候，他更多地想起的是在大机关工作时的情景，那时他似乎真的爱上了一个人。可惜在一切还远远没有成熟的时刻，他被疾病折磨得倒下了，最后离开了那座又混乱又温暖的肮脏的大城市。

杨阳在机要训练班上认识了一个戴眼镜的姑娘，她是一位机要员的妹妹，当时正在机关门诊部工作。她的名字很怪，叫"咕咕"——杨阳奇怪地盯着她的脸，说："咕咕咕"——他不知怎么多叫了一个"咕"？听起来有点像斑鸠的叫声。姑娘的脸刷地红了，杨阳也不好意思地退开了一步。他这样叫她的名字完全是无意的，那只是发音器官的某种惯性作用。他还小，远远没有学会逗姑娘呢。他是真正腼腆的孩子，他自己就像个姑娘。咕咕常来看哥哥，渐渐跟杨阳熟得很了。她曾摘下眼镜让杨阳戴上试试，杨阳戴一下赶紧拿下来说："晕死了。"又说："这么晕你都能戴，真行。"咕咕哈哈大笑。杨阳第一次见到了摘去镜片的一双眼睛：她的眼睛这样大、这样柔和，像两湾深深的湖水。他喊了一声："哎呀！"

　　后来他凭着记忆画出过这双眼睛。

　　咕咕高高的个子，皮肤并不很白。她在门诊部搞注射。让人见了最难忘的，除了那双眼睛，还有顽皮的嘴角。这样的嘴角与温柔文静的面容形成了很大的反差。她在那儿搞注射，杨阳就不去打针。他的身体很弱，需要打针的时候很多，但他总是忍着或到别的医院去。他说，他自己很脏，很脏很脏。

　　咕咕是一尘不染的，像阳光一样明亮和洁净。

　　结果杨阳最后查出大病来了，烧得迷迷糊糊，被抬到了门诊部。给他注射的正是咕咕。咕咕给他卷起衣服，一眼看到的是瘦削的身躯、像儿童似的臀部。姑娘打完了针，在用酒精棉球轻轻搓揉的那一刻，忍不住流下了泪水。她一声不吭地坐在一边看着他，等着他睁开眼睛。在杨阳病倒之前，他曾借给咕咕很多画册，还画过咕咕好多张画。咕咕会长久地保留着这些画。

杨阳那天醒来，一眼看到咕咕，脸一下子红透了。他最终还是没有逃过咕咕的针头。

我在杨阳住院后常去看他。他告诉我咕咕也来过。只要提到咕咕，他的眼睛就立刻明亮了。我们的谈话常常有意无意地转到咕咕那儿。咕咕给他的水果他一个也不吃，全都放在床头柜上。他挑拣一个红的握在手里，又放在眼睑上滚动一下，说："真好的一个苹果。"

他从疗养院回来，有时要去找咕咕一次。咕咕的哥哥制止妹妹与杨阳接触，说那种病是传染的。咕咕似乎并不在意。杨阳也知道咕咕家里人不欢迎他，但还是要去。他对我说："我想看见咕咕，到她单位上，也到她家里去看她。有一天我怎么也受不了，跑到外面，跑到咕咕家楼下面……'咕咕！咕咕！'"

后来发生了一件不幸的事，我相信杨阳一辈子也不会忘记，也相信他下决心离开这座城市，也会与那件事有关。那是八月里的一天，杨阳一整天都把自己关在办公室里，这是个温暖的星期日。他狂热地画了一天，傍黑时分完成了一张画——他说这是他最满意的一张了。那是画了一棵半边碧蓝半边火红的枫树，树下站着咕咕。咕咕的眼睛看着什么，热烈的目光投向正前方。他携着画跑到外面，一直跑到咕咕家的楼下。在楼下站了一刻，他又蹿上楼去，擂着咕咕家的门——那时也可能是咕咕不在，开门的是咕咕的哥哥，他两手沾满了面粉，扫了杨阳两眼，怒冲冲地就要关门。杨阳举了举手里的东西，喊了一声："咕咕！"高大的男人转过身子，一把扯下画来，骂一句："滚你妈的蛋去！"那扇门轰的一声关上了。

他待了片刻，扭头走了。他这才明白了，这个凶恶的男人绝对不允许妹妹再走近他了。他扭头走了，迈出了离开这座城市的第一步……很多天以后我才知道这件事，我非常愤怒，并鼓励他到单位上找咕咕。他摇摇头，说，他这回明白了很多。"'小痨病鬼'——那个家伙以前这样笑着骂过我。我明白了，我没有资格靠近她了……咕咕！"他就这样，离开了。

您看，他是带着肉体和心灵的双重创伤离开了这座城市的。他要回到他出生的小城去。他是从那儿挣断脐带，投入了沸沸腾腾的生活的。如今他又回去了。

首先是文化局的背信弃义，并没有像许诺过的，让他专业绘画；再就是那个经理对他的百般折磨。他现在连一个人起码应该享受的平静和安全都得不到，又怎么进行艺术创造呢？他在那个窝窝囊囊的地方被啮咬到什么时候？这谁也不知道了。

我有时愤怒地想过：这座城市厌弃的，将是她的最了不起的儿女之一。

您是画院的副院长，正处在一个可以帮助他的地方和时刻。如果您像对待您一贯的艺术追求那样不倦、那样不知妥协，就一定会成功地帮助他。只要您的画院要他，他做什么都可以。

他永远不会让您失望。他是个弱小的又是个坚强的人。您如最后决定了就来一个信，那边放他走的事，包在我身上。

该说的话差不多都说完了。请您扶持我的朋友吧！请您挽救一个被爱的火焰烘烤得浑身灼热的艺术家！请您挽救一个正在遭难的艺术家！您将功德无量！紧紧握手！您的朋友！

附杨阳信

一

今年的情况看来更糟些，因为经理召集人开会，把全体人员分成三个单位，就是三个小组。我们检票、烧水和扫地的、画广告的是服务组。经理不让我下午画广告，从四点三十至五点这半个小时，要突击准备晚场。其余就是让我帮伍大娘（烧水的，她是经理的远房亲戚）抬煤。原来有一个推煤的小铁车，后来没有了。我怀疑是他们故意给了另一个小组。时间安排得太紧，我觉得把我编入服务组的目的就是治我，我几次提出不干抬煤的工作，因为前几年烧水的人都是自己运煤。经理说现在是包干制，爱干不干，耽误了供应开水，就在月底扣钱。无奈。

我对广告画越来越头疼，纯粹是商业玩艺，没办法。经理说这张好就好。他特别说要画好女演员的关键部位，即乳房要凸出一些。这对我的打击非常大。我最后的一点权力也受到了干预，我简直是气个半死。我每逢看到他那个黑乎乎的指甲在我的画上点来点去，就恨死了他。他身上有一股怪味我也闻到了。我敢说全天下没有一个人能有这种气味，不是酸臭，也不是霉烂味，好像是硫磺又加进了兔子粪似的，真的。他就是刚刚洗澡回来也让人恶心。

这几天做梦老离不开经理，我常听见他从窗外喊我，赶紧爬起来，心跳，外面什么都没有。我缺少的睡眠没法计算。我已经三个月没有好好睡一觉了。

前几天经理又破口大骂了，没有点谁的名，只是骂服务组。他骂着闯进屋来那会儿我正调一块颜色。当时我身上一抖，以为他会给我一巴掌。他没有动手，只是用手一指外面，让我出去抬桌子。

我最怕的还是回宿舍的事。我和民工合住一屋，身上爬满了虱子。这些民工有不少是从讨饭的那些人中招来的，原因是工钱便宜。经理说让谁干谁就能来干，来的人要送经理很多东西。全影院就我一个人睡在这儿，这当然是欺负我。

他女儿放假来影院里玩，她到我这儿来看了，听说我会画画，又是从大机关回来的。总之，她来看新鲜。经理（我真想有一天能用石块把他的头拍碎）还能有这么好看的女儿。她的体形令人难忘。不过这个小家伙的神气有些让人讨厌。

近来常常后悔，觉得来这个城市这一步是走错了。不过现在是回不去了。在你身边就好一些，那时我心里不痛快就找你说一通。现在差不多总是我一个人。我想家，又不愿回家。

我父亲看不上我，好像也不支持我画了。他最高兴的时候是我在大机关那会儿，现在好像一切的错都是我的了。他根本不听我的解释，自以为是。他说我完了，让他想不到。

妈妈在的话，我会好得多。可惜她去世了。我一写到"妈妈"两个字就想哭。我有一半的画是想着妈妈画的。

二

我真怕给陌生人写信。按你说的给局长的那个朋友写了。真不好写。记得曾看你写信，马上就写好——可我在这方面要用多得多的时间。可这是必须的。我想我对他什么都不了解、怕误解。有一天我接到他的来信，我马上回了信，但好多天没有回音，我心中又后悔、又惆怅！我写了工作情况，但与给你的信比，简单多了。我不知我该不该写那些。我天天等他的信。也许是我的自尊心太强了，陌生人回信晚了我就受不了。我对他介绍了目前的处境、这儿关系的复杂等。

我告诉他想快些调出去。去文化馆当然好，但不好调，盯着那儿的人太多了，刚来时就是被人挤掉的。实在调不成，与这个影院头儿谈谈，能对我稍微合理些也行，不过我怀疑这很难。区里想成立个广告公司，一年多也没成立起来。据说他们早就盯上了我，想要我去。但也有朋友劝我最好不去，我明白他的意思。那儿是有活干的，画外面的大型广告。全市有一百几十个广告牌，画完最后一个，前面一个又褪色了。

天天画机器，枯燥无比，再也不会余下好的心情。长期下去会练成一种不好的笔法。这是最糟的事情。不过我目前影院的处境，我恨不能立刻就走。

三

最近，我终于处理好一个重要事情，就是那个人不会再来缠我了。和她的最后几次交谈很不愉快。她也终于暴露出很多毛病，有的方面可以说是虚伪。我有时想，就是一辈子不结婚，也不要她。最后，对她仅有的一点好印象也不存在了。好了。终于过去了，谈她没意思。

在她走后的第二天，有一个很独特的美丽女孩来找我。她很适合做模特，气质不错，她真有意思，看来追求她的人是有的。对她不很了解，以前当过售货员，后来才去了修鞋厂。奇怪（在有些人看来）的是她倒很满意这个工作。她二十二岁。我为她随便画的小像，她挂在床头。明天我们一起出去玩，画画，照相。

前几天我不愉快，一个人悟出个道理——对你不好的人，在关键时刻是闭口不语。像对那个女孩（以前的），他们甚至支持我与她好。当然，有个画画的朋友就劝过我干脆算了吧。

现在算是愉快了。明天会愉快的。不过我写这信时，不是告诉你别的意思。也许我与她只是朋友而已。

这时我又想起了咕咕——记得吗？不知她怎样了。那时我们的散步，现在还听得见脚步声。我走在她后边时，一抬头就看见一条干净的半旧的条绒蓝背带裤子。与现在的女孩在一起没有这样的感觉了。

我写这信时，抬头可见经理办公室的窗子亮着。他还没有走。我的笔按在纸上像要折断。我不写了。

四

前些天我去那个区找了他一趟。他虽是你的朋友，我去时还是鼓了很大勇气。我对陌生人都多少有些怕。我怕他是个我不喜欢的人。去了两次都没找到，我又有些高兴，好像就为了见不到才去的。我留下新的地址回来了。不几天收到了他的来信，说他不在家，很抱歉。其实也是我不好，我应等他回家。我太急，不该匆匆回来。我写信向他表示了歉意，并把近来的情况告诉他。

最近影院正在上新的录像。除了来新片子，来重要的片子，不然连两三天画画的时间也不给。一个月只画二次。经理倒知道宣传的重要，不过他要求的是另一种效果。这一段我主要是看门、扫地、抓逃票的人等。在影院里，我除了受服务组长的领导，还要受办公室的领导，是唯一受双重领导的人员。他故意这样制定。这对我很不利。还有组长，我们都出了力，拼命干，经理常常表扬他。那人的欺骗性很大，组长也看出来了。现在，我们都成了眼中钉！

现在工作量大极了，卫生区增加了一倍。差不多一年了，我一天病假也没休。真不容易啊。组长请了六天病假，经理在会上公布规定：大夫的病假条只起建议作用，要他再批准才行。副组长是他的狗，以前就找过我的茬儿，百般刁难。组长与经理暗斗，我在明斗。他口上喊改革，其实是养着一些，累死一些。影院是个三不管单位，非常黑暗，经理干什么都行。区里的广告公司还没批下来。以前文化馆和剧团办的都倒闭了。我倒真希望它能成立，它想要我。这个希望可能破灭。不该回来。几年了，整天与小人周旋，为工作发愁，太没意思。如果这儿有个真正志同道合的朋友，我也会坚持下去。

当时调文化馆就受到很大阻力，看来，我的命运太差。文化馆长是我的老师，七七年因他的一句话，使我放弃了上中专。这就失去了一个机会。不过我对他还是感激的，他毕竟曾教过我，也帮助我调文化馆，可局里有个人很坏，与馆长有很大的矛盾。因馆长在剧团时办垮了一个广告公司，局里就扣了他三个月的工资。钱退还了，可还是结下了仇。局里那个人认为是馆长帮我调动，于是在我到来之前半个月把下面一个文化宫的美术老师调到文化馆。馆长后来到图书馆当馆长，又调我去图书馆，我因恋着画画，就去了影院。因为当时讲好是专职画广告。我哪里晓得会是这样。

我不能像狗一样去讨好经理。去年九月我为艺术节画画，被扣去了两个月的工资。十一月又找借口扣去了奖金。他用各种办法来打击和羞辱我，使我无法安宁。我不会向他屈服。我连他如此仇恨我的原因都不明了。我有时怀疑是否有人暗里说了坏话，使他对我造成了误解。有时又怀疑我的父辈与他的父辈有世仇……这些怀疑都没有理由。你来信一再询问产生矛盾的主要原因，让我回忆有关事件。我知道你的好意，但我实在不明白，好像他生下来就是要恨我一样，我从来没惹了他，真的，一丝也没有。

这一切也导致了恋爱的不顺利。曾经有个姑娘，她很淳朴。我们终于分手了。这事我曾告诉过你。现在的这个是新认识的。她被男方抛弃，通过听她说，我很同情她。我知道那个男的是个伪君子，可是她还留恋着他！我不明白，她为什么告诉我这个。我们认识有两三个月的时间。我想对以前的事不应计较，重要的是喜欢不喜欢。我只是很同情她。她也说过，我们大概不能成。她要"嫁鸡随鸡"了。近来我很苦，不知怎样才好。她不能使我幸福，都不能。我想提出分手。我又要得罪一个人了。现在看来是走错一步，步步都错。我没有欢乐、爱情、幸福！是什么能使我支持下来？我始终在幻想。我的心中存在希望，有心爱的艺术，有光亮。如果发挥出来，起码在社会上也能有价值。画广告牌，这是为大众的艺术。经理虽然现在贬低我的广告画，但懂的人还是认为我的广告画有水平，有灵性，与其他地方的不同，比如省内几个城市的。也可能我对待每一幅都较认真。广告牌的寿命很短，也算不上高级的艺术。再也没有比我更不适合搞广告的人了。

五

父亲来信骂我了。他来看过我一次，那个该死的经理对他好像很尊敬，其实是设法愚弄我。他对父亲说了什么我不知道。父亲心里不赞成所有工作不好的人，不管这个人怎样。但我的工作是认真的、大家都肯定的。工作不好与跟领导的关系不好是两个问题，可父亲就是不懂。

他对我说那些话，使我一辈子也不想回家了。我一个人，真的孤零零的了。妈妈没有了，这是对我平生最大的打击。父亲到我住的地方看了，他应该立刻明白，可他不。现在的时代，哪个工作人员住在这样潮湿的地方？再看看经理住在什么地方，他的朋友住在什么地方！

我夜间胡思乱想，成了我的幸福。我想你，想在机关的日子。我那时也不知怎么得罪了领导，不过他对我还不像现在这样。我画了很多画，枫树，还有咕咕。我想去看看你和你爱人还有咕咕。晚上我做梦，到了一条河，大概就是芦青河，上面有莲。我一时一刻都在渴念什么，不能平静。我想她们是可爱的还是不可爱的，该不该重新和解？不能的。我清醒的时候，就说不能的。我只想画，不停地画。有一个地方如果能让我安心地画，我会一辈子感激那个地方，哪里也不去。

经理现在说要抓思想教育了，还说首先要抓的就是我这个人。说一块坏肉不能糟了一锅汤，让两三个人分别帮助我。这其实是让他们监督我、折腾我，我仅有的一点看书的时间也被他们占去了。他们来了，就说一些不着边际的大话、开粗鲁的玩笑。我真想跳到天外去。

如果有要我的地方，我不惜一切也要调去！经理不放，我就和他拼了。没有退路，只能这样了。我太软弱，我恨自己。没有退路。

六

你信中总提到我的身体，我很感动。大体情况是这样：我认识的一个大夫前几个月看了，说恢复得比较好。自我感觉也比前好了。现在服务组工作量太大，我算是坚持下来了。从化验结果看，还是脾的原因，白血球比健康人稍低一些。四千至一万正常，我刚刚达四千。血小板正常，肝功能正常，阴性，可能不是传染的，是劳累、营养不良等所致。从疗养院出来到现在，肝功能一直正常。我已两年没吃治肝的药了。有时吃维生素。我曾看了一本治疗书，一病例和我相似，但比我重得多，吃了中药完全好了。可医生说那样治必须住院，因吃那治脾的药伤肝，还要调理肝。所以，等以后再说吧。我的病，即使发展也缓慢。收到你的信后，我原想做 B 超，但经理老找茬儿，控制严格，以后寻机会彻底查一查。

上次谈到的那个姑娘，经常来，我有点同情。可是不会结合的，我有预感。她也感到了。可是她却提到今年结婚等话。我想了想，我以前好像跟她讲过九十月份分房子的事。那是经理与郊区大队联系建的一幢宿舍楼，分给新结婚的职工。这房子当然不会给我，我也不会因为房子去迁就这么大的事。虽然房子像性命一样宝贵。我再在民工这儿挤下去就要死了。她还想赶快往这个区里调，总之她不想等。还是分手算了，这才是理智的好办法。

我越来越感到情绪给我的影响是多么大，还有环境。记得去年九月为了一幅小风景，创作冲动使我半夜起床。全部改动五六次，一次一种风格。有一次画完我说，这是郁特里洛啊。这个法国风景画家可折磨过我。当时日记这样写道："十七日。这幅画经历了几个阶段。开始要画一个简单的浓云、田地、水洼里有树叶和小黄花，一种雨后的景色。受灯的启发，后来又受雨的启发，画了在雨天发着光的盐。为了盐的光，我激动得没有睡好觉。要把盐滩画出味来。整个调子是玫瑰、深褐、纯青和柠黄。去盐滩村看风车、水车，画了五六幅速写。风车一转动是雄伟的，像那堂·吉诃德见到的。重画，天空用深黄加白在蓝底轻扫，透明感加强，很理想。又重画了，很忧郁，这使我想到郁特里洛，柠黄紫和蓝。虽然很深沉，但不透明。现在又全部重来。十八日。今天上手还是郁特里洛，帆布画得像青鱼皮；中午，全部刷去。下午三点重画，较顺利。加上风车。晚上，去一个地方吃饺子。今天是八月十五（阴历），月亮很圆。"这幅画你一定会看到。

最近一段，我什么也画不出来。现在我看书，没有目的性地看书，不知这样下去会有什么收获。

我很长时间没有休班了。真想好好休息一下。明天接连五天放映一个新的武打片子，每天五场。每月都有这么两三次。大部分观众欣赏力极差，一听武打片兴趣就来。有些很棒的片子没人看。就写这些。

1987 年 11 月底写于济南

1988 年 6 月改于龙口

秋天的愤怒

一

初秋的暮色中，一对年轻的夫妇坐在一棵很老很老的柳树下，男的在吸烟，女的提起水罐往一个粗瓷碗里倒水。他们都三十四五岁。男的摘下斗笠，露出了又短又黑的头发。他长了一副英俊的脸庞，很宽的额头，很挺的鼻子；眼睛深陷，可是大而明亮；眼角和前额上有几道深深的皱纹。单从这几条皱纹上看，也许他的年龄更大一些。他一定是个高个子，因为支在地上的两条腿显得很长。他身边的女人穿了一件很薄很薄的、粉红色的衣服。她此刻端起碗来，像个小猫一样轻轻地吮吸着水，还不时用黑黑的眼睛瞟一下男人。比起他来，她显得那么娇小。她搬弄水罐时不得不挪动一下两只脚，她的身子已经有些笨重了。这时她问道：

"李芒，你就爱皱眉头。你心里又活动什么了？"

李芒淡淡地笑了笑，算是回答。他把烟灰磕到裸露着的粗大的树根上。他手中摆弄着的是一个足有拳头大小的梨木烟斗，用得久了，它的颜色黑中透红。这个烟斗好像不该是他使用似的。

大柳树的四周是一片黄烟棵。烟叶儿在徐缓的风中微微掀动，像一群待飞的大鸟活动着它们的翅膀。暮色映着这片烟田，烟叶儿闪着红色、紫色。烟田这时倒有些像玫瑰园。烟田也很漂亮啊！它的气味又辛辣又清香，和田野傍晚时分飘起的水汽掺和到一起，很好闻。风有时大起来，烟叶就晃动得厉害一些。一片厚重的叶儿在风中笨模笨样地扭动，说明它很健壮。这片烟田的烟棵一般高，都很健壮。老柳树立在烟田中间，静静地低垂下它巨大的树冠。它好像在俯视这些烟棵，俯视这片守候了几十年的田野。

"你看看吧小织，你看看！"李芒用烟斗指着树桩根部的一个窟窿，有些吃惊地说。

小织费力地伏下身子，望着那枯朽的洞洞。原来木头当心又有很大一片枯死了，用不了多久整个根部就会枯透。她张开很小的、布满了茧子的手掌量了量，说："没枯的那面只有三指宽了。"

"它快死了。"

小织仍旧伏着望那个树洞。她说："也不一定。你看见河边上那棵老树了吗，也枯成这样。不过它靠半边儿树皮又活了好几年呢！"

"它快死了。"李芒像没听到她在说什么一样，又说了一遍，一边戴上斗笠。

他站直身子，把斗笠往上推一下，看着眼前的这片烟田。那双有些深陷的、但是十分漂亮的眼睛里，这会儿闪射着明亮的光彩。他的目光在烟垄上移动，鼻孔一下下翕动着……这样看了一会儿，他又给烟斗装满了烟末。他吸得十分香甜。当他握烟斗的手有一次抹到嘴巴上时，一股辛辣味儿使他吐了起来。两只手上涂满了烟叶的绿汁，一层层绿汁干在手掌上，竟成了一个个小粉块儿。他咬住烟斗，用力地搓着，拍打着手掌。

一股绿色的粉末儿混合到他喷出的白色烟气里。……这一天做得可真不少，他和小织从天蒙蒙亮蹲到烟垄里，掰着烟冒杈，直做到这时候，没顾上吸烟。大梨木烟斗装在口袋里，他弯下身子做活时老要硌他的腰。最后一把冒杈儿抛到地垄上了，他才长长地舒一口气，坐到老柳树下。欠的烟都要补上，他开始用力地、惬意地吸那个大梨木烟斗了。

小织在柳树下收拾了一下她的头发，提上水罐说："今夜咱们就赶回去吧。"

"一定赶回去！"

李芒的语气非常坚定。他说着，瞥了一眼西方的天色。太阳就要沉下去了……老柳树上死去的干枝条不断地落下来，撒在他们的头上。李芒把这些细小的枝条折碎了，抛在树根部的那个大窟窿里。多粗的树，他和小织两人才合抱得过来。

树皮乌黑，裂开了无数的纹路，看上去就像鳞一样。风吹过来，枝桠发出一种苍老的、微弱的声音。

本来他们守在玉德爷爷的身边，守了好多天。

玉德是小织的爷爷，一连几天昏迷在医院的床上。守在床边的除了他们小两口，还有小织的父亲肖万昌。一家人围在床边，谁也不说话，只静静地看着床上的玉德爷爷。

一个午夜里，玉德爷爷突然从床上醒过来了。老人转脸看看四周，又看看儿子、孙女和孙女婿，雪白的胡子就愤怒地抖动起来。他问：

"一家子人都来了？"

大家不解地对视着。还没来得及答话，老人又吼了：

"谁在家照管烟田？那些烟杈子，一夜能蹿二寸长！一家子人还守在这里！……"

"爷爷……"李芒叫着。

"还守在这里！"老人只冲着他一个人吼叫了。

李芒声音怯怯地说："天明、天明了，我和小织就赶回去做活……"

"这就给我回去！快走！"玉德爷爷的眼睛死盯住李芒的脸，一动不动。

李芒犹豫了一会儿，终于扯起小织的手，站了起来。他们往门口走去……肖万昌在他们背后喊道："腊子要是回来了，让他赶紧来看爷爷！"他们没有回头，一直走出门去了。

腊子是小织的弟弟，原来在龙口电厂上班，现正跟人合伙贩鱼，有时几个星期不回家。眼下正是捕鱼的旺季，他能回来吗？李芒知道，肖万昌是喊给玉德爷爷听的……

晚风渐渐平息了。原野上无限宁静。最后一束霞光也暗淡下来，天要黑了。一只乌鸦飞到老柳树上，又飞走了。

老柳树死去的干枝条还在往下撒落。

"弄不好，它挨不过这个秋天去……"李芒抬头看一眼老树密密的枝桠。

小织不做声。她正想床上喘息的爷爷。她挽着男人的胳膊说："走吧，快走吧……"

两个人正要挪动步子，烟田的小土埂子上匆匆忙忙地走来了一个人。小织抬头望了一眼，接着就怔住了！她惊讶地喊了起来……

那不是爸爸肖万昌吗？他怎么回来了？怎么没有守在玉德爷爷身边？

二

玉德爷爷死了。

四十多年前，有一个壮年汉子分到了一块土地，就在地的当中植了一棵柳树。他很早听说柳木埋在土里耐烂，心想多少年之后，他要用这棵柳树为自己做一具棺材。中国农民之怪异在他身上得到了多么有趣的表现：一个壮年汉子，首先想到的竟是自己的最后归宿。

今天这个汉子倒下了，他的柳树却还在他的田里喘息。

如今实行火葬，不能够携带着一棵大树离开人间了，他就把它留给了儿孙们。

有意思的是，树木栽在自己田里，后来土地入社，风风雨雨几十年，这棵树竟然也长起来了。再后来，土地实行承包了，这棵树就在儿子和孙女婿两块承包地之间了。老人做主，硬让儿子和孙女婿两家联合经营这片土地。这样，那棵大柳树又在土地的中间了。

悲哀的气氛笼罩了这片土地，笼罩了两个家庭。玉德爷爷八十五岁了，他走得不算匆忙。可是他对于这两个不同的家庭是太重要了。无论是昨天还是今天，他都给后辈人的生活增添了极其重要的东西，成了他们的生活中不可或缺的人物。他虽然病得时间很长了，但他的过世还是让儿孙们感到突然和惊愕……

三天后的一个夜晚，李芒和小织久久地坐在灶间里，没有一丝睡意。李芒一直吸烟，三天来的大半时间他就这样坐在灶间的一个草墩上。他不说话，有时眉头轻轻皱一下。第二天的上午，曾经有人哑着嗓子在窗外喊他："李芒，别忘了去烟地掰杈子啊……"李芒听出是岳父肖万昌的声音，一声也没有吭……桌上的台灯闪着微绿的光。正照在一本翻开的诗集上。李芒走过去，合上那本小书，然后又重新坐下来吸他的烟斗。小织轻声喊道："李芒！"

李芒就像没有听见一样。

"你心里又活动什么了，李芒？"小织紧挨着他坐下，把头靠在他粗壮的胳膊上，黑黑的眼睛望着台灯后面那片暗影眨动着。

李芒沉着地磕着烟斗。他说："小织，我这几天老想一个心事，就是跟你爸分开干——我们自己种自己的烟田吧。"

小织并不感到惊讶。她轻轻地咬着嘴唇，低下头去。

李芒的大手抚摸着她的头发。这头发真柔和、滑润啊！他又按了按她的圆圆的、软软的肩膀。突然他觉出这肩膀在颤，于是就扳起了她的脸来看——她的眼睛有些红，已经流泪了，泪珠挂在眼睫毛上。

"爷爷刚去世，你就……这样！"小织难过地责备男人。

"爷爷去世了，咱才能这样。"李芒执拗地说了一句。

"这样爸爸不难过吗？"

"肖万昌不会难过。他会有新帮手的——他是村支书，做了这么多年的干部，还愁找不到搭伙的人吗？"李芒自信地摇摇头，"不会难过的。爷爷一过世，你看看有多少人趁这机会往他家送东西！乡政府的、还有县上的干部，都来了。我还替爷爷难过呢……"

小织不吱声了。

"我琢磨，咱和肖万昌的联合是到了头了。"李芒站起来，在屋子里踱了一步。

"是和爸爸联合……"小织纠正他。

"随便叫什么吧……我是说，我得当面和他谈开。"

"一点也不能凑合了吗？"

"一点也不能了。"

"非分开不可吗？"

"非分开不可！"

"……"

小织站起来，往前走了一步，似乎要去抓男人的胳膊，但她的手抖了一下，在离他胳膊很近的地方停住了……她欲言又止，有些伤心地坐下来。停了会儿她说：

"我知道，你嫌和他在一块儿吃亏……"

没等她说完，李芒就愤怒地看了她一眼。他盯着她，嘴巴有些颤抖。他把那双黑黑的胳膊按在她的肩膀上，身子弓得很低，脸都快要碰在她的脸上了。他像在仔细地端详着她："小织，你真是这样看我吗？真的吗？"

啊啊，啊，啊，……小织又激动又慌乱地抱住了他的胳膊。她连连摇着头，说："不，不！我不过是说气话啊……李芒，你知道我心里明白你——你当然是为了别的才要和他分开；为了别的，另一些要紧事儿，不过我也说不清……"

李芒有些感激地望着自己的妻子。他望着黑漆漆的窗外，喃喃地说：

"连我自己也说不清。我不过是越来越觉得要和他分开，非分开不可；好像有个声音老在我心底喊：分开吧！分开吧！……你看看，就是这样……"

小织低声说："我能明白。"

"你想的我都能明白。"停了一会儿她又说。

李芒的目光仍然在望着窗外。夜已经深了，星星很亮，整个村子都很静。几声不安的鸟鸣从原野上传来，可以听出那是十分孤寂的声音。也可以想见它们在模糊的夜色里一荡一荡地飞着，像被什么可怕的东西追逐着一样，禁不住要呼喊起来……李芒又想到了他那片可爱的烟田，再有不久烟叶儿就要变得厚实了，接着烟田的活儿要变得更累了。像每年的这时候一样，一天的绝大部分时间都要花在田里了，割烟、上烟吊子、看护烟叶子……他也想到了那棵老柳树，想到它根部那个枯朽的洞，心里沉甸甸的。他盯着夜空说："和肖万昌分开吧。这是早晚要做的事。我下了决心了。"

"可是，"小织仰起脸说，"村里人会怎么说？他们不会说咱是过河拆桥吧？……"

"他为咱搭过桥吗？任别人说去。"

小织喘息着："可他到底还是爸爸啊！李芒，我求你，再忍耐些，还是一块儿种下去吧……"

李芒捧起她的脸看着，替她擦去泪花说："睡吧小织，不说这个了，看看，这让你多难过。我就先不跟他谈开。不过分开干是一定的。跟他谈开很容易，说服你倒不容易。我得等你下了决心再跟他谈。好吧，睡觉吧。"

他们睡觉去了。

三

"我想这个小家伙生下来，模样一定会像你。"小织坐在烟垄上，吃着一个发青的苹果说。

李芒笑着问："为什么就一定会像我？"

"村里人说，女的怕男的，生下的孩子就像男的……"她吃完一个苹果，把果核儿投到很远的地方。

李芒笑起来："没有道理，没有道理。再说你从来就不怕我啊！"

"可我发觉有时候不知不觉就跟着你走下去了，哪怕前边是泥湾、是坑……这真怪哩，你知道这挺怪。我常想这些，李芒。在南山的时候，在东北的林子里，我就这样寻思过。"

小织说着，慢慢严肃起来。她的嘴唇那么小巧地抿着，有几个小小的棱角显得很清楚。她脸部的皮肤很细腻，李芒对这点儿从来就很自豪。

他的目光从她的脸上移开，也慢慢严肃起来。她的话当然让他想到好多事情。都是些严肃的事情啊！他从来不愿想这些事情，想它们太累。他和眼前这个可爱的妻子曾经手挽手地涉过芦青河，往西，穿过密林，不为人知地走了几百里，又折向南，入山。他们在山里生活，还曾经有过一个孩子，但不幸流产了。现在小织怀着的是他们的第二个孩子……入山是被迫的。后来他们在山里待不下去了，又回到胶东西北部小平原上，是秘密地回来的，只停留了一夜，便从龙口港坐船，去了东北。那是一种流浪生活。今天想这种生活，也有一种心理上的疲惫感。李芒怕自己奇怪的思路就这样想下去，这时故意把脸仰起来，看这片烟田了。

这片使他一直牵肠挂肚的烟叶，长得不错。烟叶都很肥、很醇。他不信有谁搞烟田的本事如今能超过他，这片烟田简直可以拿到国际上去较量一下了。他是全村里第一个做起黄烟专业户来的，做得很美，也很苦。肥厚的烟叶在风中扭动，撩拨人心。庄稼人经不起它的撩拨，有人身上终于燥热起来，要把这片烟田铲除掉。他们扛着铁锹跑过来，嘴里骂着："奶奶的！……"后来不知怎么就被阻止了，想铲除烟田的人翻着白眼，坐到他们自己的地上去了。李芒当时觉得很伤心，也觉得很有趣。他这时看着这烟田，奇怪的思路就又转到这上边了。幸好这会儿岳父肖万昌从田埂上走来了，肩上扛着半块黄豆饼，李芒的目光移到了他的身上。

肖万昌热汗涔涔地走过来，放了豆饼坐下，用一块雪白的手绢擦脸。擦过了脸，他掏出一包果脯递给了女儿。

李芒看了看他，没有说什么。

小织吃着，一边对付起那块豆饼来。她用一块石头把它砸成两半，观察着新茬上的颜色。

肖万昌五十岁的样子，并不显老。他在这个村子做了三十多年干部，经他的手做成的大小事情数不清，因而他很自信。他坐在那里，那表情就很自信。他穿了件深蓝色的衬衫，衬衫下部又很利落地扎在一条灰裤子里，显得干练、富有生气。衬衫的小口袋上卡了一支钢笔，手腕上，则是一块锈了壳子、但牌子很过硬的手表。头发花白了，发式与一般人不同，是乡下人望而生畏的背头，并且梳理得一丝不乱。然而他并未因这穿戴和发式惹人反感，相反，看上去，他像是深沉稳重的、可以信任的。他跟人说话时，并不看着对方，而是望着旁边的什么，好像他对自己所说的话也并不十分在意，只是高兴了，随便谈一点而已。在任何时候，他的目光都不咄咄逼人。这会儿，他专心地卷好一支喇叭烟，仔细地研究着他新做成的这支烟，跟李芒说话了：

"你看看这种饼行不行？这种饼追肥用比花生饼好多了。我跟乡里榨油厂讲妥，如果相中了，就跟他们订下三年合同。这半块饼是样品……"

他的声音淡淡的，讲的却是大事情：跟一家榨油厂订一个买饼的三年合同！

"饼很好，李芒，你看……"小织递过去一块。

李芒看也不看那饼。他看着脚下的土，也用淡淡的语气说道："老柳树下面枯了一个窟窿，它快死了……"

"如果相中了，就跟他们订个三年合同。"肖万昌吸着烟，又说了一句。

李芒掏出他那个硕大的烟斗，放在手里摆弄着说："老柳树正好长在地界上。它的那边是你的地，这一边是我们的地。"

肖万昌的目光这会儿迅速地从一旁收到李芒的脸上。

李芒也看了他一眼说："我是说，这豆饼合同先不要订了罢！"

"怎么？"

"看看形势怎么发展吧。"

肖万昌笑了："形势？哼哼，形势不会变的，专业户还要大发展哩！我忘记了告诉你：县里通知我去参加专业户代表会呢！明天我去开会。"

李芒摇摇头："我不是指这个'形势'。"

"那什么'形势'？"

李芒朝小织苦笑了一下，玩笑似的随口答道："国际形势。"

肖万昌的神色有些茫然，但马上又恢复了那种淡然的表情。他一时弄不明白的东西也不想去明白它，这时有些疲倦地站起来，拍了一下裤子上的尘土说："我要去队部开会了。烟垄还要耘一遍，隔一垄耘一垄……"

他刚要走，一个老头子急匆匆地跑进来，原来是"老獾头"。他喘着粗气把肖万昌拦住了："哎呀呀，肖书记，找你半天啊……我是来求个情的，先莫派小儿子出民工了，你知道剩下我们俩老的和闺女，快忙秋了，老婆子又有病……"

老獾头说一句一哈气，脖子上松弛的皮肉一动一动。

肖万昌就像没有看见他面前还有什么别的人一样，仍然神色淡淡地望着一个烟棵说："烟垄还要耘一遍，隔一垄耘一垄……"他说着就绕开老头子往前走去了。老獾头略一停，然后也跟上他出了烟田。

李芒看着他们的背影，沉默着。

小织说："李芒，刚才你差一点就跟爸爸挑明了。"

李芒笑了笑："就差那么'一点儿'了。"

"你可先不要急着挑明啊，你答应过我！"小织极其认真地说。

李芒点点头："放心吧，没有和你商量好，我不会正式和他分开的。"

小织有些欣慰地看了他一眼。

李芒望着天边的一块云彩，突然想起了一个要紧事儿。他说："忘了跟他要来通知看看，通知上正式让谁去开会？等会儿我去要来看看。"

小织责备说："你也太认真了。谁去不一样？"

"如果是通知我的，为什么他要去？以前就出过这种事儿。"李芒看着烟田，一字一顿地说道："我也要寻机会出去开会。出头露面的事不能让他一个人全占了！……"

小织长长地舒了一口气。她又用那双柔和的眼睛看李芒了。她发现李芒的衣服又被汗水浸湿了，后背那块儿有些泛黄。她想回家后该给他换洗了。她一动不动地盯着他那两道眉毛，嘴唇轻轻动了动。她终于又问：

"李芒，咱真要和他分开吗？"

李芒点点头。

"我老想，咱是不是对过去的事情记得太深了……是吧？"她有些胆怯地问。

李芒摇摇头，又点点头："我才不会忘记过去的事情哩！可我也不全是为了过去的事情……反正，原因好多，好多好多，我自己也有些讲不清了。我只是觉得……"

他说到这儿顿住了。小织问下去："觉得怎么？"

"觉得到底也没法儿凑合！……"

小织叹息着。她像恳求似的、语气极其柔和地说："李芒，过去的事情已经随着过去一块儿埋进土里了。不是吗？你太倔强！太倔强！……"

"才没有埋进土里呢！你只要留神看一看，就知道还没有埋。咱不能自己骗自己……"李芒执拗地说。他两道犀利的目光一碰到小织的脸上，又立刻变得柔和了。他说："小织，我有好多话要跟你说，又好像什么都用不着说。你的话让我想起了好多事情，好多好多，都是些我不愿去想的事儿！"……

四

十几年前，他们曾经手挽手地涉过芦青河；往西，穿过密林，不为人知地走了几百里；又折向南，入山。

在大山里面，李芒找到了他的一个朋友。朋友以介绍副业师傅为名，把他和她介绍到了一个又小又穷的山村里。这么年轻的两个师傅，山民们看了很惊奇，也很喜欢。可就是没有住的地方：这是二十岁左右的一对子，给他们太窄巴的地方不行。他们一年、也许是两年的时间，就会添出一口来。后来有人想起有幢房子闹过鬼，倒是又空闲又宽敞。

李芒问："怎么个闹法？"

村领导说："房子三间。最东边一间盛了干草，大跃进那年里面吊死一个人，以后长年锁着。到了半夜的时候，锁着的门就响，锁、铁环子，都咔嚓嚓响……"

"就是咔嚓嚓响吗？"

"就是这么响。"

"没出来过什么东西么？"

村领导摇摇头："没有。"

"那就住在那里吧。"李芒这样说。他想，只是咔嚓嚓响，危害不着他们的生活。这使他想起自己村里那个老寡妇：每到夜深的时候就哭，开始人们听了都害怕，后来也就不怕了……

他们把用来居住的正间和西间认真地裱糊了一番。在土炕的围墙上，还贴了粉红花纸。这一天他们一生也不会忘记的。他们忘不了那么疲乏地走了几百里路，路的两旁那么荒凉，颜色单调，山的岩石是铁样的青灰色。他们躲闪着行人，躲闪着田野里的歌声。他们好不容易翻过了最后的一座山，接近了朋友，接近了他们将要落脚的这个山村。于是世界的颜色开始变换了，变为嫩绿和浅黄，变为石竹花的那种红色，又变为土炕围墙上的那种透着暖意的粉红色了。

天色将晚，粉红色被霞光映成了大红色。小织的脸也红了。

她穿了件学生蓝制服。这衣服剪裁得特别合身。头发黑亮而柔软，用橡皮筋在脑后扎成两个弯弯的毛刷刷。此刻，这两个毛刷刷安静地垂着，末梢儿往里曲着，像小猫那两只永远握不紧的拳头。她安详而羞涩地坐在炕沿上，手里掐弄着她的淡黄色的小手帕，脸像被染过了一样，脸上有一层非常细小、非常规整、又淡又匀的白绒毛。这使她显得很稚嫩。她刚刚才十九岁。十九岁的姑娘就跟上一个男子跑出来了，她多有激情啊！此刻，她把一切都压抑在心底，不动声色，微微抿着嘴角。红红的嘴唇，下唇翻得略重一些，显得有些顽皮。她不看站在屋子里的李芒，她看到的只是环绕她的一片粉红色。她很自信地等待着，她什么都能等得到：幸福、焦虑、喜悦、烦闷、惆怅。一个有过这种等待的人才知道她此时的心绪是多么美好、多么丰富而奇特。她实在是一个勇敢的人，在周围的一片凝固的空气里，在一个板着没有血色的面孔的世界里，她不是表现了可嘉的勇气么？这勇气谁给的她也不知道，大概是站在一边的这个好棒的小伙子吧。

这个小伙子可不简单，可这个小伙子的爷爷是地主。

当时他没有上高中的权利，上高中的学生都是贫农和下中农推荐的。这个小伙子从小长得挺拔，像个运动员似的。人们以为他特别需要在农村里锻炼和改造，就让他扛麦包、抬大筐什么的。抬来扛去，他并没有弯腰缩背，也没有长成一个短粗胖子。他悄悄藏起了对这种劳动的厌烦和焦躁，质朴可爱。第三年，上高中可以推荐和考试相结合了，他幸运地上了学。

他做了学校运动员，穿着漂亮的运动衫。有一次他在一个运动会的比赛场上推铅球，铅球落下时，有个特别灵巧的女学生激动不安地走过去插了个小铁旗子。女学生插下的这个小铁旗子再也没有谁超过，她很自豪。

后来他们一同毕业回村了。她穿了件洗得发白的黄军衣，也背了个同样颜色的挎包。他看到她常常想：这样的姑娘真不多见啊！

再后来他们就好起来了……

天色越来越暗淡了，霞光一束束从窗上收走。小织还是默默地坐在炕沿上。她突然说：

"李芒，咱走了多远，怎么一点也不累？"

李芒说："我刚才还累，现在不累了。"

"半夜的时候，等着闹鬼吧。"小织说。

李芒不答话。他找了个红色的粉笔，在那个锁起的门上画了一个大大的×。他说："把这个鬼枪毙了吧！"

小织笑了，笑得没有声音。

停了会儿她说："今夜就睡在这儿吗？"

"可不是就睡在这里呗。"李芒咬了咬嘴唇。

小织流出了泪花。她说："可是，可是……"

李芒想安慰他的新娘子，可是找不到合适的话。

小织一个人哭着，哭过之后更美丽了。她像个小孩子那样大仰着脸儿看他。他看到了她那齐整整的一溜儿眼睫毛。她说："李芒，你不知道我有多么害怕……"

"谁不害怕？我也害怕，可是……"

李芒鼓励着她。他这声音若断若续，表现了他那颤颤的幸福的心情。

天黑了。他们点起了一根蜡烛。

"这个大山里的村子我以前想也没想过……啊啊……闹鬼的屋子……啊啊……小织！你睡着了吗？啊！啊……"

五

他们现在需要熟悉一下这一座座的大山了。以前他们对山很陌生。山嘛，石头嘛，树木和绿草长在缝隙里。他们现在登在山的半腰上，有些惊恐地看着那一块块凸出的怪石，那一道道幽黑深邃的沟壑。阳光在山上攀援着，做着各种奇怪的脸色。它看着石英石，目光立刻放出了光彩；山林密不透风，闪着一片墨绿的、诱人的颜色，它望着山林的叶子，显出很神秘的样子；一块块铁色的巨石从稀薄的土层里探露出来，满身粘着点点银白色，它看到那些点子就惊讶地睁大了眼睛。银白的斑点闪射出锐利的光箭，太阳眯起眼睛了；红秆儿草在石头脚下、在大树的身旁扭动着腰身，漂亮吗？它吸引了两个登山的人。它的叶儿也开始变红了，尖儿红得最厉害。登山的人捏住它的叶子，像是揪住了山里姑娘的裙子。啊啊，它是山里姑娘呀！他们不断结识着山上的一切，也不断地告别它们。他们终于和阳光一起，攀到了山顶上。

原来周围都是山。

一片淡灰色的雾，还有一片微蓝色的雾，浮在了一架架山的尖顶上。模模糊糊的峰刃，模模糊糊的树林。鸟鸣在草丛里、在山涧里、在树桠里、在一片雾气里。它们彼此呼应，彼此安慰。它们也不明白山，不明白它们赖以生存的山是属于谁的。可是它们一声声叫着。他们觉得山影就如同它们的叫声那般纷乱，又好似在这叫声里一层层漾开去，山峦像水的波涌一样啊！原来世上有这么多的山，原来阳光常常被山遮住。他们甜蜜地安睡过的那个小村庄就在山的脚下，那么小、那么稚嫩孱弱，此刻也在安睡着。它可怜巴巴的，他们都有点可怜这个小村庄了，在心里为它鸣不平。

他们觉得，山下这个不起眼的小山村可是不平凡的。他们就是刚刚从它温柔的怀抱里走出来，身上还带有它的体温。他们觉得那些永生难忘的巨大幸福就是它给予的，并亲眼看到朝霞从村子里升起，染红了他们的窗棂，又染红了他们自己。希望洒在一条条肮脏窄巴的街道上，谁说人间无希望。人们啊！请回忆你的那种时刻，回忆朝霞染红窗棂的时刻，回忆幸福，回忆生活，回忆昨天的震颤和那仅有的一丝忧虑。小山村，小山村，避难所，避难所；邻居的一只母鸡咯咯叫着，围墙上探出的果枝上挂着两个鲜红的苹果。生活就从这里开始吗？生活能从这里开始吗？他们依偎着，问自己，也问这间闹鬼的屋子。

他们攀登得有些累，就坐在了一块大石头上。李芒脱下鞋子，倒出里面的一颗小石子。他说："以后就得在这山沟里爬了，爬来爬去。"

小织说："有人背着枪追我们，再宽的路咱跑起来也累；爬在山上，藏在山上，山上真好啊！"

"山上真好！"

"你说我爸爸他们会找到山里来吗？"

"谁知道呢。让他们进山就迷路才好哩！"

小织笑了。

李芒也笑了，是一种冷笑。他一想起小织的爸爸就冷笑起来……此时此刻，他是个胜利者。他的敌手是无比强大的，强大到全村里没人能够战胜，可是他却似乎是胜利了。他好像早就预料到了这个结局，并且用这个结局鼓励着自己。"一个狠家伙！……"他冷笑着在心里骂了一句。他想，这会儿那个家伙不知在做些什么呢，会气得跳起来吗？生活老要让他做个倒霉鬼，他偏不做，拼力挣脱着，最后……他现在是坐在一座大山之巅了，和心爱的人一起眺望着、俯视着。

他说："咱们以后得想法为山里人做些事情。"

"做好多好多事情——咱一辈子住在大山里……"

"我就怕做不好。我们能帮他们做什么？他们还以为咱俩全是些手艺人，会做好多事情呢！"李芒为难地绞拧起眉头。他望着小织，发现她正安详地看着前方，那神情可爱极了。他立刻又后悔起来。他觉得不该说刚才那些丧气的话——小织对山里生活正充满了希望呢！他于是说："从头开始吧！什么手艺都是人学的！难就难吧，也会挺有意思。"

小织不说话，只看着李芒。她觉得他的肩膀很宽、很健美；好粗壮的胳膊啊，这个家伙长了这么吓人的胳膊。她一点也不怀疑他会做成好多事情。她觉得十分自豪。

李芒说："除了为山里人做事情，我还要读点书。也许我也能写一本书，你信吧？你点头了，嘿嘿，你什么都信。真的，我也许会写出一本书来……还有咱们那间闹鬼的屋子，我要好好整整它，用泥和石板垒个书架子，屋前边再栽上些花……"

"李芒！……"小织听到这里，激动得再也听不下去了。她吻着李芒，又把头埋在他的胸脯上喘息着。她仰起脸看着李芒说："做什么我都和你在一块儿，咱们会过得挺好的……不过，在这儿住得久了我会想家——你可不要误解啊，我不是想我爸。我想的是熟人、庄稼、海滩，还想芦青河。我想咱们那块好地方……"

李芒不吱声了。他也在想自己出生的地方。在那片土地上，爷爷死了，父亲死了，母亲也死了。母亲曾经告诉过他：爷爷攒了一大笔钱，让年纪老大的父亲到青岛去念洋书。几年洋书念下来，父亲也就不愿回来了。幸亏后来得了肺病，父亲怕死在外边，就带着几驮子书回到河边来，从此再也没有离开，直到死了，葬在祖坟地里……李芒现在没有一个亲人了，可是他和小织一样，也深深眷恋着那个地方。到底凭什么要剥夺他们生活在那儿的权利呢？他的几辈人不是都生在那儿、最后又埋在了那儿吗？李芒紧紧地握着拳头，一声不吭。

他想起了他和小织的同学、好朋友袁光。袁光三岁那年，父亲成了"反革命"，从城里领着袁光和姐姐回乡下来了。袁光上初中时父亲死了，袁光一滴泪水也没有掉。为什么要哭他呢？不就是因为他的缘故，袁光才受尽了歧视，也许连高中也不能上呢！后来初中毕业，袁光真的回家下田了。他在全校学习是最好的，他对那些能够继续升学的同学羡慕死了。他和李芒一块儿到海滩上挖渠、修树、种花生，结下了很深的友谊。李芒后来上了高中，就再也没有见到他。毕业第二年上，李芒过河去找袁光，找到了一个衣衫褴褛、面黄肌瘦的小老头模样的袁光。他的生活李芒完全想象得出来。他已经二十七八岁了，还没有娶上媳妇……最后一次见他是在河边的一块土豆地里，他担了两个大粪桶，右眼不知怎么肿胀得睁不开了，只睁着一只眼睛跟李芒说话……

如今袁光在做些什么呢？

"给袁光写封信吧……"小织突然咕哝了一句。

李芒惊奇地看了她一眼：她怎么知道我心里在想袁光呢？他感激地握着她的一双手，摇摇头说："不，不能写。不能让河边的人知道我们现在在哪里……"

有一只漂亮的山鸡站在不远处的一块石头上啼叫。李芒惊喜地指给小织看，小织刚转过头去，它就飞走了……李芒却发现了它站立过的石头是雪白的、莹光闪亮的！他赶忙奔了过去。

他记起县城的楼房上、墙皮上就粘满了这种闪亮的白石子！一个念头在他的脑际飞快闪过：可不可以满山找来这样的石块儿，碾成小碎块块卖给城里人盖楼房呢？

"小织！"他一下子站起来，喊了她一声。

六

李芒这天果然起早去跟肖万昌要开会的通知看了。肖万昌正耐心地照着镜子刮脸，头也不转地说："通知就在桌子上，你看吧……"

通知上果真只写了肖万昌一个人的名字。

李芒说："这是专业户代表会，怎么只有你一个人的名呢？我可是最早做黄烟专业户的。你开会时捎一句话给发通知的人，告诉他们不要故意漏掉我李芒的名字！"

脖子上的毛发很难对付，肖万昌这会儿刮得特别细心。他一下一下刮着，刮完了又用心地抚摸了一会儿，转着脸庞照着镜子。他揩着刀片说："我一准把话捎到就是了。"

李芒转身走出了肖万昌的屋子。

他想尽快离开这里。他觉得站在屋里和肖万昌说话的时候，正有一双沉沉的目光在一旁望着。走出门来，后背上好像还负着这双目光。走着走着，他猛然回头去寻找，后边什么也没有。他心里明白：这双眼睛是看不见的，这是玉德爷爷的一双眼睛啊！

他很清楚地察觉到，玉德爷爷那双衰老的、有些混浊的眼睛此刻已经愤怒了。老人分明在责备这个孙女婿，恶狠狠地盯着他。那双目光分明在怒斥说：忘恩负义的东西！我刚闭了眼，你就要和我儿子分开干，你是个败家子！……李芒步子沉重地踏上了田埂，又望见了那棵老柳树。他痛苦地闭了闭眼睛。他在心里呼喊着："玉德爷爷啊！我李芒今生不会忘了您的恩德，小织也会永远记着您……如果我们有什么地方违背了您的意愿，那也是实在没有办法的事。我们请求您老人家原谅，我们是您的孩子……"

前边不远的烟垄里，小织正在做活。那翠绿的烟棵间，她的粉红衣服一闪一闪的。李芒大着步子走过去，默默地站在一边看着。她并没有发现李芒，只顾着掰着冒杈。肥嫩的冒杈怎么也掰不完，烟棵长得越壮，冒杈子越难对付。她的小巴掌握到冒杈上，就像攥住了一个小麻雀似的。小麻雀紧紧地伏到烟秆上，她就灵巧地一扭把它给扭下来了。绿色的汁水染了她的手背，她擦汗水的时候，额头就沾满了绿色。当她又一次抬头擦汗时，发现了李芒站在一边，就有些羞涩地笑了一笑。她问：

"犟汉子，到底看了通知吗？"

李芒点点头。他蹲下来，用两手捂着额头，一声也不吭。小织推了他一下，他也没有抬头。

"跟爸爸吵了吗？"

他摇摇头。

"你病了吗？"

李芒还是摇头。停了一会儿，他咕哝说："小织，我们把那棵老柳树伐了吧！"

小织惊愕地望着他。

"我一看见它，就想起玉德爷爷。好像他就是玉德爷爷似的，蹲在田里，喘着粗气……咱老得在它的监视下做活儿……"李芒有些急促地说。

小织慢慢地搓扭着手掌，望了一眼老柳树。她说："想着爷爷也好！想着玉德爷爷，你就不会硬跟爸爸闹着分开了。"

李芒昂起头望着她说："一定要分开。这是早晚的事情。"

"你真是个犟汉！咱和爸爸联合了这几年，不是挺好的吗？你呀！"

"挺好？肖万昌在烟田里腰也不弯一下，他让儿子腊子贩鱼挣钱去，这么大一片烟田，全靠玉德爷爷和我们两个！……"李芒的胸脯一起一伏，一双愤怒的眼睛紧盯着小织。他大声嚷起来："这是欺侮人！压榨人！……"

小织的眼睛涌出泪花来，也迎着他嚷道："可他是支书啊！他要为村里忙别的事情……我们家买化肥、柴油，卖烟叶这些事，不都是亏了他吗？李芒，你该想想这些！……"

"我全想过，一样一样全想过。你以为我要和他分手，光是因为他不做活吗？因为害怕吃亏吗？不是！你也知道不是！要下决心分手，就得打谱不做这个专业户，狠下心做个穷光蛋！这个鬼联合本来就不该有。我早跟你说过，分开是注定了的。我心底老喊：分开吧，快分开吧！……看看，你多么不理解我啊！"

李芒很痛苦地摇着头，又蹲下了。

小织有些委屈地看着他，再也不做声了。

他们一边有人粗粗地喘着气，抬头一望，原来早有一个人抱着膀子站在那儿，嘻嘻笑着。

他叫荒荒，是村里的一条"光棍儿"。这时他嬉笑着问："小两口打架了？"他的一双眼睛诡秘地闪动着，松弛的皮肉在嘴角划出两个大弧。

"有事情吗，荒荒？"李芒问。

荒荒把身上发黑的汗背心扯一扯说："怎么没有事情？来就有事情。我是做代表来了。"

"什么代表？"

"群众代表。"

"到底干什么啊？"李芒不解了。

荒荒挠一挠蓬乱的头发，所答非所问地说："如今这个世道嘛，有本事的人都发家了。发家嘛，咱不眼馋，谁叫人家有本事呢？不过，哼哼，发了横财、黑心财的，从理论上讲也不算好事情……"

李芒用心地听着，还是抓不住他的"要义"，只是觉得"从理论上讲"几个字用得可笑。

荒荒说了一会儿，见对方并未明了，就咳了一声说："干脆直着说吧！我是代表大伙儿跟你来谈判的！"

李芒不解地看看他，又看看小织。

荒荒说："今年的化肥分来不少，可是摊到各家各户就那么一点点。后来才知道肖万昌书记给你们自己留了一手儿。俺是来跟你商量一下，借几百斤先用一用。"

李芒有些吃惊："荒荒，这许是误传吧？我们哪有那么多化肥？"

小织也不解地望着荒荒。

荒荒哈哈大笑："是呀，这么多东西放在自己家多显眼！得找一个好地方，再封起来，哼，这样儿——明白了吧？"荒荒用手做成抹泥板的样子，在空中抹了一下。

李芒站了起来。

荒荒像公鸡一样将头伸到李芒跟前，又奇怪地摇了一下说："怎么，不知道？真不知道你就跟上我去看看！嘿嘿，其实你心里早明白，你们是一家子人……"

李芒不耐烦地摆手打断他的话，跟上他走了。

在一座孤零零的老屋子跟前聚集了一帮子人。老屋子是一个老寡妇的。老寡妇死了，这屋子就一直闲置着，如今重新砌了门，挂了一把很大的锁……荒荒得意地朝人们挤着眼，说："总算把'驸马'请来了！"

"驸马"两个字深深地刺疼了李芒。还没等他说什么，人群就哄笑起来。他们主动给李芒和荒荒闪开一条通道。

荒荒大摇大摆地走在通道上，头颅高昂，像个将军一样。他走到门口，用手敲了敲那把大锁说："看见了吧？我跟你说的那些好东西都在这里边了……"

李芒端详着这座老屋。他透过缝隙往里看着，虽然黑洞洞的什么也看不见，但他想肖万昌完全做得出这种事情。他此刻明白为什么这么多人聚在这里了。

荒荒笑眯眯地对李芒说："看见了吧？有人手里握的铁钎子有多长！有这东西撬门最好使，不过要糟蹋一个锁扣子，不符合节约的方针……"

人群又笑了。大家很欣赏荒荒的幽默。

"所以说，还是请你回家取个钥匙来。钥匙这东西，又不伤和气，又不伤锁扣……"荒荒说着话，扳着手指头，极力显得有条理。

李芒很快打断他的话，面向大家说："这是肖万昌一个人干的事，我真的不知道。要撬门，我赞成，我手里没有钥匙。"

人们互相对看着。

李芒对荒荒催促说："撬吧！"

七

"我们要和他分开的事，也许他早就有预料。"李芒从大队部回来后，这样对小织说。

小织问："为什么？"

"他这个人机灵得很，早就嗅出味儿来了，知道终有一天我会跟他分开。他偷偷积下那么多化肥，从来没跟我们说。今年秋天的化肥多么紧，他一个人就积下那么多。其实三分之一就足够他用的，他就这么个贪婪性儿，不知道这是在积民怨！大伙儿要给他撬门……"

"撬了吗？"

"没有。他们怕肖万昌，知道他开会去了，就来找我，到时候就说是我同意了的。谁知我赞成他们撬门，他们反倒害怕了……"

小织长长地舒了一口气。

"荒荒当着大家的面跟我叫'驸马'，说明群众早把他看成土皇帝了。你不让我跟他分开，就是说还要我给他当'驸马'！从大队部回来的路上我就想：一定把他们喊的话告诉你……"

李芒有些冲动地望着他的妻子，声音颤颤地说着。

小织抬头望着大片的烟田，咬着嘴唇。她说："我知道你还会说什么。你说出来的、没说出来的，我全能明白。我知道他和咱不是一路的人，可我常想，咱和他积了这么多年的怨气，过去了的就让它过去吧！咱现在的日子不是已经过得挺好了吗？烟田的肥料不用咱操心，烟叶从来都是卖高价钱，这些不全都靠他吗？将来孩子生下来，他能没有姥爷吗？李芒！你是太偏了啊，你想得太多了、太细了！你就不会忍着点……"

李芒的目光长久地停留在她笨重的身子上。他说："是啊，比起那几年到处流浪来，现在怎么能说是过得不好？我们有了这么大一片地，又成了全县有名的专业户。可这是和当年把我们逼跑的那个人联合的，是这样成了专业户的！你不觉得这种好日子里面也掺和了好多屈辱吗？"

肖万昌开会回来，很快知道了老屋门前闹的这场事。他让民兵连长请来那些人，和他们一块儿站到老屋门前，微笑着问："你们说这里面有多少化肥？"

大家感到莫名其妙，没人作答。

荒荒见肖万昌用眼盯他，就往人身后挤了挤。

肖万昌说："荒荒，你来估估，我看你是好眼力。"

民兵连长在一边笑着。

荒荒见肖万昌很和蔼，就朝身边的人扮个鬼脸，说："少说也有一千斤！"

"多说呢？"

"两千斤！"

肖万昌笑了。他把手按到荒荒的肩膀上说："你还是没有估准——你估得太少！我这里面存有化肥两吨，整整四千斤！"他说着，不知从哪儿取出一支粉笔头儿，回身在铁门上写了：内存化肥两吨。

人群里发出吸气声。

肖万昌又说："话不说不明，我今天就是跟大家说明一下情况的。不错，这里面的化肥有上级分配的一份儿，那是保证重点专业户的，比大家也多不了多少，也不过几百斤。其他的就是我自己找门路买来的了，与分配的化肥没有关系。有人说我偷着藏下来，一个'偷'字把我这个党支书说得挺窝囊。化肥又不是抢来的，不过是借这么一块地方放一放，偷着藏？用不着吧！"

没人吱一声。民兵连长还在笑。

肖万昌停了一瞬，又接着说："要搞化肥，这我支持！开动脑筋，前门后门（说实话，我这些化肥不少就是走后门来的），都不妨搞搞看，都到了什么时候了，还像小孩子一样事事找保姆！我可做不了这么多人的'保姆'。我听说有人带铁钎子搞化肥来了——这个法子可使不得。撬门破锁犯法哩！我在这里劝大家一句：犯法的事还是不做的好！……"

肖万昌说完，开朗地大笑起来，满脸堆上了和善的皱纹。

荒荒用眼睛瞟着肖万昌，重新挤到人群里去了。

"赶空儿我还要给大家传达一下会议上的精神哩……"肖万昌卷好一支喇叭烟吸着，眯起了眼睛，"会上，张县长接见了全县的专业户代表，一个一个鼓励，拉着手问还有什么困难？大家都笑着说没有困难。我们是老朋友了，'文革'那年他在我家藏过好几个月，我可从来不和他客气！我说：'我自己倒是没有困难！俺村里还有个荒荒，快四十了没有娶上媳妇，裤子后腚上老是破个洞，你管不管？'……"

他大笑起来。

有的人跟着笑起来，但更多的人却陷入了长久的沉默……

肖万昌离开大队部，到他的承包田里来了。他见李芒和小织在耘烟垄，就要过小织的耘锄耘起来。他左右开弓，耘地的姿势很好看，但总也不能和李芒耘得一样快。他只好耘窄窄的一溜儿，一边耘一边和李芒说话："我看今年的烟长得比去年要好！一张烟叶子就是一块钱的人民币……开会时见到烟厂的王会计，我跟他讲，秋后收烟可要瞪起眼睛来！……"

李芒打断他的话说："今年的烟劲道大。这从烟叶那些黄疤上看得出来。有人爱吸便宜烟，就得小心呛嘴巴！"

肖万昌摇摇头："嘿嘿，这地方的人什么烟没吸过？劲道越大越好，呛不着。劲道大过瘾哩！"

"长期过烟瘾，嘴巴里该生口疮了！"李芒又说。

"口疮又算个什么！"

"不能吸烟了。"

"照吸就是。"

"小心烂嘴巴。"

肖万昌停了耘锄，看着一旁坐着的小织，"哼哼"地笑起来。只有将牙齿咬在一起才能发出这种笑声。小织低着头，声音非常轻微地叫了一声："爸……"

"什么事？"肖万昌很警觉地睁大了眼睛。

"你看别人的烟棵又黄又小，可不该扣留他们的化肥。榨油厂也不卖豆饼给他们了，说要等着和你订合同。天这么旱，要浇地就得自己出柴油，他们也没有柴油。听说荒荒的烟叶旱得打蔫了……谁都指靠着烟田过日子，你该为他们想一想办法，你办法总是多的……"

小织这样说着，眼睛却一直盯在李芒身上。

肖万昌听完女儿的话，长长地叹了一口气。他皱了皱眉头，然后重新低头耘起烟田来，自语般地说道："我为这个村子奔忙三十多年了。我现在该为自己家里做点事情了……"这样说着，心里却在苦笑。是啊，三十多年！这期间有多少坎儿，政治运动，家族矛盾，村仇械斗，无数的难题交织在一块儿，他每次都在风口浪尖上。但他很快就老练了。四十岁以后，他遇到事情就从来没有惊慌失措过。整个村庄仿佛就是一个巨大的轮子，他认为它需要旋转一下了，就伸出手指轻轻一拨。平时他总是大背着手，他特别愿哼古戏里诸葛亮的那句唱词："我本是……散淡的人哪！"

耘锄的一个尖齿刺进烟秸里去了。他"哼哼"地笑着，把尖齿儿慢慢退出来……

八

刮了一夜大风。

这种风是让人厌恶的。很多烟叶儿给刮折了，没有刮折的也扭向一边，像一个人为抵挡风沙的袭击把手臂蒙在头上一样。所有的人家都到烟田里捡拾折下的烟叶，集中到一处去晾晒，准备将来有机会再把这些不成熟的劣叶子卖出去。这种风每年秋天都有，今年刮得早了点，损失也就不大。如果在烟叶收获的前几天，烟叶儿上足了"烟"，刮起大风来，不但会刮折烟叶，还会刮走烟叶上的"烟"！

风中掺了雨，所以人们活动在烟田里，衣服都湿透了。

李芒和小织很早就到田里了。他们把折掉的烟叶抱到老柳树下，堆了很高的一垛……老柳树被风雨抽打了一夜，大清早还在呻吟。它的叶子不断飘落下来，枝条也从身上脱落着。它的裂缝经了雨水，干朽的木头胀起来，发出老人干咳似的声音。有一块干树皮被水气滋润得脱离了树干，掉在李芒的肩膀上。李芒吸着他的大烟斗，端详着这块老树皮，觉得它像一块炮弹皮一样。

小织有滋有味地吃着刚刚变红的山楂，一把一把从衣兜里掏出来。李芒看看她手里的山楂，口水就要流出来。可她偏偏要把山楂送他的脸前——她吃着山楂，抬头四下里张望着。四周的烟田中，都有人影在活动。远处被雾气罩住，什么也看不清，只听得见那一声声咳嗽和叹气声，还有那奇奇怪怪的、听不清词儿的村里人的歌唱。烟农们对风的恶作剧说不上是高兴是悲哀，因为每年都有这样的风，吹折了这么多的叶子，像要代替他们辛劳的手去收获似的。雾海静静的，没有什么波涌；多少人在这早雾里钻烟垄、在田埂上奔跑。雾气漫开了多远呢？在辽阔的芦青河两岸，在整个的海滩平原上，都蒙上了这么迷迷茫茫的一层么？这雾气将烟草的气味、牛羊的鸣叫、村里人的呼喊和咒骂、芦青河的奔流声、海潮的轰响以及泥土细微的声息都融合在一起了……小织的目光从远处收回来，又落在自己的烟垄上。她看着看着，目光就凝住了！

她发现整整两座屋基那么大的一片土地上，烟棵儿都倒伏着。她惊呼了一声，扯着李芒的手奔了过去。

原来是一片烟棵被人砍倒了！不成熟的、稚嫩的烟秸被齐齐斩断，断口处渗出清清的水珠，像泪滴一样……

"谁的心这么狠啊！多么坏啊……"小织心痛地用手抚着砍倒的烟棵。

李芒默默地吸着烟斗。

"怎么办啊，李芒，多好的烟叶……"小织蹲了下来。

李芒还是一动不动地吸烟。

他透过袅袅烟雾，好像看到了一张瘦削、黝黑、又愤怒又丑陋的烟农的脸。这张脸又熟悉又陌生，上面沾满了发黑的烟汁。那人握了把镰刀，穿过他自己那一片又黄又瘦的烟田，来到了一片黑乌乌的好烟棵跟前，咬了咬牙关，恶狠狠地砍伐起来。他砍得好惬意，好解恨，直到砍了好大的一片，他有些疲累时，这才跺一跺脚，往地上吐一口唾沫离开了……

李芒从地上扶起小织，抚去她头发上的几颗水珠说："我们回到老柳树那儿吧……"

小织不动，只是盯着地上的烟棵。

这时有两个人吆吆喝喝地走过来了，原来正是肖万昌和民兵连长。肖万昌大概早已发现了这个情况，特意找了人来的。肖万昌的头发还像往日一样，梳理得一丝不乱；他今天穿了件深棕色衬衫，仍旧扎在半新的灰制服裤里。他说话的声音很大，但并不激动，脸上还带有淡淡的笑意。他对民兵连长说："破破这个案子吧，待会儿你请海边派出所的人也来。你协助他们⋯⋯"

民兵连长心不在焉地看了李芒和小织一眼，笑了笑。

李芒默默地吸着他的烟斗，和小织一块儿离开了。他的大黑烟斗不离嘴巴，也不怎么说话，只在磕烟斗的时候深深地看一眼小织⋯⋯

三天内没有什么消息。

邻地的人远远地向这边张望，可是像怕沾了什么晦气似的，并不到近前来看。腊子回家来了，他听说了这个事，骑着他的轻骑到烟田里来了。他穿着紫格子衣服，戴了墨色眼镜，将轻骑开得很快，到了烟田里却猛地刹车。他并未下来，摘下眼镜望了望被砍倒的烟棵，骂了一句什么，就离开了⋯⋯海边派出所的一个胖子也来了一趟，他将两手卡在腰上，掀起了后衣襟，使所有见过他的人，都同时看到了贴在他后屁股上的小皮套子枪。烟农们开始伸舌头了，吸冷气了，发出"咝咝"的声音。

第六天上，半下午时分，肖万昌、胖子、民兵连长和荒荒四人到田里来了。他们后边不远，跟上来一些小伙子、妇女和娃娃，邻近地里人见了，知道案子破了，也放下手里的活计走过来。李芒和小织也走到那片砍倒的烟棵前。

海边派出所的胖子看着地上的烟棵，不时掏出一个小本子记上两笔。肖万昌卷好两支喇叭烟，分给民兵连长一支。荒荒想抽烟了，从衣服的里层摸索出一个又短又小的竹子烟斗，用两根手指夹着吸起来。

"用什么工具作的案？"胖子问。

"告诉多少遍也记不住，用老镰！"荒荒有些不耐烦。

把镰刀叫成"老镰"，惹得四周的人一阵大笑。

"什么用意呢——为什么砍？"胖子又问。

"什么用意，没什么用意，砍他娘的就是！"

荒荒说着，把小竹烟斗放在鞋底上磕起来。他的鞋子很怪：底子约莫一寸厚；帮子上缝了各种颜色的补丁，圆乎乎像个大彩球。大家又笑了。可能是笑鞋子。

肖万昌在一旁不慌不忙地说开了："唉唉，庄稼人就是没有法制观念！你恨我，可以指出我的错误，怎么能破坏农作物呢？犯了法，谁也没有办法……"

荒荒听了，用小烟斗指着肖万昌说："不用说了，我知道你，你他妈的最不是东西。老寡妇让你这伙人气死了，又占人家老屋藏东西……"

他的话刚停，民兵连长就笑眯眯地凑近了他，用烟头儿往他手心里一触。荒荒毫无准备，疼得跳了起来。

派出所的胖子正低头记着什么，一抬头见荒荒在跳，就迅速地从皮包里摸出了一副手铐，跑上去卡住了荒荒的两只手。

大家都不笑了。

胖子手里捻动着一杆紫红色的圆珠笔，两眼盯住荒荒的眉心说："拘留你！"荒荒的眉心上有一块疤，大家都看到了。

李芒把一切都看在眼里，这时走上前去问荒荒："荒荒，真是你砍的吗？"

荒荒摇头大笑。

"荒荒！别让人讹了你……"李芒喊着，愤怒地推开了那个笑眯眯的民兵连长：他笑着抱了荒荒的胳膊，正用指甲掐荒荒的肉呢。

荒荒仍旧大笑："哈哈，'驸马'，这回抓了我你该高兴了吧？留下你自己发财吧！哈哈……"

荒荒被押走了。人群先是随着荒荒移动着，最后又散开在田野上……

李芒蹲在砍倒的烟棵旁，默默地吸烟。吸了没有几口，他突然站了起来，"噗"地一声抛了烟斗。

"李芒！……"小织喊了一声，紧紧地抓住了他的胳膊。

李芒望着远去的人群，慢慢蹲下来。不知过了多长时间，他才拾起烟斗，和小织默默地走回家去了。

李芒仰躺在炕上，不说一句话，目光一动不动地看着天花板。

小织用手试了试他的额头，说："李芒，你病了吗？"

李芒摇摇头。

小织坐在他的身边，看着他。

"小织，"李芒望了望她的脸，"从明天开始，由我们替荒荒掰冒权、耘烟田吧。"

"也怪可怜人的。不过他也太坏了，砍了咱那么大一片烟……"小织说。

李芒看着天花板："他没有办法，我们有时也没有办法嘛！他算被逼到数上了。他要报复，就用上了那把镰刀……想想吧，小织，他穷得没有第二双鞋子，一点点指望就全在烟田上了。可他没有肥料，也没有水。什么权力全在肖万昌他们手里。招工、分红、参军、出夫……娶媳妇有时也得受他们干涉，荒荒的媳妇不是肖万昌给搅散了吗？他什么办法也没有，只好用镰刀撒撒气……我眼看着荒荒被抓走了，恨不得去把他夺回来！我心里明白：荒荒是因为砍了我们的烟棵才被抓的！我们倒和肖万昌搅在了一块儿！让大伙儿去恨我们吧！没人再会瞧得起我们……"

李芒激动起来，从炕上跳了下来。

小织呆呆地望着他。

"我们被逼得无家可归，到处流浪才学到了一点过日子的本事，学会了种烟的技术！可我们只有技术，没有肥料，没有水，没有公平合理收购烟叶的地方。没有这些你怎么能富起来！咱就这么和肖万昌联合了，成了全县最有名的黄烟专业户！……多大的屈辱啊！多少人在烟田里急得团团转，我们倒心安理得地做起专业户！小织，我们对不起乡亲们，对不起荒荒！也对不起我们自己！"

李芒愤怒地挥动着拳头，在屋里走着。他连连说着："不能再忍了！不能这样下去了！赶紧让这种鬼联合散伙，立刻就应该去告诉他！"他的脸膛变成紫红色，全身颤抖，碰倒了凳子，就要迈出屋门。

小织紧紧地抱住了他的胳膊。她叫着："李芒！李芒！"

"我们在和什么鬼人联合！我们这个不干不净的专业户啊……"李芒几乎要吼叫起来。

小织有些害怕，她抽搐起来……她从他的衣兜里摸出那个大烟斗，给他装了烟，塞到了他的手里。"李芒！"她叫着：

"冷静一下吧，李芒！你答应过我，要等我同意了那天才……才正式和他分开。这样，你今天这样怒冲冲的，会把事情弄坏……啊，李芒！你听见了么？李芒！啊啊，李芒……"

李芒握烟斗的手颤抖着，颤抖着，终于慢慢举起来，将它送到嘴巴上了……

九

小织的手指也不知是怎么长成的，又细又圆，那么光润，那么软！用它拿苹果、搬凳子、捏钢笔……它触摸过的东西都变得比原来美好了。李芒曾经不眨眼地看它弹拨过一个琴：它按在丝弦上，黄色的丝弦弯下来，它也弯下来；丝弦颤动着，它也颤动着。当它在丝弦上揉动时，指尖就微微发红了，像害羞似的；它用力弹了一下弦，弦要激动地跳起来，它却异常机敏地、有几分顽皮地先一步从弦上跳开了。指甲又硬又亮，闪着荧光，像十枚小小的铜片。小铜片打在弦上，当然是金属的声音。几道丝弦，有粗有细，它不冷淡任何一根弦，去抚摸，去揉动。它的温柔全在弦的身上了，丝弦叙述着各种感触，委婉的语气也像是模仿着它。有时它全从弦上移开，与弦相距一寸，像是默默地对视，又像是在轻轻地喘息。这安静的几秒钟里，空气凝住了。它重新按在弦上时，是几根手指轮换地触摸，显得小心翼翼，像是怕惊醒了对方的熟睡，又像是蹑手蹑脚的行走。丝弦终于没有被惊醒，熟睡过去，发出轻微而均匀的鼾声。于是它离去了，指尖勾起，恋恋不舍地从弦上移开……

一个男子这样细致地研究一个姑娘的手，他自己也感到有些难为情。可是没有办法，这双眼睛特别执拗。李芒有时故意把脸转向一边，但眼睛却仍要去寻找那双手。

那双手曾捏紧了一个做标记用的小铁旗子，插在一个铅球砸出的印痕上。那个铅球就是李芒掷出去的，她惊羡地看了他一眼。他也同时看清了她是肖万昌的女儿，于是深深地吃了一惊。

他当时看到的是一个娴静的姑娘。她穿了件洗得发白的黄军衣，一条学生蓝制服裤。与上衣不同，这是笔挺的、使下肢显得特别修长的新裤子。衣服特别合身，恰好衬托出她的丰满与娇小。她的脸色很红，猛然一看还以为她正害羞呢。像一株秀美的香椿树，挺拔地长在屋前的空地上，并没有因为水肥充足就痴憨地疯长起来。它矜持得很呢，将雨露闪烁在叶子上；叶梗儿发红，像永远披了霞光。她的确使人想起这样的一株香椿树。

毕业了，她和他都回村了。她依然常常穿着那身泛白的军衣。那个年代军衣时髦得很，她开始是赶这个时髦的；后来谁都发现军衣使她更加漂亮了，她实在需要这样的一件衣服……肖万昌安排女儿做了大队广播员。她可以不下田，这就招来了村里人暗暗的怨恨。可是她的甜润的声音慢慢使人喜欢起来，人们都在心里问：有这样一个广播员有什么不好？年轻人很寂寞，从学校回到田野很寂寞。李芒和小织每天要参加夜校，他们就在这时组织了一个文艺宣传队。

排练节目时，李芒常常看小织弹琴。

宣传队要到造田工地上演出，工地上的先进人物，无一例外地都要编进节目里。只有李芒和小织两个人是高中生，节目也就靠他们编了。他们常常编到深夜，一点也不累。他们编了快板、数来宝，自己先要说一遍。李芒能将数来宝最末一段的最末一句罗列上七八个形容词而后押韵，这使小织觉得新奇而痛快。她腼腆、内向，极度兴奋时往往垂下眼睑，摆弄她那支铝杆儿镀金笔。她那两只柔软的、可爱的、未被粗重的东西磨损过的手掌不时去翻动一下纸页，李芒把她弄乱的纸页再理整齐。他总是微微含笑，表现了一个男子的沉着和自信。他和她很少说话，因为有些更细微的东西，有些还嫌模糊的感觉，语言反而说不清。他们两人都自觉地在一种氛围里大致沉默着。夜色真美好，月亮姗姗来迟了。窗外不安分的鸟儿叫一声，风懒懒地摇动着树梢。他们疲倦时走出屋来，伸一伸腰，踩一踩湿漉漉的青草。小织脑后那两个弯弯的毛刷刷在月色里显得特别可笑，揪一下多好，可是没人敢揪。它就那么骄傲地摇摆、颤动吧！它就那么高高地翘着吧！暂时没有人理睬，没有人去过问……这里是一所学校，就处在村子的西北角上，离村子有半里之遥。校舍在一片稀疏的树林里，夜晚有一个老人在睡觉。此刻老人早就睡着了。

他们走出屋子时，听到的是校舍四周各种奇奇怪怪的夜之声息。虫鸣、蛇走、刺猬咳嗽，一只大乌鸦在远处落下。村子里狗吠了，小孩子在哭泣，有位老人悲伤地号啕，这声音真正打破了一片静寂，使月色也变得凄凉了……他们这时候就默默地望向那黑乎乎的村子，猜测着，忧虑着，用目光询问：又是谁家的老人遭到了不幸？在这样的夜晚里，在这样的月色里，什么事情都会发生啊……

老人的哭声越来越大了，狗吠得更急了。他们终于听出是那个老寡妇在哭。两个人都长叹起来……老寡妇只守着一个傻女过活。傻女疯起来的时候就满街乱跑，老寡妇就不吃不喝地跟上她。有一回老寡妇追傻女追到一片蓖麻林里，出来的时候也变傻了：抓扯着自己的头发嚷叫着，说治保主任在蓖麻林里糟蹋傻女了，不一会儿又说是民兵连长。她说的那个治保主任死了快两年了，这显然是疯话。大家寻到蓖麻林里，什么也没有看到，都说老寡妇是疯了……

她从那开始就常常抓着自己的头发哭喊了。

两个年轻人站在惨白的月色里，觉得一阵阵发冷……

李芒说："我记得傻女上小学时一点也不傻。她是后来才傻的……"小织回忆着，点点头，"大概是十四五岁时……"

两个人不再说话，往前走着。李芒走着走着突然站住了，眼望着远处的树影说："有一回傻女在巷子口遇到我，笑着，一点也看不出傻来。这样站了一会儿，她突然尖声大叫起来，用手去扯自己的头发，转身就跑了。我正发怔，觉得后面有什么人，回头一看，见民兵连长在我身后站着！原来傻女是看见他了……"

小织惊讶地望着李芒。

"你看，傻女见了民兵连长就疯！……"

宣传队排练时，村里的好多人都要迎着琴声赶来观望。民兵连长也背着枪赶来了，他还兼任着治保主任。他笑眯眯地看着好多人伏在明亮的窗前往里张望，第二天就禁止了"随随便便看排练"。他一个人来，有时也陪伴支书肖万昌。当肖万昌不来的时候，他就找一个角落坐下，长久地盯着小织。肖万昌如果来到这里，总是显得十分庄重。他不声不响地坐下，先点燃一支烟。有一个漂亮的女儿活动在这里，他显得十分得意。在这里，他的脸上流露得最多的神情，就是一个支书的威严和一个父亲的慈爱。偶尔他也站起来，问一下文艺节目中的某个问题，那时人们就会知道，支书关心的主要是政治，他要在政治上把关的。这时候民兵连长坐在他的背后，微笑着，不时地递给支书一支烟或是小声地解释几句什么。支书点着头，显出十分满意的样子。民兵连长跟支书说完话，就专心地研究几个女演员了。他看得最多的是小织，但偶尔也警觉地扫一眼李芒。

有一次民兵连长一个人来了。他站到小织的身后看她弹琴，突然脸上消失了微笑。小织只顾弹着，当她黑亮的、柔软的头发落到琴上时，她就甩一甩头。她想不到他站得那么近，有几根发丝碰了他的脸。他的脸有些灰黄，有着三十多岁的人不该有的深皱。他有些惊讶地张开了嘴巴，露出了被烟草染黑的牙齿，发出一声很难听到的呵气声。他伸手搓了一下脸，嫌热似的退开一步说："小织会弹！"……临走时他对小织说："明天，不一定排练了，李芒要去队部开个会。"

"开什么会？"小织冷冷地问。

"他是'可以教育好的子女'，不开会还行？这是治保会的制度。"

从此，李芒就常常被叫到民兵连部开会了。这里集中了二三十个年轻人，民兵连长和他们对坐着，一个人吸烟微笑。他说："先学习'老三篇'吧，待会儿再谈。"他有时也请肖万昌来讲讲话。肖万昌常讲的就是："重在政治表现。到底是不是可以教育好，就看你们自己了。嗯？"他走后民兵连长就发挥起来，有时扳着手指告诉他们哪个国才是"第三世界"。他讲累了就直眼瞅着一个女青年，嘴里又发出不易听见的呵气声。李芒在一边暗暗想：民兵连长的腮帮上，就短那么狠狠的一拳头！

他从民兵连部出来，再晚也要到学校那儿看一看。这种带有侮辱意味的会，使他沮丧极了。好比一个急需新鲜空气的人被强迫关进一间发霉的屋子里一样，一经解放，就马上奔到旷敞的原野了。他急于听一听那儿的歌声，那儿的欢笑。

那儿有歌声吗？

太晚了，没有歌声了。只有一个人在树下等他归来，这就是小织。

十

她在等待一个不幸的人，因而常常显得急躁和焦虑。她的性格就是这样的温柔多情，这样的容易体贴别人。她的眼睛特别看不得苦难，却偏偏生在一个有很多苦难的时代里。如果她不是肖万昌的女儿，不是这方土地上一个权威人物的骨肉，她很可能在等待别人的时候就遭到了罪恶的袭击。她站在那儿，比起身旁粗大的梧桐树来，越发显得弱小了。月亮出来后，照着她的旧军衣，照着她亭亭的身姿。她周身无时无刻不散发出一种青春的、让人爱恋的气息。秋天了，她已经在衣服里边加了一件秋衫，她对气候变化特别敏感。劳动还没有去磨损她，她躲在一个安静的角落里闪动着好看的睫毛，有些惊讶。她慢慢就不会惊讶了，慢慢就看到她等待着的这个人有多么不幸，以后的夜晚会变得多么凄冷。

李芒多么感激她啊。每当他从民兵连部出来，踏上通往学校的小路时，他就急于看到那个站在树下的身影了。排练的时候，他又被渐渐地溶解在歌声里了。李芒后来发觉大家唱歌的时候，常常要寻空儿看他一眼，那目光里多少掺杂了一些同情和怜悯。这就使他特别受不了。他有时故意放高了声音歌唱，每一个动作也用力一些，来向伙伴们证明，他是多么不在乎去开那个会。可是这样一来他的动作常常就变得过于夸张了、不自然了。小织禁不住要问他："李芒，你的手，就是表现打锤子的动作，还要扬那么高吗？"李芒的脸马上红起来了……

后来，小织在父亲面前为李芒求情，请他不要再让李芒去开那种倒霉的会了。肖万昌吸着烟，好长时间没有说话，只是不时地看一眼女儿。他说："你可得跟李芒离远一些。他是什么人你该知道，你好像对他不错……"小织的脸红了。

她想说点什么，可父亲的眼睛一动不动地盯着她："你自己揣摩吧。你不是个笨孩子，我知道你不会自己去毁自己……"肖万昌的语气严厉起来。她抬头看了看，见他的脸色不知什么时候变得铁青。小织有些吃惊。她想争辩什么，但她什么话也说不出，只噙着泪水离开了。

李芒仍旧要去开会，民兵连长仍旧来看排练。当李芒缓缓地离开宣传队，朝着大队部走去的时候，小织总要呆呆地目送他远去。小织想他那沉重的步履，是被难以负起的重压拖累的。

李芒越来越消瘦，嗓子也常常嘶哑。他决心离开宣传队，跟小织告别说："小织！……你不知道，不知道我一次次被叫走时，我想些什么……我想起了我小时候戴的那条红领巾，鲜红鲜红的……可是……"李芒说着，眼里涌出了泪水……

小织紧紧地握住了他的手，摇动着说："我明白！我知道！李芒……"

小织决心要让李芒留在宣传队里，留在这个暂时用歌声编织起篱笆的小花园里，无论如何也要让他留下！宣传队的伙伴们无数次地安慰他、劝阻他，紧紧地拥抱起他来……

李芒后来终于留下来了，所有的伙伴都高兴得不知怎么才好，大家兴奋极了。

这天晚上，他们没有排练以往的节目，而是各自选择了自己喜欢的歌子，不停地唱起来。多么痛快！多么舒畅！就好像欢迎一个从远方归来的好朋友似的，大家围着李芒，眼睛里闪着比往日更明亮的光泽。也巧得很，这晚上李芒和小织的同学袁光从河西找他们玩来了！这使李芒和小织十分高兴。三个同学见面了，彼此都激动起来。袁光白天在生产队里劳动，只有夜晚才有时间出来玩。他大概很久没有经过这样热闹的场面了，看着大家唱歌，满脸通红，鼻尖上渗出了愉快的小汗珠。袁光的头发又长又乱，这使他自己都有点不好意思了。后来他小声告诉说：他要早些赶回去了，因为他出来时找治保会请过假……他说这话时，见李芒垂下了头，也就闭上了嘴巴，站起身来。

李芒和小织去送袁光了。

一天的星星。他们踏上海滩，穿行在稀疏的小树林里。他们默默地穿行在稀疏的小树林里。一天的星星。友谊分别记在三个人的心底，他们仰脸看那星星。夜露有时洒在他们的眼睛里……袁光踏上了芦青河的小桥，向两个好朋友无声地笑了。

袁光走了，月亮升起来了。他们又踏着月光穿行在稀疏的小树林里……白白的沙子在脚下嚓嚓响着，无数的叶片在四周闪动着绿色。小织的泛白的军衣上沾着露滴，她的两个毛刷刷辫也沾上露滴了。她的前面几尺远的地方，走着高高细细的李芒。在这月色苍茫的大海滩上，她跟上李芒往前走去，就像跟在了一位兄长的身后，心里那么温煦和安逸。她很羡慕李芒那挺拔的、青春勃发的身姿，也羡慕他那透着男性的力度、男性的自信的宽厚的臂膀。她呼唤他："李芒！你走那么快，你走得真快呀……"

她的声音慢慢弱下来，"真快呀"三个字几乎要听不清了。

李芒于是就放慢了脚步。他像是极不习惯于这种行走的速度似的，只得走走停停。小织简直就不像赶路了，她的步子十分缓慢，一双大大的眼睛四下里观望着。后来，她就倚着一棵青杨树站住了。李芒也走回到树下来。他听见了她的均匀的呼吸，看了看她那个很严肃的样子，觉得她多么好、又多么可笑啊。李芒没有吱声。

"李芒，我不会老待在宣传队里的……"小织说。

李芒不解地看了她一眼。

"你想想，我爸爸会让我待在村里吗？不用多久，他就会把我弄到哪个工厂、机关里去了……"小织轻声说。

"他一定会。"李芒说。

"我就那样走了吗？"

"可不是就那样走了！"

"就那样离开宣传队了吗？"

"可不是就那样……离开了！"李芒的声音变得很粗重。

小织垂下了头，两个小毛刷刷往上仰着、微微颤着。李芒看了看它，心中有些闷热。他又把目光移向黄蒙蒙的前方了……小织仰起脸来问："你喜欢一个人待在这片海滩上吗？"

李芒笑着："你喜欢一个人呆在海滩上。"

小织又问："你喜欢有一个人和你一块儿呆在海滩上吗？"

李芒笑着："你喜欢有个人和你一块儿站着。"

"你把铅球推那么远……什么胳膊！"小织笑眯眯地看着他。

他有些冲动地猛击了一下青杨树。青杨树周身震动，几滴露水落下来，有只鸟儿也飞了。他大口地呼吸着，他觉得身上很燥。这个夜晚明亮、安静，没有一点儿风。远处的林木高高簇起，月色下看去像一道山崖。他此刻倒真想让前边有座起伏的山岭，他们一起攀登上去。他看看小织：她就站在身边，那么娇小的一个姑娘。她是依偎在这棵大树上了，用那个很小的小巴掌抚摸着光滑冰凉的树皮。她比他小那么多，他看她需要低下头来呢。他抿了抿嘴角，轻轻地咳了一声。他想唱一支歌儿，他突然觉得大海滩上的林木、沙土、夜飞的鸟儿、小蚂蚱、飘飘落下的叶片、溅起的露水……一切的一切，都融化在他要唱的这支歌里了。没有什么痛苦了，没有什么焦虑了，没有什么不安了。眼前的树木仿佛退远了，又慢慢消逝在远方，化作一片朦胧的月色。大海滩像被一层雪粉轻轻覆盖，反射出淡淡的光来；大海滩毛绒绒的，粉丹丹的，热烘烘的。大海滩像个红眼儿白毛的小兔子了！你想去捕捉它，把它举在手上。哦哦，一天的星星！星星用热切的眼睛望着海滩上的一切，眨着，又睁得老大，雪亮亮的眼睛啊。星星眼里的世界会是这样的吧：只有一个温柔的大海滩，只有一棵大树，只有两个人。两个人隔着一棵树。红眼睛的小兔子，小兔子伸出通红的小舌头去舔闪着露珠的树叶儿。它喝足了水，就睡着了。它的鼾声那么轻微、均匀。它紧紧依偎着一棵高大的青杨树……李芒的心噗噗地跳起来，他把手压到了身后去，轻声呼唤："小织！小织你一声也不吭……你睡着了么？小织……"

"我没有睡着。李芒，李芒……"

"我们离开青杨树吧，我们往前走吧！"

他们走去了。微微的风吹起来了，吹来一种淡淡的香味。慢慢的，林木更稀疏了，开阔的草地袒露出来了。月光在平展展的草的尖叶上滚动跳荡，小野菊特别显眼。离开草叶一寸高的地方好像有什么在飞速流动，看得人眼睛发花。他们仔细看了看，看出是闪亮的甜草叶儿在风中扫动，月光在上面走来又走去，真像是流动着什么！李芒说："小织，你看，我好像第一次发现这个地方似的……多好的一片小草原！"小织重复着他的话："多好的一片小草原！"……踏在了小草原上，野菊的香味变得扑鼻了。他们在这片开阔的草地上坐下来了。小织小心地捏了捏李芒支在地上的一只胳膊说："像铁一样……"李芒就用这只胳膊把她揽到身边说："像铁一样……"小织呼吸的声音又粗又急，发出一种哭泣似的声音，挣脱着，奋力挣脱。因为"像铁一样"，她终于挣脱不掉，于是就把头伏到他的宽厚的胸脯上了。他试图将她的头扶起来，可是怎么也不能。他抱着她，唯一的担心就是怕她笑自己那颗咚咚乱跳的心。他终于可以去攥她脑后的两个毛刷刷了，小心翼翼地伸出手去。他发觉她的头发很滑，很滑很滑的。他声音颤颤地说："一切的一切，什么，所有的什么东西，我都不怕了……小织，啊啊！小织……我听不见你喘气了。哦哦，你真要睡过去了……小织，你没有睡过去啊，你的眼睛睁这么大。你看见什么了？你知道吗？你听见吗？我什么都不怕了……我想告诉你的就是这个。小织，啊啊！我又听不见你喘气了。哦哦，哦……小织！"

小织的头埋在他的胸脯上。她闭着眼睛，一片黑色没有边缘。她什么也感觉不到，似乎也听不到李芒在说些什么。一股热流从她的心房流出来，涌遍了全身。她觉得她是伏在一片黑色的、温暖的波涛上了，正随着海的浪涌漂去了。海浪抚摸着她，把她的毛刷刷辫拆开了，把她黑色的头发溶化进水流里去。远处的浪涛巨雷般轰响，震动着她的心，她勇敢地向着那雷鸣泳去。阳光在黑色的波涌上闪耀，金色的水珠跳荡起来。一片大海变绿了，翠绿翠绿，波涛也在平息，渐渐的，大海又像绿丝绒那样光滑了，细小的皱褶活动着，变幻着。她在这绿丝绒上惬意地、尽情地舒展，她玩得都有些眩晕了！……突然她又听到雷鸣似的浪涛在轰响了，她好奇地将头埋下去、埋下去。她听得更清晰了："轰——隆！轰——隆！……"她用手去抚摸，后来，她的手就被更大的一双手给捉住了……

李芒捉着她的手，一动不动地握着。他昂起头来，默默地注视着前方。

那还是茫茫的月色，还是丛林，黑乎乎的丛林……小织问："李芒，你怎么了？你在想什么呀？"

李芒喃喃地说："我在想我自己、想傻女和袁光……"

小织沉默了。停了不知多长时间，小织才轻声问："我们该回去了吧？"

李芒点点头："该回去了！"

十一

严寒来到了。芦青河又结了白色的冰层。后来冰层加厚，过河不一定走小桥了，可以大摇大摆地从冰上踏过，一些来不及收获的蒲苇就冻在冰里半截，寒风又把它们从冰面上斩为两段。

每年最寒冷的时候，学大寨总要掀起一个高潮。为了造田，"跟荒滩要粮"，需要砍掉大海滩上一片片林木，然后将白沙子下面丈把深的黑泥翻上来：这叫"大翻"。大翻是当时最苦的活儿了，人们要翻一个冬春，脚上一直穿着生猪皮包裹茅草做成的鞋子。几乎每年都有人在大翻中受伤，不是塌下的土块砸坏了腰腿，就是被锹镐碰了哪儿；也有人被崩下的冻土块埋住，永远不再活过来……这年的"大翻队"又成立了，李芒理所当然地被招到大翻队里。

他的手掌很快就挤出几个血泡。后来血泡没有了，磨出了一层铁样的老皮。他从来没有被碰伤过，一双灵活的眼睛警觉得很。总是一次次化险为夷。民兵连长做了"大翻总指挥"，他掮着枪，将一个琥珀色烟嘴咬在嘴角上，在丈把深的泥沟岸上笑眯眯地走着，见了沟下的李芒，就蹲下来欣赏一会儿。

李芒默默地瞥他一眼，咬了咬牙关。

民兵连长笑着："喂！伙计，上来喝口水吧？"

他明明知道李芒上不来：只有统一休息时才放下长木梯让大家爬上来，平时大小便也都在下边了，要喝水，也是随便找个水洼子伏上去……他是逗着李芒玩儿。

这天晚上，民兵连长又来宣传队里看排练了。他就站在一边看小织弹琴，有时还眯起眼睛倾听。有一次他被一阵特别委婉的琴声引得睁开了眼睛，接着就紧紧地咬住了烟嘴。他看到小织一边弹琴，一边看着李芒，那目光热烈中透出无限的柔情！他的烟嘴越咬越紧，后来就是这么硬咬着走出屋去……

第二早上，李芒很早就来到大翻工地上。工地上没有人，李芒正想找个背风的泥堆歇一会儿，突然从泥堆后面跑出一个老婆婆来。原来是老寡妇，她正从翻开的泥沙中寻找铲断的树根，准备做烧柴……李芒就帮她找起来，一会儿就弄了一大捆。

老寡妇坐在柴捆上，像是一时不想走了，眼神僵直地望着他。望了一会儿，她竟然朝着他的脸伸出手来。李芒的心咚咚跳着，但没有逃开，而是往前走了一步。她终于能够摸到他的脸了，就一下一下地抚摸起来。李芒看着她的有了笑意的眼睛，看着她的头发，不知怎么想起了傻女和蓖麻林。一个念头越来越强烈，他突然想起要弄明白蓖麻林里的秘密！他像自语似的，喃喃地说道："蓖麻林……蓖麻林……"

老寡妇的手像被什么烫了似的，从李芒的脸上倏地抽回来，大声呼喊起死去的治保主任和民兵连长的小名来，竟然呼个不停……人慢慢多了，围了上来。

李芒和老寡妇被围在中间。他十分后悔，不该提蓖麻林……老寡妇喊着，比画着，突然向外冲过去。大家一看，原来民兵连长就站在人群后面，不知怎么就被她发现了。民兵连长跳着，慌慌张张地跑着，躲闪着追上来的老寡妇……

大家喝起彩来，一边大笑，一边给老寡妇加油……

上工的时候，民兵连长阴着脸，一直蹲在李芒的那一段沟岸上。他徐徐地吐着烟雾，看着下面的李芒整得满脸泥浆……看了一会儿，他突然"咯噔"一声将烟嘴咬住了。他笑着对李芒说："你到东边那条沟里翻去，你的个子高。"说完就让人放了木梯。

李芒踏上岸来。他端详了一会儿东边这条沟，立即惊得怔住了！

这是一条特别狭深的沟，往下看黑森森的。沟的一边已经弯曲了。弯曲来自巨大的挤压力：离边沿一米多远处，已隐约可辨一条断裂痕了。不难判断，这条冻土沟在一二小时内、也许更早一些，就会坍塌掉！如果不是他发觉了，那么用不了多一会儿就会被活活埋掉！他深深地吸了一口冷气，仰面望了望蓝蓝的天空……

这一天，小织刚踏进家门，肖万昌就用冷冷的目光盯住她。这样过了有五分钟，小织觉得自己的手有些颤。父亲淡淡地说了一句："说说你和李芒的事吧。"小织猛地抬起头来，咬了咬嘴唇。"说说吧！"他的声音突然变得又粗又硬。小织还是不吱声。肖万昌等待了一会儿，声音又软下来："你不说我也知道。我就你这么一个闺女，你是父亲的心尖肉……我交个底给你：你要找上李芒，除非日头从西边出来！你自己思量去吧！"他说着，终于火气又涌上来，最后几个字是从牙缝里一个一个挤出来的。小织还是第一回见到父亲激动成这样，她又一次感到了惊讶，但更多的是气愤。一种受辱的感觉从心底泛起，她有好多话，但她一个字也没有说，转身跑出了屋去……

李芒更频繁地被叫去开会了。

宣传队很快就被迫解散了。但小织仍像过去一样，站在树下默默地等他归来。李芒从民兵连部出来，总是急急地奔向学校。他是奔向一束阳光去了……在路边的这棵树下，他们谈了那么多。当李芒告诉她冻土沟的事情时，她惊恐得好长时间没有说出话来……

不知从什么时候起，人们听不到老寡妇的哭声了。后来才知道是傻女突然失踪，老寡妇病倒了。不久，她就死了。

她死的那天晚上，老屋门前围了很多人。不懂事的孩子哈哈笑着，打闹着。邻居的几个老婆婆偷偷地在角落里烧纸，弓着腰在地上画着什么。她们的背影使几个围看的妇女哭起来，哭声越来越大，后来男人们也哭起来了。

哭声惊天动地！李芒和小织睁着泪眼，惊讶地看着。他们从来没有见过这么多的人一块儿泣哭……

他们再也看不下去，从老屋门前离开了。李芒反反复复地想着不久前在大翻工地上，老寡妇追逐民兵连长的事；想起傻女见到民兵连长时的那一声尖叫……他走着走着突然站住了。

他说："民兵连长一准跟傻女的事有关……蓖麻林，老寡妇喊的蓖麻林不是疯话！"

"那治保主任呢？他死了好几年了！"

"……"李芒答不上来。他说："老寡妇死了，蓖麻林里的秘密也给带走了。要找到傻女就好了。这一家子人惨极了，等于被推到了那条冻土沟里……"

"傻女不知道还活着没有？她一个人跑到哪儿去了？"小织哀叹着，嗓子哽住了。

李芒说："我有时真不知道这一辈子怎么活到底。肯定很难，到处都是那条冻土沟。我有时想：真不如像傻女一样跑走，跑得没有影儿，跑到天边上去！傻女一点也不傻呀！"

小织用她小小的巴掌握起李芒的手，轻轻地摩擦着。她小声呼唤着："李芒！……"

李芒望着天上的星星，又低下头来看小织那滑润的头发……他说："那天晚上坐在草地上，你记得我说过一句话吗？我说过'我今后什么也不怕了'，这是真的。我到现在也这样想。可是，你能跟着我吗？这样我也把你领到那条沟边上了，这不是更惨吗？……"

"李芒！李芒！……"小织连声叫喊着，用手掩住了他的嘴巴……

他们一起向前走去……

在小路边上，多了一截干朽的木桩，立在那儿，黑森森的怪吓人。当李芒和小织试着走近它时，它的顶部突然闪亮了一个红点儿——原来是一个人默默地站在那儿吸烟！小织惊叫了一声，攥住李芒的手就跑。他们跑开一段路之后站住了，听着身后的声音：那个人在咳嗽。

第二天晚上，李芒又被叫去开会了。当他走出民兵连部，走到那棵树下、走到小织身边时，突然从一旁的树丛里蹦出三个持枪的人来。还没容李芒和小织叫出声来，就有两个大白布套子分别把他们套住了。一个人呼喊着："抓流氓抓流氓！小地主崽儿耍流氓！哦号……"

李芒马上听出是民兵连长的声音。他极力想撑破这个袋子，可是怎么也不能。他在袋子中闻到一股香味儿，接着用手摸到了一截粉丝。他终于明白了自己是被装在一个装龙口粉丝用的大帆布包里！他们可真会想坏点子啊！……民兵连长又喊开了："绳子缠上，绳子缠上！"话音刚落，李芒觉得有五六道绳子勒上布袋，并渐渐勒紧，有一条绳子正勒过他的咽喉，他感到一阵窒息，脑海中立刻闪过那条即将坍塌的冻土沟的影子……他呼叫着，奋力挣扎，尽量让绳子的位置离开咽喉远一点。他同时也听到小织反抗的声音，听到民兵连长的嬉笑："嘿嘿，小织呀，莫害怕，我是你大哥，大哥把你抱回家去……唉哟，有一百斤？……"小织怒斥着、叫骂着，但这声音和民兵连长的嬉笑掺在一起，渐渐远了……

李芒被几个民兵轮换扛到了一个地方，接着被抛到了一个又深又硬的坑里。他的头被重重地磕了一下，立即昏了过去。

醒来时，他身上的套子已经被解开了。原来他被抛在了一个废弃不用的水泥氨水库里！一股残存的氨味儿直刺他的脑门，身前身后、墙壁上，留着一些唾液和血痕，这里不知关过多少人呢！……小木门响着，接着民兵连长和肖万昌走了进来。李芒盯着这两个人，一声不吭。

肖万昌的头发有些乱，满脸倦意。他吸着烟，咳了几声。

李芒突然想起了那个夜晚小路边上的半截朽木桩，想起了那几声咳嗽。这咳的声音是一样的。

"……看来治安工作真要抓一抓喽。嗯？"肖万昌在和民兵连长说话。

民兵连长笑眯眯地指了指李芒："这不捕获了么？"

李芒冷笑着："你们比法西斯还有办法。可你们扼杀不了我们的爱情！"

肖万昌由于气闷而喘息起来，用手指着李芒说："你算个什么东西！你这个小地主崽子大白天做梦！你挠痒挠到我头上来了……好，好，你等着吧！"他骂着，咳着，身子摇晃得很厉害。停了一会儿，他的火气才消下来，对民兵连长交代了几句，急匆匆地离开了。

送走肖万昌，民兵连长就转了回来。他一进门就狞笑着嚷："芒兄弟口福不浅啊，我就没有这口福。你这回就是死了也值了。肖支书到底有钱，把个闺女养这么白嫩……"

没容他住口，李芒就给了他的下颌骨那儿一拳。这一拳打得没有节制，使民兵连长的头先往一旁猛地一甩，接着整个身子也倒下来……

小织一直躺在玉德爷爷的怀里。

她从被裹绑着送回家来以后，一直没有流泪。她听着父亲的斥骂，紧紧地咬着嘴唇。她第一次知道父亲也会这样凶狠地骂人。肖万昌在屋里暴跳着，大嚷大叫："你要和他好得成，除非把我杀了！你干脆死了这条心，我早跟你说过！……李芒那小子也活得不耐烦，看我这回怎么把他送到公安局里去！臭流氓！”

玉德爷爷抱紧孙女，一边怒喝着儿子："出去！你给我出去！没完了？"……肖万昌走了，他还是紧紧地抱着孙女。

玉德爷爷就是这样把她抱大的。小织的母亲死得早，玉德爷爷就老是把小织带在身边了。今天的小织已经完全是个大姑娘了，他抱起她来还像过去一样妥帖自然。小织没有流泪，他却用粗粗的手掌擦了几下她的眼睛。肖万昌出去之后，他哈着气对小织说：

"孩子哟哟！咱可不能跟李家结亲！你还小，不醒事，你不知道，过去河边上这些地全是他们李家的。我这胳膊，看见这块疤了吧？就是李家的狗咬的……"

玉德爷爷挽起了衣袖，让孙女看他胳膊上的疤。

小织摇着头说："爷爷，李芒的爷爷、父亲不是全死了吗？他不是个孤儿吗？"

"不能跟李家结亲……"玉德爷爷摇着头。

"爷爷，李芒不是个好孩子吗？你不是也夸过他吗？"

玉德爷爷点着头："那倒是。"

"爷爷！"小织从老人的怀里挣脱出来，执拗地说，"我就和李芒好了，他到哪儿我跟到哪儿，我一辈子都和他在一块儿了。硬把我们分开，我会活不下去！……"

老人摇着头，叹着气，重新把小织紧紧地抱在怀里。

"爷爷，我们快去救出李芒吧！他们要把他送到公安局，现在不知怎么折磨他呢，那个民兵连长比狼还狠！……

爷爷！"

玉德爷爷默不做声，一双深陷的眼睛望着漆黑的窗户。

起风了，街上的树木发出尖利的叫声。小织恳求着爷爷，这时突然从老人怀里跳下来说："你听啊爷爷！你听！他们在抽他，打他，他在喊——你听啊！你的心比石头还硬……"

老人打开窗户，倾听着。还是只有风声。

"爷爷！快走啊爷爷……"小织摇晃着他。

玉德爷爷的胡子抖了抖，沉着嗓子喝了一声："织子！"……小织坐了下来。老人轻轻地关了窗户，又从屋角找来一根铁钎，掖在了宽大的衣襟下边，然后靠在椅背上睡着了。

刚过午夜，玉德爷爷就醒来了。他扯上孙女的手往外走去。他们撬开了氨水库的小木门。李芒已经被打昏几次了，挽出门来，当看清了来的是玉德爷爷的时候，立刻给老人跪下了。

李芒决定连夜逃走。当小织告诉要和他一块儿离开这里时，他的一汪泪水再也忍不住了！没法儿跟谁告别，没法儿跟老爷爷告别！他们抹去了泪花，转过几条村巷，就隐没在一片夜色里了。

在村边上，他们久久地呆立着。

整个村落死死地沉睡着，只偶尔有狗吠一声。天空有淡淡的云，星星忽闪忽隐。冷风从不远的海上吹来，吹起了他们的衣角。

他们踏上了河桥。过河，入林，开始了不为人知的逃亡。他们要走几百里，再折向南，入山。

十二

李芒怎么也弄不明白这几句话："用小树叶遮住眼睛，然后，不发一言。"他吸着大烟斗，一双手在诗集上摩挲着，显出很有兴味的样子。直接的、表面的意思他是明白的，他只是害怕还有什么寓意、什么象征等等。他知道那些诗人的狡猾，知道诗人就是些善于埋藏东西的人。他吸着烟，看着这一行一行的、印得很规矩的文字，常常感到一阵阵惊讶。他品着烟，咀嚼着诗行，总能从里边掘出什么新鲜东西来。在南山和东北的时候，他试着写过一些东西，都写得很糟。但他也养成了读东西的兴趣。他每逢在生活中遇到难题，每逢激动起来，就习惯于翻开一本诗集、一本书。这能使他平静下来。更奇怪的是有时这书也能给他一些新奇的想法，使他这样做而不那样做。

小织伏在一边的缝纫机上做针线，她有些黄瘦了。这主要是因为她到了一个特别时期，她坐在那儿真有些笨呢！也可能李芒的执拗使她吃了些苦头，她几天来老要劝阻、说服她的丈夫。

这个家已经是很温暖、很幸福的了。几乎不缺任何东西，电视、录音机、电冰箱……什么都有。特别安慰着她、使她自豪的是，他们家比别的家多了一个大书架子，这当然是因为有李芒的缘故。此刻的李芒坐在桌子旁，一声不吭地读他的书，慢吞吞地吐着烟。橘黄色的台灯光圈罩在他的身上，他屈起身子，一条腿放到了椅子上。这个家真是很安逸了呢……自从和父亲联合做了专业户以后，一切似乎都很顺利。父亲做了好多别人没有力量做的事情，比如黄烟的收购、追肥、浇水，有他也就有了诸多的方便。如果他们这个联合的黄烟专业户破裂了，那么在她和李芒这方面，肯定立即就会招来好多不便。也许他们再也不可能有这样安逸的日子了。他们需要为烟田去苦苦奔波了，也许最终还需要去经受失败的打击……

她很担心。她寻思事情从来就比李芒缜密。她担心的是经济上的损失；但最担心的，似乎还不是这些。她不赞成和父亲决裂，还有别的原因。到底因为些什么，她自己也讲不清，比如，因为他是父亲，等等。她自己也讲不清。她只是觉得处在她这样位置上的人，今天有责任去阻止丈夫……有时候，面对一个慷慨陈词或者咄咄逼人的李芒，她也有些胆怯了。她又开始担心另一些事情：我错了吗？是我在害李芒、害这个家吗？

"用小树叶遮住眼睛，然后，不发一言。"李芒握着大烟斗，咕哝着离开了桌子。

"不发一言。"李芒走过来，看着小织说。

小织把连在针上的线剪断，抬头微笑着看他。

"荒荒抓走已经三天了。"李芒突然说道。

小织眨着她黑亮的眼睛，好像说：三天了吗？

"三天了，也没有什么动静。"

小织点点头。

"大伙把荒荒忘了。"

"大家都在忙烟田，顾不上他了。"

"他算个什么。光棍汉，不一定什么时候就死了。"

小织咬了咬嘴唇。

"所以就把他抓起来！用铐子铐住！"

"他们会打他吗？"小织担心地问。

"不打他太便宜了。他也很壮，打得皮开肉绽也没事。"

"那些人多狠呵……"小织难过地望了望窗外。

"最狠的还要算你爸爸，他抓荒荒不用自己动手。"

小织垂下了头。

"看看那个民兵连长吧！老是笑眯眯地把人往那条又深又窄的冻土沟里推……他如今还是跟在你爸爸身后。"

"爸爸跟他是不一样的……"小织说。

"怎么能一样呢？像一个大扁瓜：肖万昌是瓤，民兵连长是皮……"

小织的脸不知怎么有些红了。她说："……你真会比喻。"

"反正这样说你就明白了……我就是这个意思。"

"不过荒荒也真的犯法了……"

"是啊。把一个人硬往山涧里逼，他掉下去了，怨谁呢？是他自己一脚踩空了！"

小织不说话了。

"荒荒为化肥的事情来找咱，他说是'做代表来了'。他不知道他砍烟田，也是做代表来了！"

小织有些不解地看了李芒一眼。

"他代表了好多人的一种情绪！"

"你是说大家都仇视……他？！"

"是仇视。"

"仇视……"

"能不仇视他吗？他把人往狠里治，又叫人说不出什么。好多法儿都是使绝了的。像集体办那些工副业，篷布厂、小橡胶厂，都承包给他身边那几个人了。承包额定那么低，谁承包谁发大财！这些人就得供养他，是他让他们发财的，这些工厂简直成了肖万昌几个人的'钱柜子'了……像这样的事有多少！谁心里都明白，都有一笔账，可不敢说。荒荒是个不知深浅的人，就站出来动了镰刀，结果给逮起来了……"

小织吸了一口冷气。

"他给逮起来了，"李芒继续说着，在屋里踱着步子，"倒没有人出来说话了。他们都弯下腰，钻到烟垄里去做活了……'用小树叶遮住眼睛，然后，不发一言'！……"李芒说着激动起来，使劲地搓起了手掌。他感叹着，突然坐在了小织的身边，握起了小织的手，有些急促地叫着：

"小织！……"

小织仰脸倾听着。

"我……唉！我有好多好多的话、好多好多的想法要跟你说。可这都是一眨眼的工夫涌出来的一些念头，又说不清。也不光是为了说服你，你用不着拿这种眼神看着我；我是要急着告诉你一些想法……我闲下来时就想好多事情，好多好多。我在想我们的日子、我自己的日子，想我们从河边到南山、到东北、再到河边这一段弯弯扭扭的路。我想人有时候也真是奇怪：转了一圈儿又回来了！……离开河边时，我们是穷光蛋；回到河边后，我们成了全县有名的专业户，有了这点儿家当，有了个暖烘烘的小家庭。离开河边时，我刚刚从那条黑森森的冻土沟里爬出来，后脊梁上还有民兵连长用烟头触上的痕子。再回到河边后，我身上的皮脱了几层，烟疤也快长得没有了……"

李芒说着，眼睛里慢慢闪射出了冷峻的光芒。他痛苦地摇着头，慢慢松开了妻子的小手掌。

"我帮荒荒去掰冒权了，我不歇气地做了一天，比在自己的地里卖力气多了。也怪，我倒觉得荒荒的地才是自己的地，用力地做呀，汗水把全身衣服都湿透了！更怪的是，我还有一种赎罪的滋味儿……"

小织惊诧地看了丈夫一眼。

"真有这种滋味儿。……从荒荒的地里出来，我第一眼看到的就是那棵老柳树！它一动不动，我没看见一个树叶在飘动。我又想到了玉德爷爷……树的那一边儿是肖万昌的地，这一边儿是我们的责任田，老柳树的根就扎在这两块地里。老柳树的根一准很长很长了，就像又粗又长的缝衣线一样，硬是把两片地缝到一起去了，缝得好牢缠。我闭上眼睛想这树根的模样儿，我差不多看到它穿在土里的样子。很多条根，上上下下、长长短短地扎在土里；可是这些根开始变了颜色，慢慢松脱、抓不住泥土了……我是说，这些'缝衣线'快要断开了。它一准要断开。我从荒荒地里出来时，第一眼看到老柳树时就想了这些……"

"缝衣线断开了，缝在一起的布就要裂开了……"小织喃喃地说。

"世上没有不断的缝衣线，没有……"李芒看了妻子一眼，转身到桌子跟前吸烟去了。他转动着那个大烟斗，又自语似的咕哝道："'用小树叶遮住眼睛，然后，不发一言'！"……

十三

腊子贩鱼挣了一笔钱。他驾着轻骑跑回家来，想好好松闲一番，肖万昌那张不露声色的脸上有了明显的笑容，他一连两天没有出门，和他的小腊子一块儿玩。

他很喜欢小腊子。吃饭的时候，他常引诱小腊子喝上一盅酒，并亲自为之斟酒：两个手指捏住精巧的小酒壶，在空中扬一道弧线，那细细的酒流儿跌到杯子里，正好刚刚满平！这个手艺是他几十年的工夫练出来的，就在这个四尺长、三尺宽的小方桌上，他和县长、公社书记、派出所所长、场长、厂长、银行会计、退休干部、经理、警察、矿长、捕捞员、船老大、养蜂人、工程师、说古书的、省里来的巡视员、要饭的、武装部的、码头客运班长、耍把戏的、税务员、县委组织部长以及部长的亲家、烧砖专业户……和各色各样人物喝过酒。他没有老婆了，可是他就会做一手好菜。烧鲅鱼、海参汤、焖海狗鳝、鲍鱼，这是海味儿。他还能采来田埂上、沟渠里、野地里的小蓟、马齿苋、灰菜、苦苦菜、地瓜叶、榆树钱、洋槐花，或放进开水里烫一烫用佐料拌成凉菜；或做成饭团、饼馅、包子馅。吃的人都很高兴，都留下了深刻的印象，赞不绝口。喝的酒也很杂，红、白颜色的，黄色的，黑色的；茅台喝完了，空瓶儿用来盛酱油；如果是很便宜的瓜干酒，他一定在里面泡上橘子皮、何首乌、枸杞豆、沙参等等，做成药酒。药酒无价……他真正为之牵肠挂肚的人，实在只有腊子一个。在雨天里，如果他一个人睡在炕上，听着外面淅淅沥沥的雨声，有着说不出的孤寂感。他想象着腊子在雨天的夜晚里会做些什么：此刻他大概躺在渔铺里，身上盖着一块帆布睡着了吧？但愿不是跑在通往南山的路上，轻骑和身上都溅满了稀泥浆……他有时也会想起小织。想她的时候，他就极力去想些别的，来赶跑她的影子。因为她的背后，总是有着另一个影子！老婆子死去之后，这座屋就显得空荡荡的了。后来这屋子又改建了，添了耳房，造了厨房和卫生间，地面上改为水磨石地板；去年，天花板又改为泡沫压塑的。他去城里张县长家串门之后，回来又在门前的水泥台基上放了一个棕垫子。一切很好，开始好起来了。腊子住在耳房里，录音机的声音被他放得很大，不断发出一种"嗡咚嗡咚"的声音。有时录音机里放出女人的尖叫声，他这时就会站在门口，吸上一支喇叭烟，用手梳理一下光滑的背头。腊子在女人的尖叫声里弓着腰走出来，斜叼着一支烟，看也不看父亲，到耳房与正房之间的夹道里去了。那里有他的金鱼缸，缸里漂着水草、水葫芦。有时民兵连长也钻到耳房里，腊子出来时，他就跟在后面，手里提着什么，两个人显得很繁忙的样子……

肖万昌很惬意，他这时候总是感到充实而满足。这时候也才明白：腊子活活像他，太像他了！这才是他喜欢的主要原因呢！

几年来，肖万昌已经学会了放松自己。他无论在外面多么紧张，脚一踏上这座房子的台阶，立刻就会舒一口气。他脱去外衣，在椅子上或是沙发上坐下来，开始慢悠悠地吸烟、呷热茶了。有时他叼着烟，拿着水杯就走出屋子来，给院子里的几盆花松松土，施施肥。花肥不是什么鸡蛋壳子、豆渣渣之类，而是装在塑料袋子里的一些灰色粉末，袋子上的彩色商标十分漂亮。他做着活儿，有时轻轻地咳一声。院子里很静，没有人来找他。村里人都知道支书有个习惯，特别厌恶有人上门来找，他办事情，要求到大队部里说去……邻村的一些支部书记有时来这里拜访他。他们的穿着常常使他觉得可笑。他笑他们不下雨也穿上长筒胶靴，并且将裤脚掖进筒子里去。他知道墨黑锃亮的胶皮子对他们产生了吸引力。他笑他们戴一个黄帽子，这么不伦不类。黄帽子早时兴过了，他们就不知道。他们之中有人披着衣服，这衣服一定是新的，并且掐着腰走进门，用两个胳膊的拐肘将衣服撑起来——他特别笑这个姿势。他们留下来吃饭，喊着说："大鱼！大肉！老肖啊，就看你舍不舍得了！"肖万昌微笑着，不置可否。他挽着衣袖，到厨房里去了。他们很快就跟进去，看他做饭。他端出一盆活着的小泥鳅，一块很大的鲜嫩豆腐。他把它们一块儿放进锅里，让一群泥鳅在锅底的水中尽情游戏——他们看傻了眼，互相瞅着、伸着舌头。肖万昌在灶里放了一把火，锅里的小泥鳅乱窜起来。水的边缘上冒白气了，泥鳅往锅底里聚拢、散开，然后疯狂地扭动，一会儿就全扎进那块豆腐里了……豆腐炖熟了，切成片片，每个片片上都有灰点儿，那是小泥鳅的横断面儿！肖万昌烧了一个很漂亮的汤菜！他说："这叫泥鳅拱豆腐！"……他可瞧不起这些客人。他见过大世面。他到省城里开过会，跟大干部们握过手，同桌吃过饭。他什么没有见过？他们有说不出的崇拜他，有什么事情也愿意跟他谈。他说："唔唔，我可当不了这么多村的书记啊……"他吸着烟，轻轻地咳。他们觉得他咳的声音也很有讲究……

眼下，这座屋子里只有他和小腊子，他有说不出的高兴。做了几十年的村干部，养成了吃狗肉的习惯。这几年没有狗了，他也暂时把它的滋味忘却了。有一天他突然想起那个美味来，竟然是火烧火燎地急躁起来。民兵连长从邻村弄来一条叫"大花"的肥狗，他就养到了院子里。今天，他要和腊子一块儿享受这个美味了。他十分愉快。

宰狗是个难题。肖万昌决定亲自动手，可是小腊子偏要"过过瘾"。大花在院里待了几天，已经和肖万昌有些熟了，它开始用舌头舔新主人的手了。肖万昌常常取一块馒头抛起来，看着它跳起来用嘴巴接住。它的胖胖的前爪又白又圆，很笨的样子。肖万昌有一次试着按它几下，觉得热乎乎的、软绵绵的；它友好而愉快地抬动着，故意送到他的面前来让他按。他却在它上面磕下一截儿红色的烟火，大花哭叫着蹦开了，站在远远的地方看着他……今儿早上，腊子决心将大花乱棍击死。他看过一个武打片，很赏识上面一个黑汉的棍术。他将棍子立在身侧，先朝大花推一下手掌，然后就舞将起来。大花原认为腊子是要跟它游戏，高兴地叫着，将两腿按到地上，跃动、展扑，有时腾空而起，从腊子的耳畔蹿过，顺便咬一下腊子的胳膊。但它并不真咬，只是轻轻一含，给他留下一个可笑的、杏子大小的湿印子。它得到的是愉快，一展技艺的愉快。它的勇敢和敏捷第一次让这所院落的主人知晓，两个人暗暗吃惊……可是腊子一棍子击中了它的后腿，那么狠、那么痛，它尖叫一声，跛着腿跳开了，哭叫着，迷惑地看着小腊子和那条又粗又长的棍子。它终于明白了这里面暗藏杀机！

小腊子呼叫着，它却再也不回来了。肖万昌站在一边吸烟，这时责备地看了儿子一眼。他把烟蒂踩灭，然后高高扬起右手喊道："大花！"他微笑着，和蔼、亲切，像有什么事情要恳求大花。他呼唤着："来呀！来呀！好大花！……"大花还在冤屈地哭着。它仇恨地望着腊子，有些警惕地弓着身子，慢慢向肖万昌走来……肖万昌用手抚摸着它的头颅，给它擦去眼角的一点眼屎，又刮了一下它那黑亮可笑的鼻子……他的右手插进衣兜里，一丝丝地掏出一条尼龙绳。大花看到了绳子，警告地"呜——"了一声。肖万昌立刻抖索着绳子，在它眼前晃来晃去，嘴里接着也哼起来："割上了二尺，红头绳呀，给我大花扎起来呀，哎咳咳——"他哼着，慢慢给大花捆扎起来。捆了腿，捆了脖子，捆了腰。大花舔着他的手。他到后来把大花推倒了，恶狠狠地喊了一声："小腊子，动手吧！"……

中午时分，狗肉就熟了。

肖万昌和小腊子坐在院子里的一个石桌旁，将酒斟好。父亲在喝酒之前微笑着看了一会儿儿子。儿子伸手去取他的杯子，正在这时，有人敲门。

这是最令人讨厌的事情！肖万昌恼怒地看了一眼院门。他端坐了一刻，并没有动。门板继续响，很有节奏，力度适当，不像是村里人，也不像是邻村的支书们。他拍打了一下手掌，去开门了。

进来的是李芒。

肖万昌像是高兴极了，请李芒快吃狗肉。蒜泥！葱片！酱盅！小腊子！大家全在一块儿了！中午的太阳被大梧桐遮住了！李芒说已经吃过饭了，他摇摇头，又摇摇头，坐到石桌一侧的一个大草墩子上。

李芒当然是有事情来的。可是他看着这对父子吃狗肉，竟然暗暗惊讶起来，一时也忘了说他的事情了。

肖万昌和腊子吃起来了。肖万昌将腿、臀部分让给儿子。他专吃蹄子、肋骨和脖根、脑袋。一条很细的脖骨，他横着端起来，像吹口琴一样放在嘴上，咬着、吮着，轻轻移动；骨节处一个个凸起，他像对待不同的音阶一样，不断停顿、停顿，细细地吸、磨，用牙齿揉动，又突然迅速地推开，滑到另一个骨节上；由粗到细地来一遍，再由细到粗地来一遍；有时这条软软的骨头在嘴里滑动，有时是一下一下跳跃；剩下脖根的一块红肉，却丝毫未动，由于整条脖骨的肉都快光了，它就显得特别肥硕诱人了。这时候，也是最后了，它终于被塞进嘴巴里：轻轻地旋转，旋转，拉出来就是光洁的一条净骨了！……狗的脑壳肉被他用两个手指剥光了，露出白圆的骨头。他笑眯眯地把它往石桌上方推一推，然后取过一个早就备好的方铁块儿，"啪"地敲开了。他把开裂的脑骨捧起来，又用三根指头捏住一转，像欣赏一个裂嘴的石榴。他先取一块里面的东西品了一下，然后迎着太阳细细地看着，两眼放出尖尖的、有些骇人的光亮。他立刻把它放到石桌上，用手去抠、去抹、去摇晃震荡，到了他认为可以吃了的时候，他就把嘴对在了上面，接着眼睛也眯了起来。这样低着头约有三四分钟，才将两手伸出来捧住那个光光的骨壳儿，慢慢地仰起、仰起，轻轻地转动他的头颅。最后狗的脑壳放到了石桌上。终于是空空的了。脑壳儿很像一个被取了仁儿的核桃，那些很曲折很细微的沟沟道道由于被取走了核儿而变得光洁起来。他盯了一眼空脑壳儿，拿起酒杯一饮而尽。

李芒看着他吃东西，真是惊讶。他第一次见肖万昌吃一个动物。

肖万昌揩着手，把身子转向李芒。李芒也记起了他要来做些什么，这时就说：

"我是来和你商量个事情的。"

"唔唔。"肖万昌又用心卷他的烟了。

"烟田太忙了，我和小织做不完。小织也不应该做那么多了。腊子和你要到烟田里做活。"

"我的公事太多，这个你知道。腊子过去在电厂里上班，他恋着贩鱼才回来的，你只当着他还在电厂就是了。"

"你的公事多，不过你也别忘了，你还和另一户人家联合承包了一块烟田呢！"

肖万昌点点头："我和我闺女家承包的。"

李芒把腿叉开，一下下磕着烟灰说："你闺女单立门户了。她现在过得也很富裕，用不着给谁去做长工。他们松闲了，只要高兴，大白天还可以躺在沙发上看电视。这个你还不明白么？"

肖万昌看了腊子一眼，像自语般地回答说："明白了。"

十四

荒荒离开了他的土地，他的土地并没有荒芜。冒权被及时掰掉，肥水也上得很足。这片烟苗由瘦小泛黄变为肥胖油绿了。每天的一大早，都有一个人在田里弯腰忙着，露水把他的周身都打湿了。人们都站在田埂上向这方张望，满脸的迷惑……没有人明白这是为什么：荒荒砍了这个人的烟棵，这个人反过来倒要替荒荒做活！

肖万昌扛着锄头来到大柳树下，四下里张望着。当他看到李芒在荒荒的田里做活时，嘴里发出了"咦"的一声。他放下锄头，就到荒荒的地里去了。

这是个很清明的早晨。太阳就要出来了，东方一片橘红。河边上度过了一个水气充盈的夜晚，所有的烟棵上都挂满了晶莹的露珠。露珠上映着早霞的颜色，有的甩进土里，有的甩到种烟人的身上。李芒的眼睫上、眉毛上，都落着露珠。他那么专心地看着烟棵，每个烟叶根部冒出的小杈子，都逃不过他的眼睛。肖万昌就站在烟垄的另一边，李芒却没有留意。肖万昌在一声不吭地端详着他。

李芒的前额上有几道深深的皱纹，两颊却还像十八九岁的小伙子那样放着光泽。他的眼角上，如果仔细些看，也会看出几条皱褶。也许有什么可怕的智谋藏在那双深陷的眼底！这双眼睛总是闪着沉着的、机警的光芒。那几条皱纹表明了他的成熟、老练。他的手，指头长而有力，巴掌是阔大的、结实的；每一个关节都那么灵活、有力量。这双手向烟杈子伸去时，又稳又轻，指顶儿颤也不颤，似乎是慢条斯理地伸了过去，只轻轻地一抹，那肥胖的杈子就折到泥土上去了。他的脚轻易不动一下，除了非迈出不可，它总是坚实地踏在地上。地上留下的脚印又深又大，有一个青蛙跌进去，蹦了两下才跃出来。整个的他都显出一种自信、忍耐、不轻易冲动的和非常执拗的个性。他的沉默使人感觉到他的矜持和傲慢、他的男子汉的庄重和深厚。一个人站在五六米以内来注视他，像被什么看不见的射线击中一般，肉体的某一部分会微微震颤，引起一种无可名状的威慑感……

肖万昌看着他，几乎是在这一瞬间修正完成了原有的设想。他一直在这个归来的大汉（他内心里很少想到这是自己的女婿）身上试探着、寻找着什么东西。他觉得这个大汉归来之后，变得陌生了。很清楚，他不那么容易制服了（实际上他从来也未被真正地制服过）。但肖万昌决不退却，就像老虎生来就是肉食动物一样，他生来就是要制服别人的。他在寻找时机，寻找角度。也许是他自己太犹豫了、太软弱了，他倒越来越感觉到了对方的凌厉的攻势、咄咄逼人的锋芒。他仍在犹豫，仍在彷徨，他曾经彻夜不眠。他表面上却不动声色。他像一头巨兽雄踞在一座山岭上一样，在这片土地上从容而得意地生息了几十年。他微笑着，梳理着一丝不乱的背头，心中却在盘算，是否迎击过去，迅速地咬住对方的咽喉，厮扭到一起？他仍在犹豫，仍在彷徨。他似乎感到那种硬性厮扭有多么危险……这会儿他端详着李芒，一个信念更加坚定了。

他喊了李芒一声。

李芒抬起头来，看了一眼肖万昌，然后舒展了一下身子。他取出大烟斗，见对方亮出一块卷烟纸，就顺手捏过去一撮烟末。

两个人吸着烟。

肖万昌头也不抬地说："芒子！我老在找个机会，跟你好好说些事情……"

引起李芒注意的，只有"芒子"两个字。他仰头看了看肖万昌，发觉"岳父大人"的眼睛那么慈祥。他不言语，长长地吸一口烟。

"我有很多话跟你、跟织子说。说什么呢？直截了当讲吧：说说我们这一大家子人……你可能打断我的话：说这是两家子。不错，两家子，户口本子上这么写着。可是我在心里始终是看成一家子的……"

肖万昌眯了眯眼，顿住了话头。睁大眼睛重新盯着李芒，提高了声音说："这里我要解释一下'始终'两个字——从什么时候'始终'了呢？从你和织子结婚那天起吗？不！那样说是骗人喽。那时候我恨你，恨到骨头。我'左'得厉害，那个时代就是这样！我能不恨你吗？……可是从你和织子打东北回来、特别是联合承包烟田以后，我确实是把你们当成家里人了……"

李芒大约觉得烟的味道很好，微微含笑，轻轻地咂着。

"想想吧，本是一家子人，其中你两个却逃到东北去了！我当然后悔不迭。我的岁数也这么大了，我的老伴早过世了，我盼个安定日子、团圆家庭。老父亲也刚刚过世了。老人家心里也这么想的，所以他才做着主，把我们两家子的地合到一块儿种。如果我有什么薄情的地方，我也对不住老人！我也常常盘算烟田的事情，是盘算卖个好价钱，想法子让它水足肥足。我从来不算计你吃亏我吃亏！我倒是常想：芒子不容易啊！芒子照管这么大一片烟田！有时你的话伤了我（比如你说什么'不做长工'、要开会通知看……），我就想：芒子年轻哩！火气旺哩！芒子做活累得心焦！……我想得心里发热。就是这样！这样！嗯！……"

肖万昌被烟呛住了，大咳起来。他用手捶打胸部，使劲地弓着腰。

李芒收起了烟斗。他蹲在离肖万昌很近的地方，把手捏在下巴上，说：

"你到底是个大度的人。"

肖万昌叹息着摇摇头："唉唉,上了年纪的人了。"

"我没上年纪。我这个人记仇。"

肖万昌脸上的肌肉动了一下。

"我老记着过去的事情。"

"我说过嘛,那个时代!"

李芒摇摇头。他拧起了眉毛,用尖利利的眼睛盯住肖万昌。他突然问:"傻女到底是怎么傻的? 还有蓖麻林里的事,你当时真的一点也不知道吗?"

肖万昌一愣,大声接应:"我怎么知道! 你问到哪里去了?"

李芒用更大的声音说道:"你是支书! 你管辖的这个村里出了家破人亡的事,你有责任!"

肖万昌磨动着牙齿,痛苦地摇着头。

李芒又说:"傻女不能白疯,老寡妇死了也合不上眼! 这个事没有完结,全村人都会记着傻女……傻女还会找到!"

肖万昌一声不吭。

李芒大口呼吸着,又问:"我再问你,废氨水库墙壁上那些血印子是怎么来的? 里面关过多少人? 你一个农村支书有什么权关这些人?"

肖万昌抖着手掌,仍在摇头。

李芒站了起来,用手指着脚下的泥土说:"我还要问你,荒荒和民兵连长哪个该抓? 今天你总该清楚民兵连长了,为什么还要大家白白养着他? 还有集体办那些工副业,承包额为什么那么低？……我早就要寻机会问问你，看看你怎么回答。如果有时间我还会问得更多。"

肖万昌苦笑着，痛苦不堪的样子。

李芒重新蹲下吸他的大烟斗了。他盯着脚下的泥土，自语般地咕哝道："我是个记仇的人。我不光记着那个'时代'，我还记着一些人……"

肖万昌茫然地站起身来，重新咳嗽起来。他四下里张望着，突然惊呼道：

"咦！荒荒……放回来了！"

十五

李芒惊异地站起来。他看到荒荒了！

荒荒顺着一条田埂，跌跌撞撞地走过来。他几乎没有抬头，只顾低头走着。直到走近自己的地边上，他才抬起头来，他一眼就看到了肖万昌和李芒，立刻停住了脚步。这样呆立了足有二三分钟，这才缓缓地走到田里来。

"荒荒！"李芒呼喊着他。

他像是没有听见一样，老远就冲着肖万昌笑起来："嘿嘿，嘿嘿嘿……"他笑着，站到了两个人之间，把手插到了蓬乱的头发里。他有些结巴地叫着："肖、肖书记！李芒、李芒兄弟！嘿嘿嘿……"

"放回来了？"肖万昌问。

荒荒点点头："宽大回来了……"

"年纪轻轻，要务正。今后可要吸取教训，老实守法……嗯？"

"那可是对……荒荒不敢了！"荒荒说。

李芒端详着他，一直没有吱声。这时问了句："他们打你了吧？"

"打？打我？……"荒荒看一眼肖万昌，又看一眼李芒，反复看着，很像摇头。

"打人了么？"肖万昌声音粗粗地问道。

荒荒连连摆手："没有没有！没打没打！主要是'触及灵魂'——这里！"他说着，用手一捅脑壳。

肖万昌满意地看着荒荒，说一声"嗯"，深深地瞥了一眼旁边的李芒，走出了荒荒的烟田……

李芒久久地盯着肖万昌的背影。他发觉这个往日总是挺得很直的后背，今天仿佛是驼下去一些，有什么沉重的东西压在了上面……他把目光转向荒荒。他心中正暗暗惊讶：这个荒荒变得那么规矩！这个荒荒一下子失去了挥镰大汉的雄姿！他点了点头，没有说什么。他绝不相信那个胖子会轻松地让这个人出来。

荒荒说："芒兄弟，你不知道，咱可见了些世面。"

"什么世面？"

"海边所里的人都有小盒子枪……我也要来玩了玩，一扳机子，'啪、啪、啪！'……"

这真是谎话。李芒老想笑。

"还有'电棍'。朝你一指，你就倒！朝什么一指，什么都倒！……"

"朝大烟囱一指，它也倒么？"李芒插了一句。

"也会倒。"荒荒坚定不移地说道。

李芒苦笑着，低下了头，停了一瞬，他突然抬起头说：

"荒荒！做人得讲点骨气，得给咱庄里人长脸。你哩？我听人讲，那些人揍你，你给人家磕了头！……"

荒荒的大眼虎生生地瞪圆了，大叫着："胡扯！他们揍我，我给了他们一脚！那么多人揪我的头发，打耳光子，我没吭一声！哼！……"

李芒想：到底说实话了。他轻轻捋了一下荒荒的裤管，看到一条条血印子从大腿处爬下来……他的手颤抖了。荒荒想挣脱他，但后来索性蹲下来。他对李芒小声说："这都是外伤。内伤你看得见？我全身的骨头都疼……你可不要告诉肖书记！民兵连长好几次去所里，说是想我了，去看看我，一凑近了就用烟头触我的皮肉！……嗬咦，你千万莫跟别人说：他们告诉我，外人知道了打人的事，就再抓我进去！千万莫说啊！你知道了，那可是你自己用手扒拉裤子看见的……"

李芒沉默了。他装了又满又实的一锅烟末，慢慢地吸着。

这时候荒荒突然发现了地上掰掉的烟冒杈，立刻用警惕的眼睛盯着李芒。

"你，你在我烟田里做活么？这可是我的烟田！"

李芒点点头。

"可我还回来啊！我回来了！"

荒荒大声喊着，跺着脚。李芒一愣，接着说："还能让烟田荒了吗？我是闲着没事来替你做做。你回来，就接着做吧……"

荒荒的身子摇晃了一下，呆呆地站在了那儿……

李芒又要说什么，突然发现有一个老头儿背着一大卷东西站在田埂上向这边张望。老人也许刚刚看清了李芒，就走了过来。李芒赶忙站了起来。

老人走近了，李芒看出是老獾头。

"有什么事吗，老伯？"李芒上前扶了老人一下。

老獾头一动不动地直眼看着李芒，使劲地抿着满是深皱的嘴角……这样看了一会儿，老人长叹一声说："唉唉，唉！老天不长眼哪！肖支书不开恩，我那个小子最后还是出去了。才干了几天，就不小心砍伤了脚。走时我嘱咐他：不要挂家不要挂家。他不听，干着活也走神……唉唉，我去看看他，送些干粮。芒子啊，得到这信的时候，也正好挨到我浇地了。我跟管机器的讲好了，我回来就交柴油。我求你跟肖书记讲讲，批个柴油条子给我……"

李芒点着头："你放心吧老伯！我替你交柴油！"

"好孩子啊！心软的孩子……"老獾头擦着鼻子，又转向一旁的荒荒说，"芒子肯帮忙了！唉唉，庄稼人哪里弄柴油去……我得去跟我儿子说：你做活要专心，家里有芒子帮忙哩！"

老獾头擦着鼻子，再三感谢，往大路上走去了。

荒荒一直在原地呆站着。

李芒指指他掰着的杈子说："荒荒，你回来了，你就接着做吧！我要回自己的烟田去了，你有事情，就喊我好了。"

"芒兄弟……"

"有事么？"

"芒兄弟……"

李芒不解地望着他。

荒荒上前半步，嗫嚅说："你这个人……不是'驸马'！"

李芒心中立刻涌起一股滚烫的热流，但他没有做声。他只是低着头，默默地走出了荒荒的土地。

小织在老柳树下歇息着等他。

老柳树下，落了那么多的干枯枝条。它已经毫无生气，一树叶片，都开始枯黄了。枝丫一条条皱着皮肤，没有绿气了，没有活动的力量了，只是垂着。风从树上吹过，老柳树并不搭言，像一个老人甘于寂寞地蹲在屋角上，打发着并不多了的时光。有一只小麻雀落在树丫上，开始吵叫着、蹦跳着，后来便悄悄飞开了，连头也不回。螳螂从高高的树桩上爬下来，有些灰溜溜的样子；它在干硬的泥土上徘徊了一会儿，便昂首阔步地向绿野里奔去了……

"李芒，我老远就听到了你和爸爸大声说什么。我听不清，又怕你两个打起来……"小织有些焦急地对走来的李芒说。

"打不起来。"李芒用手收拢一些干树条子坐了，轻松地说："他哪是对手。他自己清清楚楚，他才不愿打架呢。十几年前就不是这样了，那时候他的筋骨还硬，你得远远躲着……"

小织难过地垂下头来说:"李芒,我知道他不是很好的人。可我想他这么大年纪了,你说话的口气还是让我难过。我真有点不知怎么才好了……就该这样下去吗?我真不知道……"

"你去看看荒荒腿上的伤就知道了!你去听听老獾头哀求什么吧!听听看看你就知道了。他这么大年纪了,可是牙上还有尖尖,还会撕咬人!你看看荒荒的腿!……有时我就想,他怎么会这个样儿?他从什么时候变成了这个样儿?想来想去也想不通。再想一想,也就更复杂了,什么我都说不清了!……"

李芒沉思着,发出一阵阵的叹息。

小织抬头远望着,看着荒荒弓着腰在他田里做活了。她看到的是一个蓬头垢面的荒荒、一个一瘸一拐的身影。她"啧啧"了两声,也叹起气来。

李芒说:"马上和肖万昌分开,这已经是不能犹豫的事情了。前天我看到他和小腊子吃狗肉,心里就是这样想的。咱们一丝一毫也不能有什么别的指望,人哪能靠忍耐过日子,我看他吃狗肉时就是这么想的。"

"他吃狗肉又怎么了?"小织有些不解地问。

"我也说不出怎样。反正我当时看着,就这样想了。我觉得这是一个又馋又贪、有大心计的人。跟他相处不能分一点心,不能不警觉,更不能软骨头,你要是往后退,他会一丝一丝往上顶,像滑过来一样,没声没响地就逼到你跟前来了,又快又猛地突然就伸出手来,直冲着你的喉咙!那时候你再想办法挣脱吧，你会觉得给什么缠住了身子，滚动也不行，呼叫也不行，求饶也不行，什么都晚了……他的经验也真多，还都是结结实实的，所以他没有失败过。我暗地里做过一个总结。我跟他交手刚开始的时候，就是十几年前那会儿，我好比被困在一个有野物的大山里了。我又要对付他，又要对付狼虫虎豹，他们全是一伙儿。后来他把一条条长腿爪儿（就像海蜇生那东西！）伸出来缚住了我的身子，我就拼命挣脱，到底没等被消化完就逃开了……后来我们从东北回来了，不知不觉他的长腿爪儿又缚到我们身上了。可是今天我们是在平地上了，没有那么多狼虫虎豹了；这也容易松劲儿，失了警惕性儿。你知道那长腿爪儿里会分泌出一种液汁来，无声无响地把你给麻醉了，你就再也逃不掉！你就得活活被消化了！……现在，这长腿爪儿还搭在我们身上，已经开始分泌液汁了。我的总结就是这样。我们怎样逃到南山？怎样逃到东北？怎样跟他联合的？我从头至尾地想了一遍。我想这不该忘记，这应该来一个总结。从老寡妇到袁光、到荒荒、再到老獾头、到你我……这要好好去想，反反复复地想，想得再苦也要去想，去总结。要咬紧牙关，挺着，站稳，保住那么一股劲儿，一步也不往后退！……"

李芒说得很慢、很沉着。但他的声音却是极有力量。小织不眨眼地看着她的芒，脸色一会儿红，一会儿又苍白起来。她的嘴角有些颤抖了，一双小手掌激动地在身上抹着。她抬头望着远方，她的眼睛迷蒙了……

十六

石头的美丽，并没有多少人像他和她感觉那么深刻。

白石头、绿石头、红石头、花石头……五色斑斓，绚丽迷人。真不知道这一架架的大山上，还生出了这么新奇的东西！李芒和小织把它们背回了村子里，放在了他们那个无比温暖的、闹鬼的屋子里。他们堆积着希望，堆积得实在太多，就和村里人一起，将它们碾成了各种各样的小块块。

村里人看着这些彩色的小石块儿就笑。他们不信会有谁买这种东西，虽然它们着实好看。但他们喜欢这两个年轻的副业师傅，也信服他们。

李芒把各种石子装在小布袋里，作为样品，带上去县城碰运气了。临离开山村的时候，小织和山民们在村口上给他送别，看着他慢慢走远了，消失在山坳里……李芒心里兴奋得很，也不安得很。他真高兴啊，这种石头或许会改变山里人的命运、改变他和小织的命运呢！他最担心的是根本就没有人要这种石头，白白欢喜一场——那样，他只好和小织重新去流浪了；他还担心小织一个人会害怕，那毕竟是个闹鬼的屋子啊！……

到了城里，他宿在马车店里。亮天后，他跑了几个建筑工地，都见到了这种石头，有的散放着，有的装在包里。李芒可高兴了！他想有人要这种石头是确定无疑的了，剩下的问题就是赶紧找到买主……他问了那么多人，最后有人笑吟吟地买了他一小袋，说是拿回去商量一下，让他等候消息。

他在马车店里忐忑不安地睡了一夜，第二天赶紧去听消息。结果是对方提出买几百吨！价钱怎么样？他不知道。他去问了一下工地上的人，才知道价钱也不错。他问那人是什么单位？人家告诉他是"龙口玻璃厂"，买这种石头用来造高级酒杯！……李芒兴冲冲地往回返了。

从此，山民们从田里回来，就忙着碾石头了。李芒还是到各处去推销。碾的白石头、绿石头、红石头，堆成了一个个彩色的小山。早晨，露水把这些小山染洗得多么鲜亮！呵，多漂亮啊，多迷人啊。李芒用白粉子在石碾屋的外墙上写了：石粉厂。

山民们终于有了点钱。村子里也终于有人站出来批判这是"资本主义"。但钱是好东西，刚刚有一点，大家还没有喜欢够，就不理睬是什么主义，继续让石碾子撒欢……大家也感激两个师傅，给他们白馍馍吃，给他们送去辣椒、松蘑菇、鲜黄花菜等等。他们实在不敢收下这些东西！他们感激山民们还来不及呢——山民们给了他们这样温暖的一个小窝儿。

他们幸福极了。结合的幸福，创造的幸福，助人的幸福，全汇聚在一起了。他们几乎被这种巨大的幸福给压倒了，啊啊，幸福一下子来得也太多了……小织对李芒说："李芒，啊，李芒！我们一辈子就住在这个闹鬼的屋子里吧！我们还要什么？什么都有了，啊！李芒！你说话啊李芒！……"李芒点点头，但目光只望着一个方向出神。小织推了推他，他才转过脸来……他嘴唇颤抖着："小织！我在想我这个人太坏、太卑劣，我多么爱你，像你爱我一样！可我有时候倒生出这样的念头：和你结婚是对肖万昌的报复！这念头多么可恶……"小织怔怔地望着李芒，接着眼里流下了两行泪水。她哭着，没有一点声息，停了一会儿，又谅解地握住了李芒的手……李芒沉默着，又接着喃喃地说："我真想玉德爷爷啊，想他们，也想芦青河……"说到玉德爷爷，两个人再不做声了。

这个夜晚，屋子里第一次闹起鬼来：锁着的那个房门响起来，锁扣儿咔嚓嚓地响！两个人不由得想起了多少年前吊死在里面的那个人，害怕了，头发也像要竖起来。他们不由得偎在了一起，紧紧靠着炕角的墙壁……时钟嗒嗒走着，门扣儿咔嚓嚓响。正是夜半，风刮着窗纸，破了的窗洞上，泻进黄色的、冰凉的月光。他们偎着，偎着，出了一身汗水。就这样停了一会儿，李芒突然跳下炕去，不顾小织的阻拦，用一根铁棍撬开了那个房门！他们用灯照亮了这间屋子，满是乱草、废弃不用的农具等。李芒用铁棍打着，用力挥舞，像个武士一般，大声呼喊着。终于有几个野物（山猫等）跳腾起来，从窗洞上蹿了出去。这就是闹了多少年的那个鬼了！两个人舒了一口气，相视而笑了……

有一天李芒从县城回来，脸色就沉下来，一直不愿说话。小织叫着，摇晃着他的肩膀，他也不回答……他就这样坐在那儿，夜深了也不想睡觉。小织说："李芒！有什么事情你瞒了我！你听到什么了吗？你遇到熟人了吗？"李芒低着头，沉吟道："我好像遇见了傻女……"

"真的？！"小织欢叫出来。

"在一个小河汊上，她披头散发，用手捞青苔……我喊了她一声，她肩膀一抖，爬起来就跑。我看那身影很像。我追呀追呀，她绕着山根跑，一会儿就没了影儿。我在心里祷告：傻女活着，傻女还会回来……”

小织用手捧住了脸，抽泣起来。

“你还想着袁光吗？”

“袁光又怎么了？”小织几乎要跳起来了。

“他自杀了……跳了芦青河……”

小织摇着李芒的手：“袁光？！……”

李芒点点头。

小织“啊”了一声，一下子跌坐在了炕上……李芒讲述着，声音十分低缓，而且常常要莫名其妙地中断下来。

……袁光读初中的时候，就是全班的“老头儿”。他快要三十岁了，可还没有媳妇。没有谁会嫁给一个“反革命”的儿子。袁光负责给全村的厕所掏粪，但他放下粪勺的时候，总是用香皂把身上洗干净，换上唯一的一件没有补丁的衣服。有一次，一个媒人从袁光家里出来，正碰上一个村干部，他对媒人说：“贫农的孩子还没全娶上媳妇哩，你穷忙活什么！……”后来就没有一个媒人到袁光家了。袁光见了本村姑娘投来的新奇的、怜悯的目光，就有些畏缩地转过脸去。后来他就总是穿着那件又臭又破、沾了不少粪汁的衣服了，拖拖拉拉地在街上走着。他的姐姐每逢这时候就喊他回家。他回家后，她就关严了院门，伏在炕沿上尽情地哭一场……

姐姐三十多岁了还没有出嫁。她细高身材，洁白的皮肤，一双美丽的、抑郁的眼睛，很清高的样子。她虽然比袁光大不了几岁，可她觉得对袁光负有母亲般的责任……村支书的一个侄子刚刚十八九岁，竟然趁在场院看电影的机会，对她小声咕哝了一句令人惊愕的下流话。第二天就有人替支书侄子提媒来了，说："跟了吧！跟了吧！他又不嫌你大，不嫌你这样那样……他叔又是支书……"媒人走了，她冷静地理了一下鬓角的头发，一动不动地盯着窗外的一片浮云。

几天之后，姐姐突然对袁光说："我要去找南村的'三叉'了！"

"三叉"是一个四十多岁的男人，腰有毛病，小时候玩雷管只剩下了三根手指，就落下了"三叉"这个外号。他娶不上媳妇，他父母几年前就说要为儿子"换亲"：谁家有闺女给"三叉"，就把"三叉"的妹妹给那家做媳妇。一年前他们曾来袁光家提过换亲的事，被袁光斥退了……这会儿袁光盯着姐姐的眼睛，知道她是下了决心了。他知道怎么也拗不过姐姐，不过他还是发誓：宁可死去，也不让姐姐跟"三叉"！

姐姐没说什么。她把家里的瓷碗一个一个擦得锃亮，又洗过了所有的衣服被子，把碎布片和破棉絮小心地捆好……一切做过之后，她就失踪了。袁光跟治保会请了假，然后就四处寻找。找到"三叉"的家里，"三叉"两手按着腰出来说："没有没有，不信你来家里看！"果然里边没有姐姐，但袁光却看到了一个长着一对杏眼的姑娘，正赤着脚站在灶间里捣蒜，见到袁光时走了神，一撮蒜泥从石臼里溅出来……

五天之后，姐姐突然出现在家里。她像所有出了嫁的姑娘一样，拐肘上挂了个红包袱。她说："我早是'三叉'的人了。那天是'三叉'把我藏起来了，我让他这么做的……"袁光磨动着牙齿，没有说话，这样停了有五六分钟，他突然向着姐姐跪倒了。姐姐说："准备你的终身大事吧！原先跟'三叉'家讲好的，什么时候喊，她什么时候来……"

袁光要积点钱结婚了。家里有一头母猪，可当时母猪不准随便宰杀或买卖。焦急之下，袁光就在一个夜晚，偷偷地把它杀掉了。可他没法儿让猪一声不叫，它的一声尖叫惊动了民兵，接着他就被喊到大队部了。身背一串子弹袋子、手里握一把上了油的刺刀的支书侄子围着他转着，不时鼻子里发出一声："哼！"……支书来了，粗着嗓子说："这不是阶级敌人破坏'大养其猪'又是什么！"几个人合计了一下，当即决定：批斗！批斗之后让他披上亲手剥下的那张母猪皮，到"三叉"那个村游街去，要自己敲锣！支书宣布完了决定又瞥侄子一眼，盯在袁光脸上说："不识抬举的东西！"

袁光不同意到"三叉"村里游街——他怕那个捣蒜的姑娘看见，更怕姐姐见了心碎啊！他苦苦地哀求，最后都跪了下来："让我到别处游吧，游一年也行，只是不到那个村……"支书冷笑着："单让你去那个村游！"……袁光不再做声。他闭了一会儿眼睛，然后站起来，站得笔直，一字一字说："好吧，我，去游！"……

他去游了，游了整整一天，喊哑了嗓子……回来时，他没有再进自己的家门，而是迎着血红的晚霞走向田野，走向了他的芦青河！……

李芒讲完了，抬起头看着小织。他发现小织的泪水已经不流了。他愤恨地望向窗外，紧紧地咬着嘴唇。"又一个人，给推到了那条冻土沟里！"李芒自语道。

"袁光，我总以为回家的时候还要一起玩、一起唱歌……我们那天晚上送他时你还记得吗？……"小织像对着窗外的什么人说话一样，并没有回头……

这个夜晚，起了大风。风声吹得人心里发慌，他们怎么也无法睡去……风慢慢怒吼起来。

风怒吼着。李芒轻手轻脚地穿好衣服。他把一个什么东西掖进了腰里，就小心地出了屋门……遍地月光，风妄图把地上的月光掠起来。他四下里张望着，出了街巷，一个人往北走去。风真大啊，简直就不像秋风，寒冷直扎到他的心里去。他咬着牙关往前走去，尽量不让身子打战。他听到了什么波涛声，低头一看，脚下就是芦青河堤。他来到家乡的小平原了，他顺着河堤奔跑起来，当见到小木桥的时候，就小心翼翼地踩了上去……

他摸到了自己的村边上。他的第一个想法就是看看傻女回来了没有——他想她也会像他这样，趁一个夜晚回家来吧！他寻找着，终于又看到熟悉的街巷，找到了那个老屋。大概是看过了大山吧，这个房门看起来这么矮小！他低着头进了屋子，四下里看着：炕上只有一半破草席子，空空的，什么也没有。他有些失望地要走出门去。突然发现门后边藏着一个人，正用力地侧着身子站在那儿，这时候狞笑起来，缓缓地转过身来：民兵连长！"嘻嘻，我就是在等你……好哇！"说着，他从身后亮出一支枪来。李芒全身的怒火都燃烧起来，奋力一脚踢掉了他的枪，顺手又给了他脸上狠狠的一拳！民兵连长被击倒在地上，恐怖地看着李芒；突然，他又笑了。李芒正有些迷惑，民兵连长就地滚了一下，往巷口上跑去……李芒追赶着，拼力追上去。就要赶上了的时候，巷口上蹿出一个人来，挡住了李芒！

这个人又粗又高，轻轻地咳嗽着。李芒揉了揉眼睛，认出是肖万昌！肖万昌嗓音压得很低说：

"回来了么？"

"回来了。"

"嗯。"肖万昌背着手，慢慢凑近了。

李芒逼视着他问："傻女哪去了？袁光怎么死的？"

"傻女不知哪去了，袁光？我不认识这个人。"

"哼！肖万昌，我今天就是跟你讨还这两个人的！你必须打开那个废氨水库让我看看！……"

肖万昌"哼哼"地笑着，转到了李芒的背后。突然他将手指摸到了李芒的咽喉上，用力一勒！一阵火辣辣的疼痛，一阵窒息！李芒挣脱着，然后反手扭住他肥胖的身子。两个身子缠到一起，在地上滚动着。李芒感到肖万昌的手指老要抠进他的肋骨里，这手指像钢钩一般有力。他的坚韧的皮肤终于被抠破，这手指又抠向肋骨间的肌肉。李芒几次要昏迷过去，但他硬挺着、硬挺着。好不容易才翻到肖万昌的身子上边，可那两根手指还扎在他的肌肉里，鲜血流进地上的沙土里，沙土变为稀泥巴，他忍着疼举起拳头，狠狠击在肖万昌的太阳穴上！拳头立刻疼得像要裂开，原来肖万昌在太阳穴和脑门上包了一层铜皮！肖万昌冷笑起来，用膝去顶他的肚子。这提醒了李芒！他立刻左右开弓挥起老拳，照着对方的肚子、肋骨、两腿，频频击去。肖万昌滚动、躲闪，不愧有些招数。但最后还是大口喘息了。他滚到墙根，两手插进了衣服里。李芒警觉地站住了，他清楚地看到了肖万昌的两眼突然间放出了两道杀气！正在他犹豫的时候，肖万昌已经亮出了刀子，并且马上就往前逼近了。李芒又看见了那条又深又窄的冻土沟了，不过他并没有颤抖，而是敏捷地跳了过去，肖万昌的刀子在他脖子的咽喉处缠绕，已经擦破了皮。李芒猛然间记起了什么，从自己的腰里抽出了远行防身的一截铁棍：铁棍横着飞舞，打飞了刀子，打在了肖万昌的头上！他连连呐喊，锐不可当，愤怒四溅，想着袁光的眼睛，盯着肖万昌这双阴险的眼睛，最后狠狠地一棍！肖万昌倒下了，脑袋碎了，眼睛翻着死去了！……李芒扔了铁棍，惊呼着：

"小织，我杀死了肖万昌！我杀死了你爸爸！……"

"小织，我杀人了啊……"

"小织，你在哪里啊……"

"小织！小织！小织……"

他呼喊着，终于有人回应了：

"李芒！我在这里！你怎么了？你怎么了？你做梦了吗？"是他的小织的声音。他同时也突然明白过来，他是做了一个噩梦。他有些丧气地坐了起来，两手抱住了膝盖。过了好长时间，他才喃喃地说："小织，我梦见杀死了你爸爸！"

……

噩梦是不祥的。一天的下午，小织在街口上发现了一个收酒瓶子的人，很面熟。那个人穿了一件雨衣，脸被帽子遮去大半，老是远远地注视小织。小织终于认出那个人是民兵连长身边的一个民兵！她的胸口扑扑地跳起来，立即跑去找李芒……李芒明白这里是再也住不下去了。必须马上逃开！他对小织说："走！今晚就走！"

李芒去找了他的朋友，又跟村里人交代了石粉厂的事情，暗示了他可能要出趟远门。他跟小织一边收拾东西一边盘算到哪里去。后来他想到好多人都到东北当"盲流"去了，于是一咬牙关，决定就到东北去！……小织收拾着东西，泪水怎么也忍不住。她想，她今生也不会忘掉山民们，忘不掉这个给了他们希望的小山村，更忘不掉这个闹鬼的屋子！……再见了！南山！再见了！闹鬼的小屋！

他们离家、离芦青河越来越远了！

十七

东北是一片辽阔、宽容的土地。李芒和小织在这里遇到那么多从家乡逃出来的汉子。他们之中，有的做了挖煤的，有的钻进深林里伐木，有的跟当地人一起种参。"盲流"之多，说明了苦难之多。人们从不同的方向汇聚到这块陌生的大地上寻找生存的希望来了。这里也并非就没有苦难，只是旷阔的疆域很快就将它溶解、稀释罢了。人们在这生疏的、粗犷的、无比辽远又无比野性的山岭和丛林、荒地间，奋力开拓着新的生活。这里也有最著名的城市，像哈尔滨、长春、齐齐哈尔、吉林等等，大半不是"盲流"们流连的地方。他们的好运气不在这里。他们从龙口、烟台等水路而来，或沿铁路走一个弧线，然后直插北疆。旅顺白玉山上的高塔，市内的中苏友好纪念铜塔；哈尔滨的松花江，美丽的太阳岛、长春宽阔的斯大林大街……他们往往来不及瞥一眼，就匆匆上路了。他们和一部分当地人一起去翻黑土地，撬岩石块，甚至将腿上缠裹了皮条子去挖参娃。能使用的工具都使用过了，或长或短，或轻或重，用它来敲击那扇幸福之门……

李芒和小织倒是吃尽了苦头。李芒在鹤岗煤矿挖过煤，一次冒顶把他赶离了这个行当。后来他又试着刷线布、种植向日葵、亚麻和甜菜，试着采松子、猎貂獭。他先后到过五大连池，到过张广才岭和老爷岭……一场大病差点儿使他没有走出老爷岭。小织哀求他说："李芒！我们往南走吧……"她只知道他们的家乡在南边。李芒听从了她的劝告，到了吉林，到了通化，到了长白山。最后，李芒在一个叫"露水河林场"的附近，跟一位关东老大爷学种黄烟了。

关东老大爷叫"莫合"，李芒永远也无法搞明白这名字的含义，问他为什么叫"莫合"？他吸着一个大黑烟斗说："就是'莫合'嘛！"……莫合老爷爷种了一辈子烟，有无数的绝技。他用小刀子可以割出比别人多两片的顶叶烟；他的烟田绝少出现黄叶病和烂秸病；无论什么时候看他的烟稞，都是齐齐的一般高。特别令人羡慕的，是他能在烟田种出各种味道的烟叶：酒味儿、糖味儿、果子味儿的……

李芒和小织像服侍亲爷爷一样服侍他，他也把身上的本事全拿出来……夜晚，李芒就和小织读书。他们找来各种各样的书来读，有时一直读到拂晓。这种生活充实而安定，他们又感到幸福从闹鬼的屋子跑到这边的大山里了。有时小织对李芒说："我们还缺什么？什么也不缺了……李芒，你不觉得幸福吗？……"

李芒找来一叠子纸，没事的时候就写起来。他对小织说："我在南山的时候跟你说什么了来？我说我要写一本书！现在，我就试着写那书了……我要写傻女，写袁光……"

小织说："袁光不在了。傻女也不知道怎么样了……"

"她会活着。我总想有一天她会回到芦青河边上……从那一回遇到捞青苔的姑娘以后，我老要做傻女回来的梦。我出门的时候从来没有忘记打听傻女。我还记得老寡妇在大翻工地上用手摸我脸的情景，我一想起来就忍不住要流泪。老人的话没人信了，大伙儿都说她是疯了。她大概是把傻女的事情托付给我了。我一定找到傻女！我一定弄清蓖麻林里发生了什么事！就是傻女不在了，我也不会泄气。千年的枯树还会发芽呢，是谁逼疯了两个人？说不定突然就有什么兆头生出来，让人一清二白了呢！……"

李芒说这些的时候，小织定神地望着他。她在心里说：啊啊！这就是男人哪！这就是丈夫哪！我的男人，我的丈夫！……

李芒跟莫合爷爷学种烟，也学会了吸烟。老爷爷吸烟的技术才叫高呢，他能将烟品出几十种味儿来，底叶、中叶、顶叶儿，他一吸就知道；就是同一片叶子，叶尖和叶根、叶边和叶梗的味道他也分得出来。他还能将烟秸上的一截儿烟骨（烟骨的味道是极香的，可惜没劲道！）配上几片顶烟，做成又香又醇的"混子烟"；能将底烟、顶烟、辣嘴的蛤蟆烟按比例配好，做成奇怪滋味的"大全烟"；马粪施肥的烟、豆饼施肥的烟、草木灰施肥的烟以及施了化肥、人粪、芝麻饼、棉籽、死猫烂狗、兔羊粪的，都要分开放，以免"混味儿"。李芒和小织常要暗暗发笑：那是多么细微的分类！那能有不同的味儿吗？想是这样想，但他们总是极其尊重莫合爷爷的意见和经验，其中包括一些明显的谬误和纯属个人怪癖的东西……

这样不知不觉中时光在飞快流逝。李芒写成了一大本子东西，小织看了，觉得十分失望：他完全没有写东西的才华，尽管他已经读了那么多书。李芒也看着不顺眼起来，后来干脆一个人偷偷把它烧成了一块灰，埋到了喂草木灰的烟棵下。

中秋的时候，陆续收烟了。他们将烟叶割上一截儿烟骨，用绳子编成一排一排（这叫"烟吊儿"），挂到木架子上晒干、过露水。被露水洗过几场的烟叶又黄又红，味道也醇厚了……这时候的活儿特别忙，常常要挑灯割烟、上烟吊儿。三个人就在烟田里坐着干活儿，头顶上是一片星星。莫合爷爷讲着老山里的故事，讲着长白山上的天池，天池里爬出的水妖……露水简直就像一场小雨，半夜活儿做下来，衣服几乎能拧出水来！……

烟叶收完时，李芒要去吉林。在路上，他遇到了一个芦青河边上的老乡。一路下来，李芒才知道他的家乡有很多变化。开始包田了，日子可以过得很红火……这勾起了他的乡思。他回来后，怎么也睡不着了。他在想救了他一条性命的玉德爷爷，想那片土地，想海滩平原上的熟人了！被日常生活暂时淹没了的乡思像喷泉一样喷发着，又像烈焰一样燎着他的胸扉！他当晚就决定：回老家去！他先一个人回老家去看一看！……

李芒一个人回到芦青河边的村子里了。村里人像看到了一位天外来客一样，惊奇得了不得。玉德爷爷像怕他重新跑掉一样，紧紧握住他的胳膊，老泪不停地流着，接着又号啕大哭起来。他说："我的孩子啊！你可回来了！可回来了……我想小织子、想你啊，我这几年老要做你俩的梦……"肖万昌见到李芒似乎并不惊奇，他的第一句话就是：

"你把我闺女给弄到哪儿去了？"……

玉德爷爷让李芒快些领小织子回来，说再要不回来，他想孙女也想死了。肖万昌说："回来看看可以，住下来不走可不行。我没有这样的女婿！再说，他和小织的户口也销掉了，上边有规定，回来的'盲流'一律不给落户……"玉德爷爷一听急了，跺着脚说："你这心比石头还硬！生米做成了熟饭，再说又这么多年了，你还不要他们！"肖万昌说："就是我要他们，也落不下户！"

玉德爷爷还要说什么，李芒对他说："爷爷，我不是回来给谁做女婿来的，我是回自己的老家来的。我马上回去搬小织，来看您老人家，然后就侍候着您，不走了！……"

玉德爷爷感动得不知如何是好。他伸手拍打着李芒，嘴里咕哝着："孩子啊，落叶归根，吵架归吵架，还是一家子人，还是得回家，啊？……"

李芒回东北的前一天，玉德爷爷又求儿子，让两个孩子回来落户，肖万昌还是不依。玉德爷爷骂着："冤家，还要我给你下跪吗？"说着，"扑嗵"一声给儿子肖万昌跪倒了……肖万昌惊慌地扶起老人，一声也不吭了……

李芒返回东北了。他要和小织回到芦青河边了！

怎么跟莫合爷爷告别呢？怎么和这个搭在林中空地上的茅草屋告别呢？怎么和这个亲手绑扎起来的烟架子告别呢？

人生活在这个世界上，就得忍受着一次又一次的告别，就得经历那最终的告别……

莫合爷爷不言不语地和两个年轻人分手了。他们临走给老人蒸了一大锅面饼，洗净了他所有的衣服鞋袜。老人送给他们的，就是那个大黑烟斗……

他们回到老家，很快就分到了一块土地。不久，他们就种出了方圆几十里最棒的烟田。玉德爷爷再也不愿离开他们了，成天在田里帮他们打冒杈、整烟地垄子。

一天晚上，老人突然提出说："万昌的地和这块界临，怎么不合起来种烟呢？一家人还分来分去吗？"

李芒坚决地摇头说："不！爷爷，不能合！"

"什么不能！你知道为合这地，我跟儿子费了多少口舌。'家不和，外人欺'，孩子，一家子做片大烟田多美气！我从年轻时就盼着自家有这么大的一片地啊……"老人说得很严厉，也很动感情。

李芒还是摇着头。他有多少话要跟老人说啊。但他相信什么都说不清楚。他只是预感到跟肖万昌的真正合作是不可能的，也是没有前途的……他摇着头。

老爷爷火了！他骂着："小冤家！还得我给你两个跪下吗？你和万昌还能再吵么？一家子人还能再分开么？……"老人气得全身都颤抖了。小织赶紧扶住了他，说："爷爷！爷爷决定吧，我们都听爷爷的！"……

十八

小织几乎一夜未眠。李芒在大柳树下的那一番话，几乎使她不安了一天。夜里，她恍恍惚惚的，一会儿在海滩的那片小草原上，一会儿又在南山；一会儿在闹鬼的屋子里，一会儿又在满是血迹的废氨水库里。她一闭上眼睛，就好像看到荒荒在抢一把镰刀，莫合爷爷捏着他的大烟斗，傻女一把一把揪着自己的头发，老獾头在儿子身旁跪着包脚；好像看到了五彩颜色的石子，五大连池，甜菜地，老爷岭；看到山民们喜悦的脸色，那个收酒瓶子的人，肖万昌和民兵连长相互接火抽烟……她好不容易才睡过去，又忽然听到袁光的姐姐在窗外喊她：

"小织！小织！……"

"啊，我们在这里！在这里！袁光，袁光！……"

小织猛然从炕上爬起来，就要奔下去开门。李芒拦住了她说："怎么了小织？你怎么了？"

"袁光和姐姐一块儿来了，就站在窗外，你快给他们去开门啊！原来袁光没有死，他是和姐姐一块儿逃走了啊……袁光！……"

小织呼叫着。李芒费力地解释她这是幻觉，她才安静下来……这时候天已拂晓，李芒穿好了衣服说：

"我要替老獾头交柴油去，原来讲好了的。"

小织说："替他多交一些，交两次的油吧，好吗？"

李芒正要走出门去，这时听了她的话，就站住了脚步。他久久地、深情地望着她……

霞光映红了窗子时，李芒从外面回来了。他带回了一张报纸，递给小织说："你看看第二版上，有新闻！……"

小织接过来一看，原来是肖万昌上报了！这是一个记者在专业户代表会上的采访，上面还配有一幅大照片：肖万昌正微笑着站在麦克风前讲话。文章说肖万昌是发家致富的带头人，是海滩小平原上新时期的先进人物，是新生产力的代表者。文章中还举出一系列数字，说他第一个成为黄烟专业户，第一个与人联合承包；尔后，收入多少现金，带动了多少人做了专业户，多少人有了电视机、录音机、洗衣机等……

李芒说："他哪次运动都上报纸广播，如今又赶了这个浪头！因为他踩在别人的头顶上，所以从远处看，第一眼看到的就是他。他反过来，又正好可以用这张报去吓唬老百姓，使他更能舒舒服服地踩下去。这个事实有多么残酷！"

小织看着报纸上的父亲笑微微的样子说："明明是我们先种了黄烟的，可他……"

"就是这种倒霉的联合使他钻了空子！小织，想想吧，咱是嫉恨他出名吗？是嫌自己风头出小了吗？当然不是！我们难过的是被他逼得到处流浪（还有更多的人被他这样的人逼迫、践踏！），在流浪中学了一点点本事，一点手艺，倒被他反过来给利用了！他利用这个欺骗人！只要有他当道，村里人就别想真富起来，他应该受罚，可他没有！他继续作威作福。咱跟他的这种联合，真是耻辱！真是犯罪！"

李芒的脸涨得赤红，直眼盯着小织。

小织一丝丝地把那张报纸折好，放到桌子上。她伸手到他的衣兜里取出那个大烟斗，装满了烟，塞到他的手上……她低声地、像是规劝而不像埋怨："李芒！看看你自己吧，看看你这个爱发火的样子……"

李芒吸着烟，长长地叹了一口气说："日子过久了，都是这么一年年过下来的，慢慢就迟钝了。世上的人差不多都习惯于跟坏东西平安相处。就这么忍耐着啊，忍耐着，一天天地挨。小织，你看看，咱不是这么一天天的挨吗？挨也苦，不挨也苦，犹豫来犹豫去的……还记得那条又深又窄的冻土沟么！远远地躲着它，就是躲不开。它藏在黑影里，出现在你眼前，逼着你往里走。最好的办法是把那条沟填成平地、铺成路……肖万昌这样的人，说到底是村里的灾星。可有人还把他们当成这里的顶梁柱！只要有他们，河边人的日子就没有奔头！……"

小织说："从爷爷过世后，我的心就没有安下来过。我想得和你一样苦啊，李芒！我知道：再要不分开，你也把自己折磨出病来了……你的每一句话我都记住了，我都在想。这几天，我又常常想起袁光。有时候半夜里，你睡去了，我一个人坐起来看……我想咱家里该有一个客人，该有袁光。他死得真惨。他在河边上来回走动的时候会想些什么？……"

"他一定是想到这个世界上一点让人恋的地方也没有了。"李芒握着大烟斗，又在屋子中间走动起来，"他还那么年轻，人活在世上能受到的屈辱差不多他都受到了。瞻前顾后，他可能想不出路来。他死得一定很痛苦，他本来会游泳……"

"他是不是缚了什么东西，缚住了自己的脚跳进去的？"小织惊讶地叫起来。

"很可能是。你知道他的水性多好。"李芒在桌前坐下来，随手翻动了一下那本诗集，"'用小树叶遮住眼睛，然后，不发一言'……我在莫合爷爷的小茅屋里写那本书，就琢磨过他怎样跳河……我为了合情理，把他这样的人都写成了孤儿。其实现在想想完全用不着！他们有父母，可父母自身也难保。没有敢保护他们的，他们这类人（当然包括我！）是这世上真正的'孤儿'……我这样写道：'那些人面兽心的恶人，已经从一般的政治偏见堕落为无聊时的任意捉弄、残酷欺凌！我不知道这些孤儿们是用什么方式活过来的，今天又怎样了？我甚至想走遍祖国大地，用个小本子记录下他们所有的生活……'"

李芒说着说着又激动起来了。小织温煦的目光看了看他，他才慢慢平静下来。停了会儿，他用平和的语气说：

"我这个人爱冲动。不过我要跟肖万昌决裂，这却是反反复复想过了的……"

"你能保证这回就不是冲动吗？"

"不是冲动，是实实在在的愤怒。"

"好多困难和麻烦，也都想过了吗？"

"想过了。"

小织一双闪着热情和光彩的眼睛久久地望着李芒，然后说了句：

"那么，今天就和他裂开吧！……"

……

李芒和小织走到了霞光映照的田野上。他们是来寻找肖万昌的，刚刚从他锁起的大门前走过来……田野上没有肖万昌。他们就来到了自己的田里，准备做着活等他。他们来到田里，首先就发现了一个奇怪的事情：老柳树死了！

本来这也在预料之中，但没想到它恰恰会在今天死去。它的最后一片绿叶也干枯了，折断的枝桠落了一地；根部的大窟窿朽得更深了，树桩在风中摇动时，它就发出"吱嘎嘎"的声音。它不定什么时候就倒下了。如今它是停止喘息了。

李芒和小织默默地看着老柳树，去抚摸它干硬的糙皮……

半下午时分，肖万昌在田埂上出现了。

李芒和小织把他喊到了老柳树下。李芒的第一句话就是：

"我们已经找了你快一天了。我们是要去告诉你：咱们把土地分开吧，就从今天开始分开！"

肖万昌淡淡地"唔"了一声，他用手梳理了一下背头，又看了一眼死去的老柳树，问小织说：

"你也同意了吗？"

小织点点头。

"那就分开吧。嗯，这样也好。做长辈的也不能老为你们操心啊。嗯，也好！……"肖万昌蹲在树下说。

李芒冷冷地看着他。

"不过一家人硬是分开，也不是什么好事情！我还是有些不放心的地方，比如给烟田上肥上水、烟叶收购这些事，有好多麻烦哩！还有，你们也毕竟和别人有些不同，我指的是李芒的出身，不怕人家挑毛病么？"肖万昌说这话时，眼睛紧盯住地上的一块石头，几乎是一个字一个字吐出来的，发音很重。

李芒笑笑说："你会在这些地方用用功夫。这是威胁。你有什么本事就做去，威胁我们可不怕。开始会苦得很，村里大多数人种烟不是也很苦吗？我们会咬着牙关挺过去。无论如何，不准备再凑合下去了……"

"我也早看出你有这个打算。你自己也说过，你是个记仇的人。不过我今天可要警告你：你复仇算错了日子！"肖万昌说着，突然像个老熊一样，威严地从树下站了起来。

李芒也站起来。他说道："你害怕记仇，你当然喜欢别人一下子把什么都全忘掉，你好从头把事情再做一遍，你这不是算错了日子吗？"

"我有过过失。可是账也算不到我身上，那时候就是那么个时代，我不那样也没有办法！……"肖万昌的声音不知怎么又低缓下来。

李芒高高的身躯摇了一下，站到了肖万昌的跟前。他的头略低一下，盯着对方皱纹密密的脸看了一瞬。他的像铁钩似的大手指抚摸着自己满是胡茬的下巴，嘴里轻轻"哼"了一声。他把目光收回来，看了一眼他的妻子，然后掏出大烟斗吹了两下，点上烟末吸起来。他吐出浓浓的一口烟雾，这才说道："我可琢磨过你这个人。你是个老农村干部了，你已经不是农民。你留了背头，到现在还知道把裤子压上一条线。你是个沉得住气的人，从来不发火喊叫。你一辈子养成了你那套对付人的法儿。不过，你到底还算个笨人，算个俗气人。我心里有数，你这样的人更容易走到残忍的路上去。你就很残忍。你喜欢看着别人趴在地上挣扎。你说就那么个时代，就得那样对待我们；那我问你：荒荒和老獾头他们呢？老寡妇呢？他们祖宗三代可都是贫农！你同样要欺压他们，看他们挣扎！很清楚，你总是在寻找那些没力气的人下手。哪个时代里都有你这样的人，你这样的人就靠这个过活儿！……"

肖万昌的脸色终于涨红起来。他有些恐惧地看了看李芒的两只大手，扭过身子说："你等着吧，你等着。我不在这里听你这一套了……"他瞥了一眼远处的人们，就要昂着身子走开。

李芒挡住他说："你急个什么？今天这是干什么？这是

一个联合要分开！我还没有说完！"他的两眼闪射着尖利利、虎生生的光，一只大手握着大烟斗，在胸前活动着。肖万昌退回一步，终于站住了。

"李芒！"小织在一旁喊了一声。

李芒吸起烟来。他继续以沉稳的语气说下去："你可不是个简单的人。你见过世面，知道深浅，要办成一件大事也很省力。比如抓荒荒，你连一句话也不用说，就有人替你做。我说过你是个沉得住气的人。你交往了不少有权有势的人，可是你也能和要饭的人坐下喝酒！你沉得住气，有时眼光也不短。不过我比你还沉得住气，我看得透你。这就好比两人斗拳，你忒厉害，可我比你还厉害。我就决定和你分开了。"

李芒不慌不忙地说完，然后就专心地吸他的大烟斗了。

肖万昌终于从对方的沉稳受到启示。他也卷了支喇叭烟吸上，用手梳理着背头。他盯着死去的老柳树，苦笑了一下……

接下去，肖万昌再也没有吱声。

小织蹲在一旁，不知什么时候哭了。她一句话也不说，只是含着热泪，钦敬地看着她的愤怒的丈夫。

十九

肖万昌走了。小织和李芒还站在他们的田里……这时李芒对小织说："小织，你先回家去吧，你先走吧，我要一个人走一走。我太激动了，啊！小织……"小织点了点头。

李芒沿着田埂往西走去了。晚霞映红了他的面庞。

一片美丽的暮色笼罩了深秋的田野。一望无际的烟叶儿在晚风里、在橘红的光色里摇摆着。这海滩平原整个儿都像在燃烧，火苗儿不停地燎着、跳跃着。烟叶儿的背面泛着微微的银白色，在一片红光中闪烁不停，很像剧烈的火焰中爆出的白亮的光点。烟农们就在这原野上活动着，有的蹲在一个地方不动，有的三五成群聚在一块儿。他们像是挑着柴火到处点燃的人，又像是凑近了火堆取暖、吸着烟玩耍的人。这景色延伸到远方、再远方，消失在太阳的底下。这很像登在了高山上，看山下浓密无边的丛林，也很像面对着平平的大湖瀚海。统一的，没有边际的，引人沉思的；思绪可以随着它延伸再延伸，直到水天交融、天壤接合的地方才缓缓郁郁地折回来。暮气慢慢有了，不知是从天空上垂下来的，还是从泥土里升腾出来的，反正是低低地挂在树梢上，成一绺，成一片，沉默着，各种各样的声音都开始收缩溶解，又渐渐细碎成一些屑末，在傍晚的田野上飞荡着。一株株老树伫立在田埂路边上，像白发的老人遥望着收获的田野、呼唤着忘归的儿子；鸟雀一群群落到它的身上，又跳跳跳跃跃地离开，扑到泥土上，像是它撒出的一把把种子。一条黄黑色的狗飞一般在田间小路上奔跑，又突然地立住，从烟棵间露出那神气的头颅；当它重新走去时，步子又变得那么迟缓、懒散。它有时低着头嗅一嗅泥土，后来就一直嗅着走下去了，只翘着那个卷起来的、像绒球儿一样漂亮的尾巴了……

李芒一直向西走去，最后在不知不觉中踏上了芦青河堤。

哦哦，芦青河无声无息地流着，有时就是这样的默默无闻。如果不是这高大的河堤，不是堤岸这浓匝匝的林带，人们简直就会把它忽略掉。到了水旺的季节，河水已经涨到了堤腰，近岸那些芦苇蒲草只露个梢头了。又平又宽的水面上，几乎没有了波纹。它就这样安静地伏在土地上，美丽而温顺。李芒禁不住脱下衣服来，用一根柳条束好，跳入了水中。晒了一天的河水简直不像秋水，暖暖的，滑滑的，他两手合并伸出，像条鱼一样向前滑去。舒畅极了，他荡起无数的波纹！这样游了一会儿，他又抡开胳膊大幅度击水游动，全身觉得热乎乎的，痛快得很。大约很久没有跳进这河水里了，他心里有一种说不出的感觉。河是某种分界线，河的那一岸，就是外乡；河的这一岸，好像就是真正的家乡。他从童年起学会了跨越这条河，无数次地踏响了河上的小木桥。小木桥是柳木做的，木板的边缘上生满了青苔。老远的就可以听到它在呻吟——当浪头拍击它的时候，当行人踩着它的时候。一年又一年，不知多少人从它身上踏过来踏过去。两岸的人背负的重量太大了，它的腰弹动着，原想尽力地挺起来，但最终还是弯下来。它屏住呼吸坚持着，坚持着，像不可折服的样子。行人走过去了，它才直起腰来喘一口气，接着便是呻吟、便是叹气……堤岸上的林木在风中响着，有时像一种奇怪的琴声，有时像童年的欢笑。劲风中，它的叶子和细小的枝桠都指向一个方向，树干却是一根根直立着。秋天，它的颜色变得墨绿了，深沉了，和河水浑然一色了。接上去的冬天，它也就严肃起来了，不苟言笑；残酷的北风强迫它发言，它就发出一种尖利的、不叫人喜欢的啸叫。堤岸的长长的斜坡上，那么多青草。草棵都结了种籽，准备繁殖了。草棵的根部新生出嫩绿的长叶来，像细长的麦叶或者那种柔韧的蓑衣草。看上去它极柔软。秋天用严霜迎接冬天，严霜也就洗红了这秋草。到了合适的季节，当你在河上展望堤坝的时候，你注意的，首先不是林木、不是蒲苇，也不是那些散开着的星星点点的花儿，而是嫣红的草棵！它不像红叶树那样红，不像枫，不像石榴花和美人蕉花的颜色；它是暗红、有些紫的那种红；更要紧的是，它的红叶儿能爽爽地披散下来，你看着它的薄薄的、湿润的红叶儿，老想去抚摸一下。在那肃气正浓的季节里，正有一种你自己都不易察觉的同情心在搏动，这时恰好转移到这艳色的小草上了……李芒尽情地击水，不时仰起头呼吸着水面上清鲜润湿的空气。啊啊，在这个秋天里，在这个忙得直不起腰、被某种东西压得缓不过气来的秋天，他终于迎来了这个下午，迎来了这个傍晚。多少年来，他从未觉得这样轻松。他要好好亲近一下这河水、这田野。他觉得他能看到很远很远的地方，无论暮色有多么浓重。

太阳落下去了。太阳在整个一个白天里都使河水闪着亮、放出光辉，使田埂和小路上的沙粒都清晰可辨，使烟秸上爬着的绿虫暴露在一片光斑里……现在它故意让大地陷入一种朦胧里。灰蒙蒙的颜色里，从土地里生出的稼禾和林木，看上去都黑簇簇的。一片连着一片的烟棵也模糊了，绿色的那一边完全淹没在渐浓的夜色里，就像一张纸浸到了黑色的水里，天空的星星不知不觉地密起来，像一些小灯在偷偷地点燃……李芒不知不觉地走到了海滩的丛林里，是河边的一条黑泥路把他领到这里来的。地上的草棵绊着他的脚，他感觉到已经有露珠儿溅出来。前面是黑漆漆的灌木丛、马尾蒿，是夜间才出来活动的小动物的咕咕声：它们召唤他了，问候他了。他笑了，舒适地伸了一个懒腰。他向着一片夜色高声大笑起来："哈哈哈！哈哈哈哈……"笑声在沙滩上飞去，飞得很远很远；在很远的地方，又隐隐约约传来同样的笑声。李芒自己都感觉得出他笑得有多响亮，这声音真正发自一个强健的、成熟的、有火气与胆量的男性。他相信在这笑声里，大海滩上的鬼蜮（传说中这里可有这东西！）会退走或伏下，任何想算计他、加害于他的东西都会逃遁。他笑得太坦荡、太豪迈了。

他已经很久没有这样轻松悠闲地来大海滩上了，尤其是没有一个人走上夜间的丛林。这片给了他的童年无限欢乐的丛林，辽远深邃，带着一点儿神秘。除了临海的一面，他从没有摸到它两端的边缘。这林子大半是稀稀拉拉的，可密的地方，又几乎插不进脚去，远远望着只是黑乎乎一片，像从天边压过来的一大团乌云；这林子大多是细矮的杂树棵子，可有时你又会碰到一片齐整而挺拔的杨树、柏树或者橡树。李芒记得这些粗大的树木给他的深刻难忘的印象，给他的惊喜与愉悦。那还是有些闷热的季节（夏天吗？秋天吗？），当他背着一捆大大的刺蓬菜走在沙滩上，流着汗水，突然遇到这么一片有着广阔荫凉的大树林时，他几乎要欢叫起来……他倚在菜捆上歇息了，斜着他的童年的明亮的眼睛，看大杨树那淡绿的、光滑的树皮。树皮上的各种痕迹纹路引起他各种的幻觉和想象。它们有的最像眼睛，而且是很漂亮的眼睛；它瞪得很大、很单纯热情，对他充满了友情。它们有的像一把镰刀，刀面儿很窄，刃儿很薄；他总想它是多锋利的一把刀，而且一定是无锈无裂纹无豁牙的好刀子。它们也有的像一个大大的惊叹号或者问号。每逢看到这里，他就全身一振，更加瞪大了眼睛。树木有意无意地询问人间的秘密，并且又肯定地来一个叹号，像是自信地预言了什么，判定了什么……他有些迷惑，也感到有趣，懒懒地掮起草捆重新走去。他要穿越大杨树林。他故意低着头，不看那眼睛、那镰刀、那费解的叹号与问号。可是他要跨出这片林子的时候，忍不住又要抬头再望一眼——他看了林边的最后一棵树，他在树干上看到了一个醒目的句号！他想：句号，画在林子的边上。他笑了……童年真有趣！

　　风全息了。大海滩上真暗：这是失去一个太阳、又暂时没有一个月亮的缘故。黑暗、静谧、温暖，是最适合一个人默默地倾听的时候了。你不必声响，只需使用你的听觉器官。这样沉默一会儿，必定会发觉一些细小的、轻微的响动，还会听到更远处的、在夜幕的另一面传来的声音。这些细碎的响动是一丝丝地放大了的、清晰了的。如果你开始去想象，就会仿佛看到：在那些黑影子覆盖下的树隙里、沙窝里、荆棵子里，正有各种不同的生灵睁圆了眼睛窥探着，然后伸出它们的可贵的小前爪，试探般地踩到有些温热的沙土上；接着，它轻松地转动几下头颅，灵活地拂动几下尾巴，整个身子向前倾斜、再倾斜，直到重心完全移动到前爪上时，才一个猛跃，奔驰而去了……东南西北都有野物在喘息、在交谈、在追逐，最后它们总是把争夺吵闹的声音弄得很大……天空被忽略了：多少明亮的星星！多少上帝的眼睛！天空没有乌云，苍穹的颜色却不是蓝的，也不是黑的；这时候的天空最难判定颜色，它有点紫，也有点蓝，当然也有点黑。白天的天空被说成是蓝蓝的，其实它多少有点绿、有点灰。真正的蓝天只在月光明媚的夜晚！纯洁的月光驱赶了一切芜杂、一切似是而非的东西，只让苍穹保持了它可爱的蓝色！哦哦，星光闪烁，多明净的天幕啊，多让人沉思遐想的夜晚啊！

李芒迈着他的坚实而沉稳的步子走在大海滩上，他微微含笑地看着身边黑乎乎的灌木和草棵。四周都是这莽莽苍苍的一片，看不到一条小路在分割它、在标划它的界限。这是真正的旷畅渺远、无所收束；只有这里的夜晚才使李芒胸襟开阔，身心振奋。他真想去拥抱这片海滩、这个夜晚。他的脑海里涌现出各种各样的想法，他怎么也没法儿抑制住自己的激动。这激动里面有些说得清，有些说不清。仿佛一个人精疲力竭地攀登一座高山、踏上了峰巅时的感觉，又仿佛一个人奋力地横渡一条宽河、胜利在望时的感觉。他绝对没法儿使自己待在一间屋子里，他必须使自己到一个广大的世界里去，好像那里才无拘无束，他的思绪才可以尽意飞翔。黑色将一切都染成一个颜色，淳朴而厚重，绿的叶子、白的沙土、棕色的树干，都化为一种凝重的色彩了。偶尔有鸟雀在陌生的远处鸣叫一声，显得平淡微弱，也很快散开在黑夜里了。

海潮的声音没有尽头，总是平平的、没有曲折的调子，仿佛是这海滩上特有的夜歌。这里的一切都使人感到安逸而兴奋，生活中间的恐惧在一瞬间退到夜幕的背后去了，剩下的是一个人显露个性的勇气，是一种跃跃欲试的心绪。每个人都可以面向一片茫茫夜色倾吐心曲，都可以沉湎，可以幻想，可以憧憬，可以狂想。世界比原来设想的要大，力量比已经证明的要多。无休止地安慰自己，鼓励自己，娇惯自己，自己相信他是属于这片温暖的夜色了……

　　李芒回过身去，倾听自己村庄的声音。看不见什么痕迹，但可以听到人们生活的声息。他想一定是有人在烟田里摸黑做什么，这儿的人常常半夜了还要守着他的烟棵。有人跟自己的狗和猪说话，后来跟锅灶、跟锹柄也说，再后来跟烟棵也说。跟烟棵说话时一边掰着冒杈，就像跟娃娃说话时一边梳理他的头发一样。说啊说啊，无休无止，这就组成了村庄的声音、生活的声音。他自然地想起了小织，想他的妻子会一个人默默地走回家去，生起炉子，做一顿香甜的饭菜放在那儿等他回去。她不会急得出来喊他，她知道他该松弛一下了。她会在等他的时候把窗子擦净，把书架擦净。她再没有那么多忧虑了，她已经忧虑过了，她现在更多的是喜悦，是轻松。她以前好像不是一个主妇似的，她从今晚起要做一个主妇了。她比过去更能感到她要做母亲。她虽然早已有了母亲的温柔，母亲的贤良，可她做母亲的精神上的准备却未必充分。她能使儿子降生在一片真正属于她自己的土地上吗？能吗？忐忑不安，忧心忡忡，患了一种少妇病……李芒仿佛看到小织在微笑，于是他自己也笑了。这时他突然想去看看那片小草原了：嘿，小草原！

可惜看不清路径，这很难找到那片可以入诗入画的小草原。就在他有些忧虑的时候，他发现那个月亮已经在贴着一片林梢往上攀援了。他的心像被一把欢快的小锤子敲击了一下，兴奋地跳动着。他找那片小草原去……大海滩慢慢笼罩在一片熟悉的月光里了，沙粒慢慢又看得清了，树叶儿又变绿了。眼前的一切都在迅速地展开着层次，或退远，或凑近；或者是从草丛里挺出一枝野菊在微笑，或者是小径旁的枯树在愁蹙。大鸟儿"嘎嘎嘎"地叫着，在它的声音里，好像一切又开始从沉睡中缓缓地睁开了眼睛。一丛丛的洋槐、小叶杨、沙枣棵、紫穗槐、橡墩子……在它们的背后，那片小草原在月光里打着哈欠。李芒奔跑着，举起了两只臂膀，有力地挥动着……他卧倒在这片柔软的草地上了。这真是一片神奇的草地，在最寒冷的时候，这里也有温暖。阳光有时只照耀着这人间一隅，使人暖洋洋的。草尖上散发着熏人的香气。他躺在上面，竟然睡了过去！他发出了均匀的鼾声。

醒来时，月亮已经升得老高了。李芒觉得睡了一个好觉，解除了一个秋天的疲乏。他伸展着腰身，活动着腿脚，准备回家了……已快到中秋节了，月亮很亮。他身旁的树叶上，露滴闪着银白的光，叶子背面的毛绒绒也看得清。有一个蝈蝈在树桠上爬着，爬到顶端，身子奇怪地一跃，就折向另一个枝桠了……会鸣叫的东西都大声地鸣叫，一阵微风吹起来了。李芒从这风中马上就嗅到了烟叶儿的香气！啊，烟田再上最后一遍水，就该着收割了。到了中秋节的时候，家家都在压得弯弯的烟架旁摆上酒桌儿。他有些沉醉地仰起脸来，又一次仰望着布满星星的天空。多美好的天空啊，多美好的原野！多美好的树木、烟棵、小蝈蝈！多美好的夜露、沙子、绿色的树叶儿！多美好的小路径、河堤、木桥！多美好的虫鸣、鸟鸣、村庄的声音！多美好的乡亲、姑娘、小孩子！多美好的小织和小织正孕育着的孩子……一切都需要温暖、亲近和守护，一切都需要和他们在一起。

"李芒，你再勇敢一些、年轻一些、强壮一些吧！"

他在心里对自己喊道。

二十

李芒与他的岳父肖万昌分开了烟田，这事马上就家喻户晓了。

当李芒和小织走上田埂的时候，很多人都用迷惑不解的目光端详他们。李芒不做声，只吸着他的大烟斗，一下一下地做着活儿。

另一边肖万昌的田里，很快就有了小腊子。李芒见了，心里有些痛快。他想：小腊子啊，你学学种烟吧，这是庄稼人该会的本事；你一支接一支地吸烟，就该知道烟叶是怎么长出来的；轻骑车你已经玩得很熟了，自己家的烟田倒没有踩上几个脚印。小织常把水果什么的抛给弟弟，小腊子每一次都接得很准……荒荒有时候从地里走过来，跟李芒说上一会儿话。李芒常要手把手地教他做活儿，告诉他耪土时锄子该离烟根多远、耪多深；旱地怎么耪、湿土怎么耪；施肥后怎么耪、什么时间耪、烟叶儿受病了怎么耪——荒荒又高兴又惊奇地拍着膝盖说："芒兄弟，怪不得你的烟长这么好，光是耪地就有这么多讲究！"他笑着，挠着头。停了一会儿，他突然又严肃起来了，问：

"芒兄弟！听人说吸烟多了会长癌那玩艺儿，怎么咱这儿的没有一个得的？"

李芒苦笑着摇摇头，真不知道怎么回答。他说："荒荒！咱正讲种烟，你又扯到那上边了……"他接着又给荒荒讲割烟顶：怎样选割烟刀，为什么刀子要一头尖一头偏；几个叶片割顶好，什么时辰割适宜……荒荒哈哈大笑说："有一手！有一手！……"这时小织正在离他们十几步远的地方做活，荒荒瞥了一眼，低声对李芒说："你媳妇……真俊哪！"……

这天上午李芒正浇烟，可是浇了不到一半的时候，突然水就从放水道上退回去了！李芒焦急地去找了开机器的人，那人说："还能总给你一家子用水么？天这么旱！"

"可你也得给我浇完哪！"

"给你浇完别人就浇不完了！"

"我不是交足了柴油吗？"

开机器的人戴了一顶黄帽子，这时把帽子可笑地捋到了后脑壳上，掐着腰说："你以为有钱、有柴油就有了一切吗？"

李芒立刻陷入了迷茫，不解地问道："有了新规定吗？"

那人嘻嘻笑着，斜叼上一支烟说：

"如果贫下中农不要你那几个臭钱呢？"

李芒琢磨着"臭钱"这两个字，不由得笑了。他很可怜眼前这个人。他打趣地问道：

"贫下中农不要'臭钱'，要不要浇水的规定呀？"

"再'规定'，也得先满足贫下中农，嗯！"

他的一个"嗯"字，使李芒觉得特别可笑。那一个字，那一种语气，相当于说："就是这样子！""你看着办吧！"或者是："你能把我怎么的？""你有本事，你就试试看！"真是以一当十、当百，"嗯"字是个好东西。李芒知道他是跟肖万昌学的。这样想着的时候，那人又说话了：

"真他妈的怪事，革命这些年，又让地主富农兴盛起来了！"

他一边说一边转身走开了，摇头晃脑的。

李芒真想追上去狠揍他一顿。李芒看了看他那个细细的脖颈，心想用手卡住一拧是再合适不过的了，该好好问问他谁是地主，谁是富农？……但看到他那个瘦干干的样子，想起他家里那个寒酸样子（没有媳妇，只有半截席子）也就作罢了。

可这会儿邻地里的荒荒斜穿着田埂拦住了开机器的人。他大概也听到几句这边的争执，这时喊着："二秃子（那人头上有一块秃斑）！你凭什么给芒兄弟关了机器！狗仗人势……"

二秃子直着脖子说："多管闲事！"

"我他妈的就要管！我他妈的今个是'做代表'来了……"

二秃子乜斜着他说："怎么，腔上的伤长好了么？"

这下子大大地损伤了荒荒的自尊心，他弯腰就搬起一块大土疙瘩……二秃子奔跑起来，但大土疙瘩还是砸在了他的屁股上……

李芒怕耽搁了烟田浇水（这最后的一次水是多么重要！），到外村出高价雇来一台抽水机。可是抽水机正要往机井上放的时候，民兵连长嘴里咬着一个琥珀色烟嘴出现了，身边还跟着两个持枪的民兵。他笑眯眯地对李芒说：

"这是不允许的。"

"闲置的机井为什么不准用？"李芒愤怒地盯着他说。

"水源是统一的。你抽了水，别的井水还旺吗？"

他身边的两个民兵微笑着，点着头。

李芒直觉得一对拳头热得发痒。他掏出了大黑烟斗，慢慢地吸起来，一边端详着面前这三个人。

这时候有几个正在地里忙活的人围了上来，明白了什么事之后，讪笑着走开了，一边走一边说："人家就是有钱，能雇来一台机器！可好日子也不能都让一个人过了呀……"

李芒全听清了。他觉得心上有些发冷。

"有机器也转不动喽，没有老丈人做靠山喽！嘻嘻……"

几个人议论着往前走去，铁锹碰得叮当响。李芒盯着他们的背影，咬了咬牙关，徐徐地吐出一大口烟……他站出来，磕了磕烟斗，一句话也没说，就走开了。

民兵连长几个人惊愕地对看着。

李芒一个人径直往镇上走去。他没有告诉小织，他觉得有些话已经完全没有必要在烟田里说了。他要去找镇委。

一位三十岁左右的姓梁的书记热情地接待了他，并且用本子记下了他的每一句话。梁书记送他出来时说："我们对那里的情况已经了解了一些，放心地做你的专业户吧，有些东西，我指那些充满希望的事业，是不可逆转的！"这个梁书记热情、干练，少有的文静，这引起了李芒的极大兴趣。他和这个书记分手时，才知道他是前两年从政的一位师范学院毕业生，刚接任镇上书记三天。

当天下午，梁书记就骑了一辆摩托车来了。他兴致勃勃地看了李芒和小织的家，他们的烟田，然后神情肃穆地望了望西边的天色，推上车子找肖万昌去了。

肖万昌在几秒钟内就弄明白了对方为何而来，然后笑着说：

"梁书记！你可能不知道，李芒是我的女婿。我不好过分地偏爱他，为了工作，有时就难免委屈他一点……"

谁知这个梁书记用手利落地一挥打断了他的话，很和气地说："镇委也了解一些你的情况，这个以后再谈、专门谈。我现在要跟你说的是：不要利用群众的一些不健康的东西，比如农民意识、平均主义、政治偏见等等，去损伤李芒同志。你和李芒有矛盾、怨恨——这是明摆着的事。但你是村的支书，要执行有关农村政策。你必须马上去亲自解除对李芒的一些刁难，毫不犹豫地给他供水……"

肖万昌有些不知所措。但他很快又微笑起来。他大概在笑这个新书记的"学生腔"吧。

梁书记另有什么事情，又简单谈了几句，就急匆匆地跨上摩托走了……

中午时分，李芒和小织正在家里吃饭，二秃子就在窗外喊："李芒，给你浇地了！还浇不浇了？嗯？……"

……直到深夜，烟田才浇完。李芒和小织很疲乏地回到了家里。可是李芒不愿休息，一个人在桌前坐下，吸着烟斗，翻弄着一本诗集。小织说："李芒！快休息吧，烟田也浇了，我爸爸他们不是让步了吗？"李芒像没有听见。他认真地看起来，微皱着眉头。就这样看了一会儿，他抬头望了一眼小织，随手打开了电视机，这时候当然没有什么节目，他又随手关上了……他在屋里走动着，一手握着烟斗，一手伸在衣服下面。小织问："李芒！你不舒服吗？你怎么了？"李芒摇摇头："没。我不过感到很累，非常非常累……我心里很累。我睡不着。你快休息吧……"

小织用温柔的眼睛望着他。这双美丽的眼睛常在这样的时刻安慰着他、温暖着他、也询问着他。

他终于坐下来，和小织坐在一起说："你不知道，从烟田往回走的这段路上，我突然后悔起来，我想起了莫合爷爷。我后悔不该离开他。我真想那段日子……"

"别这样说！不能说后悔……李芒！"小织叫着他。

"肖万昌他们再刁难、迫害我们，我都不怕。可是，二秃子，还有村里那些人的话，让我受不了。他们多少年前就受肖万昌的捉弄、欺骗，到现在还过得那么苦！我们不是为了和他们在一块儿才和肖万昌决裂的吗？断了我们的水源，硬要把一地好烟棵给旱死！这就是肖万昌使出的第一个毒招。村里那些人呢，倒糊里糊涂跟着起哄、感到快意！……我好像从来没有这样失望过、这样难受过。真的，关到氨水库里那会儿也没有。从烟田回来时，我觉得两条腿那么沉……"

小织默默地听着，紧紧地握住了李芒的大手。她低下头来，发现这双大手不知什么时候已经裂开了两道口子，虽已愈合，却留下了硬硬的疤痕；两个手掌都被铁皮样的硬茧壳包住，十个指头的骨节都已经变形，由于烟汁的长期浸染，这双手已经是永远也脱不去的黧色了……她心里一酸，两眼涌满了泪水。她害怕眼泪淌到这双手上，赶紧偷偷地抹去了……她抬头盯着他的眼睛说：

"李芒！我全都能理解你现在的心情。可我觉得你太急躁了，总想着什么都应该再好一些。是啊，他们真让人不高兴。可是我们只要这么做下去，他们会变的。我们真心希望他们好起来，他们会慢慢看到我们的心……李芒！我也完全相信你，我们一定会比现在更富裕、更好！我们大家都会好起来！李芒！啊！李芒，你听见了吗？是这样吗？……"

李芒激动地说："小织！你真好。我不该说那么多丧气的话。你多么好啊，小织！……"

二十一

中秋节到了。烟田开始收获了。海滩小平原几天来就喜气洋洋的。这里的人们极其重视这个节日，从来就把这个日子看得很重。大家把酒桌搬到院子里，在月亮的照耀下喝酒。虽然大家不怎么抬头看那月亮，可是皎洁的月光使所有人都高兴一些。

喝过了酒，大家四处凑着玩。荒荒带领了好多人来李芒家看彩色电视。李芒和小织不知怎样才好，倒水、拿烟、抓瓜子和糖果。他两人高兴极了。乡亲们有的坐在沙发上，有的坐在木椅上、折叠椅上。荒荒用力地在沙发上颤动着身子说："嘿嘿！这东西好！……"

人们走了之后，李芒和小织要花费好长时间打扫烟蒂和瓜子皮……可他们心里兴冲冲的。这是一个真正的节日！往常，人们总把他们当成肖万昌的一家子，多少有些敬畏，很少来看电视。他们现在高兴极了！他们真感谢荒荒！……

过了节日，人们就动手搭晒烟叶的架子了。

人们搭了各种各样的架子，各自根据自己的设想、自己的美学观点……搭烟架子可有大讲究！李芒每看到一个不成功的架子就停下来，帮他们重新搭一种架子——这是他在莫合爷爷那儿学到的：先立两根大柱，柱间搁一道"大梁"，然后在大梁两侧立些细木条框架，最后在立柱的根部绑几根撑木。这样的架子，烟吊子可长可短，只要活动一下撑木就行；烟吊子可疏可密，可根据阳光、露水的大小加以移动；来了风雨，可以将烟吊子并到大梁两侧，从大梁上搭几条苇席。真是方便极了！巧妙极了！……人们学会了搭这种架子，都很敬佩李芒。老獾头伸着拇指说："芒子是个'金孩儿'呀！"他跟最好的后生才叫"金孩儿"！

荒荒因为太笨，不得不请李芒从头至尾帮他做。他们正做的时候，民兵连长领着两个持枪民兵溜达过来了。因为没有人理他们，他们就立在一旁吸烟，互相之间交谈。这个说："哼哼，架子搭得再好有什么用？来了贼，哼哼……"另一个说："今年可不比往年，贼可多！……"民兵连长嘻嘻地接上说："咱们是负责治安保卫的，不过咱们只为贫下中农做保卫……"一边的两个民兵大笑起来，一边笑，一边用眼瞟着李芒。

这显然是一种威胁。话的表面意思是不给李芒这样的人保卫丰收果实，实际上却在暗示他的烟叶有可能遭到抢劫！……李芒用力地刹着架上的绳子，冷笑着看了他们一眼，对荒荒说："我今年准备一根铁棍子，哪个贼不怕碎脑壳，就来好了！"

荒荒一直仇恨地盯着民兵连长，对李芒的话并没有听到耳朵里去。

烟厂里每年在中秋节前后都要下来看看烟叶的收获情况，挨门挨户地登记一下，做一下烟叶的估产和预购。这一天，烟厂的王会计领着两个工作人员，由肖万昌陪伴着，一块一块烟田看过了，做了登记。到太阳落山时，他们也没有来李芒的烟田。李芒问了一下，他们早已走了。除了他的烟田未看之外，还有少数几家的，也没有看。荒荒又急又恨地来找李芒，骂着肖万昌和王会计。李芒安慰着他，说等到了正式收购时再看他们怎么办？如果烟厂不要，我们可以约同一些人去和采购站订合同，去镇上集市自销……荒荒这才安下心来，回到自己田里割烟叶去了。

烟田里最繁忙、也是最愉快的日子来到了！人们白天晚上都在烟田里收获烟叶。夜晚，田野上有一堆一堆的火焰，那是割烟的人用来煮东西吃、用来照明的。他们在闪闪跳跳的橘红色火焰下挥着割烟刀，特别来劲儿。烟叶长得真棒，又肥又大的叶子铺到地上，像铺床的绿布单，老要引逗种烟人躺到上面去……李芒和小织割着烟，身上被露水打湿了。他们觉得这是坐在长白山下的烟田里，这是坐在莫合爷爷的身边了。李芒有滋有味地吸他的大烟斗，一边做活一边和小织说话。他们有时仰脸看天：可不要在这时候下雨呀！还好，天空没有一丝云彩，到处都是星星……

肖万昌的烟田里也亮着火，可坐在火边的人不是肖万昌自己，也不是小蜡子了，而是村里的另两个人：老獾头和他的姑娘！李芒看到了，走过去问了一下，才知道他们和肖万昌开始联合了。这父女两人似乎十分高兴，女儿笑眯眯地说："芒哥，和万昌联合好哩！"李芒问："怎么好法？"她说："不要操别的心，只要用力做就行了！"她的父亲点着头、咳嗽着："是啊！是啊！庄稼人不能惜力啊！吭吭！吭吭！……"李芒默默地走开了。

李芒和小织割着烟，不时地望一眼邻地里的火堆……李芒说："你听见老獾头咳嗽吗？"

小织点点头。

"他一夜里就这么咳嗽……"

小织说："他有七十岁了吧？"

"大概有了。"李芒停了手里的割烟刀，又吸起烟来。他低下头来说："我看他都捏不住刀子了，刀子直打颤。我担心哪一下刀子会割了他的手。那把刀子倒是锋快！不知怎么，我盯着他的刀子，想起了一个捡破烂的老头儿……"李芒慢慢地划着火柴，点上熄灭了的烟斗，"老头儿也有七十多岁，一只眼睛瞎了，穿着一条破棉裤，用一根火麻绳吊着。他靠捡破烂、白菜帮过活……我看了后，就忘不掉。我难过得要命，老想他的儿子哪去了？他没有儿子吗？谁来帮帮他才好……"

"老獾头儿子的脚好了吗？什么时候出夫回来就好了。"小织说。

李芒望着远处一簇簇的火焰，自语般地说："一个联合刚刚垮了，又一个联合开始了。聪明人不是可以从这里面看出好多东西吗？……"

小织沉思着。突然她激动地握住了李芒的手，低声说："芒！他（她）在动！啊啊，在动……"

小织的脸通红通红……李芒终于明白过来！他的脸也变得绯红了。他有些口吃地说："这真是……啊，嗯，很不安分的……一个、一个毛小子！啊啊！……"李芒站起来，兴奋异常地走动着。

"再有不久，我们就有孩子了！"

"我要把他抱到烟田上来，首先让他认识烟叶儿。我要让他识字：土地，责任田，割烟……"

"他会有福。但愿他别受我们这些折磨……"小织幸福地喘息着。

"一定不会！我们在他刚懂事时就要告诉他：这一辈子，直到永远永远，决不跟那些坏东西妥协！决不！要把他也培养成一个倔汉子，告诉他：决不！决不！……"李芒叉开长腿站在小织的面前，盯着她的眼睛说道。他握烟斗的手已经颤抖起来了。

"决不！决不！"小织重复着。

两人重新坐下来割烟。李芒说："只要村子还掌握在肖万昌和民兵连长他们手里，这里的人就别想过上好日子。他们已经有了很多经验、很多办法。我们不能只是防守，我们还要大胆地攻一攻。我们忍啊忍啊，已经忍到了一个好时候！……我从镇上的梁书记身上，就生出一些新指望来……"

"你准备怎么办呢？"

李芒沉思了半晌说："我老是忘不掉那片蓖麻林。我越来越觉得老寡妇生前一下一下摸我的脸，那是把傻女的事托付给我了……我准备做两件事：一是登报找傻女；二是把村里的事情写成一份材料，当面交给县长；不，当面交给法院和……"

……

夜晚，当大家把最后的一个烟吊子挂到架子上时，都舒心地伸个懒腰，到李芒家里看彩电来了……李芒和大家一块儿吸烟，一块儿议论着烟田、化肥、浇水，议论着烟叶的收购，议论着民兵连长和他身边背枪的人，议论那个壁上有血迹的废氨水库，也议论承包出去的集体小工厂（这实际上是肖万昌他们的钱柜子！）……

当电视上接连播放广告的时候，大家都打起哈欠来。李芒已经读过一次他写的材料，经过了两次修改，这会儿就从头读起来。大家每听到肖万昌三个字，就再也不言语，只是互相盯视着，吸着烟。

这份材料没法写得更短。因为要使人们明白一个人，就不得不简单追溯他的历史。有很多事例。有欺压，有凌辱，有血泪。材料指出，这里的权力掌握在一个愚昧、狡猾、早已蜕化变质却又似乎总有道理的人的手里；这里的权力已经相当集中，并且更为严重的是，它阻挠农民的解放，毁坏农民的幸福，已成为农村的新的桎梏！……

李芒读得非常激动，声音越来越高。材料在列举了大量事实之后，以简短的一句话结束：

我检举肖万昌。

烟农们不吱一声，只屏住了呼吸听着。

二十二

人们不完全理解那句话的意义，可是有人从此就常常学说那句话了。他们说着，还打趣地哈哈笑着。

肖万昌极为恼火。

一个早上，肖万昌正背着手往大队部走去，路上遇到一群孩子在滚打玻璃球儿玩，就站在一旁看起来。孩子们并没有发现他站在那儿，玩得很用心。他们将玻璃球瞄准了弹击，每逢击中了，就痛快地大喊一声："'我检举肖万昌'！"……肖万昌听着，一下一下地梳理着背头，最后终于忍耐不住，抓住一个小孩子的胳膊就是一拎！小孩子哭起来，旁边的轰一声散去……肖万昌一动不动地盯着抓到手里的孩子，看着他号哭。这孩子哭着哭着突然止住了声音，只是迎着他的目光看过来，紧紧地咬着牙齿。肖万昌竟然觉得不能与他对视，手腕一松，让他跑开了……

这一天大雾。

肖万昌要送小腊子去龙口电厂重新上班了。小腊子玩够了轻骑，也挣了一笔钱，再也不愿做鱼贩子了。但他旷工已经多半年，怕这样去会遇到麻烦，就让爸爸和他一起去。他相信爸爸走到哪里，都是一路绿灯的……他估计得不错。

从电厂回来，肖万昌觉得雾气愈发变浓了。走在田野上，看不见活动的人影，只听见嘈杂的人声。他径直往自己的田里走去，他要催促老獾头父女两人早些编完烟吊子。

一团团的浓雾，像白烟一样在土埂上流动。肖万昌跺着脚，震动着地皮。他一路迈着大步走下来，觉得这两腿真是有力量。他想这全是得益于一种安定的、优越的乡间生活了。没人更多地体味到他那个院子里的好处。他从心里可怜那些城里的中下层干部：过一种清清淡淡、规规矩矩的生活，而且神经老是紧张着！而自己呢？自己就是一个轮子的主人：让它转就转，不让它转，它就纹丝不动……正这样想着，突然听到雾气里传来一种声音：

"我……检举肖……万昌！……"

这是一种苍老、浑浊、又有些嘶哑的声音。它在雾气里鸣响着，震动着，像是从苍穹里传播下来的一样。

肖万昌打了个寒颤。

他咬着牙，蹑手蹑脚地向前走去。他决心要找到这个藏在雾气里呼叫的人，他要看看这个人！

雾气从眼前慢慢退去……他终于看到了一个老头子半蹲半跪地伏在潮湿的泥土上。这个人满头白发，眯着一双长长的眼睛；他的前额上，无数的深皱中，夹着一条发亮的伤疤——他正是老獾头。他的身边堆了小山似的烟叶，一双手像两把黑色的铁钩子，正紧紧地钩住了未完成的一个烟吊子，每编上一束烟叶，他嘴里就这么呼叫一声……

就在肖万昌向自己的烟田里走去时，李芒已经乘车出了县城，又沿着河堤向自己的村庄走来。

他在东方冒红的时候就乘车进城了。在那个大办公室里，他郑重地把一份反复修改核实的材料交给了他们。当时他很激动，所以现在走在河堤上，他已经记不清楚在当时都说了些什么话，他只记得那个人几乎和梁书记同样的年轻。临别时，那个人用一种奇怪的眼神看着他，然后伸出手来挠了挠头发……

河道里传来一阵阵的水声。雾气遮住了水流、蒲苇，遮住了一片嫩绿，遮住了河边上壮观的秋色。一切都被雾气搞得单调了，没有生气了。可是这水声，这哗哗的水声，又告诉人们这雾气里，这脚下，正有一条奔流不停的大河。

李芒此刻多想好好看一眼这条河！他还是第一遭从上游的河堤上走下来这么远……家乡的河啊，家乡的一股水流，一股绿色透明的液体！你滋润了海滩小平原，你使一地的庄稼油绿油绿；你不断洗去尘埃，洗去血迹，使小平原美丽而整洁。李芒和小织是踏过你的小桥逃向远方的，傻女大概也是从你的小桥上跑走的；还有老獾头出夫的儿子，一些乡亲们，也都是踏弯了小桥，走到更远更远的地方去的；至于李芒的好朋友衰光，是永远地睡在你的怀抱里了……

李芒走着，终于又听到不远处传来的田野里的声音了。他一下子就分辨出这是人们在烟田里劳动的声音。"噗噗"，那是人们在刨烟秸子；"吱吱"，那是烟吊子压着烟架发出的声响；"哧哧"，那是烟刀削烟骨；"咚咚"，那是刀子碰撞着割烟垫板……还有呼喊声，叫骂声，男男女女的嬉笑声。李芒听着听着，突然想到了小织：一个娇小而美丽的、略显臃肿却依然机敏的女子，一个非常非常可爱的少妇，正温和地、羞涩地、不亢不卑又略有矜持地走在刨过烟根的疏松的土地上……他不走了，只是伫立在高高的河堤上，久久地张望着传来一片声响的那个方向。

那里是白雾，一片片、一团团的白雾。

他慢慢地掏出了大黑烟斗，先是轻轻一吹，然后装满了烟末，点上吸起来。他在心里说："她是我那个对手的女儿，真漂亮！她能跟了我过日子，可真不容易啊……她什么时候也不会离开我，并且马上会生出一个小孩儿。我早说过：和她在一起就什么也不怕了。现在看这是一点也不错。过日子真难，有时老要哭出来；可是只要想想她，一切又都不算什么了！我一定好好去爱护她。我永远爱她，嗯。我一定永远爱她，嗯……"

他长长地吸了一口，把烟末磕掉。

1983 年 3 月 –1985 年 4 月写于胶东、济南、北京

《中国好小说》丛书

我们策划出版《中国好小说》丛书，宗旨是汇集当代中国好作家的最强阵容，精选当代最好的中短篇小说，以不定期的开放模式陆续出版。

这些作家大都获过各种国内外文学奖项——茅盾文学奖、鲁迅文学奖、华语传媒文学大奖、英仕曼亚洲文学奖、法国《世界报》文学奖以及澳大利亚"悬念句子文学奖"等。

他们的作品在中国当代文学史上具有重要地位，我们选编了他们的代表作和成名作，这些小说已经成为当代文学的经典性作品，标志了每一个作家的个性和特质，具有珍贵的史料价值和收藏价值。

《中国好小说》第一季

中国好小说·毕飞宇

中国好小说·迟子建

中国好小说·方　方

中国好小说·苏　童

中国好小说·王安忆

《中国好小说》第二季

中国好小说·阿　来

中国好小说·韩少功

中国好小说·刘醒龙

中国好小说·铁　凝

中国好小说·张　炜　　　　按姓氏音序排列

（京）新登字 083 号

图书在版编目（CIP）数据

中国好小说.张炜／张炜著.—北京：中国青年出版社，2014.3
ISBN 978-7-5153-2242-1

Ⅰ.①中… Ⅱ.①张… Ⅲ.①小说集－中国－当代 Ⅳ.①I247

中国版本图书馆 CIP 数据核字（2014）第 045175 号

责任编辑：程鸶眉
书籍设计：瞿中华
封扉字体：谷龙（谷龙纤圆体）

出版发行：中国青年出版社
社址：北京东四 12 条 21 号
邮政编码：100708
网址：www.cyp.com.cn
编辑部电话：（010）57350521
门市部电话：（010）57350370
印刷：三河市世纪兴源印刷有限公司
经销：新华书店

开本：810×1092　1/32
印张：10.125
字数：190 千字
版次：2014 年 5 月北京第 1 版
印次：2014 年 5 月河北第 1 次印刷
定价：29.00 元

本图书如有印装质量问题，请凭购书发票与质检部联系调换
联系电话：（010）57350337